CÁNDIDO EN LLAMAS

Novela psicológica

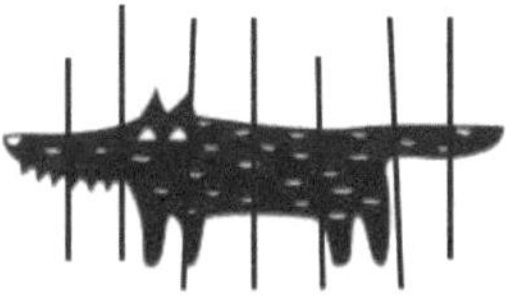

Carlos Almira Picazo

A mi amigo.

ÍNDICE

UNO

Soy un fracasado. No culpo a nadie por ello. El resentimiento siempre me ha parecido una mezquindad. Cada uno es responsable en último extremo de su vida. ¿No? Ya sé, ya sé: hay fuerzas que uno no puede controlar: el destino, el carácter, el ambiente social, la suerte si se quiere. Pero si se analiza a fondo la cuestión cada una de esas fuerzas es una excusa. No aceptar nuestra propia responsabilidad. Me parece una bajeza a estas alturas culpar a otros de un fracaso del cual yo soy el único responsable.

Me llamo Cándido Campos y éste es mi "testamento". No me describo físicamente porque no creo que importe ni que afecte a mi historia mi aspecto físico. El aspecto físico es algo que heredamos, a lo sumo algo que la vida va poniendo en nosotros surco a surco, pacientemente. Creo que si no me hubiese visto nunca en un espejo ni en una fotografía, me imaginaría a mí mismo cada vez de una forma, en función de mi estado de ánimo: alto, apuesto, con ojos grandes y penetrantes; enclenque, encorvado, con mirada turbia y huidiza. Desde que nacemos nos atan a un nombre, a una imagen, a una identidad, sin preguntarnos. Dejo al lector que me imagine como mejor le parezca.

Tampoco hablaré mucho de mi temperamento. Si soy sensible, inteligente, profundo, o un animal burdo y superficial, que lo juzgue el lector. Cuando algo me conmueva lo diré. Valore cada cual por los hechos.

Sí quiero decir, enseguida, que no tengo ninguna enfermedad grave que yo sepa; no llevo una vida insana, aunque de vez en cuando fumo y bebo -por placer, por curiosidad-; me llama poderosamente la atención la gente, su comportamiento y sus opiniones; cuanto más dentro de la norma más me llaman la atención; no sabría decir por qué. Cuando veo a alguien que me parece satisfecho con la vida, siento un deseo irreprimible de acercarme.

Mi mayor aspiración es estar satisfecho con la vida: ser una persona normal, con sentimientos e ideas convencionales; llevar una vida gris, apacible, sin sobresaltos. Pero cada cual, al parecer, está destinado a desear precisamente aquello que le resulta incompatible, inalcanzable. Seguramente las personas a las que admiro se sorprenderían y se ofenderían si lo supieran: la mujer de la frutería, el chico de la caja del supermercado, el inmigrante que vende gafas de sol, el empleado del banco que hace todos los días el mismo recorrido entre su casa y la oficina, se ofenderían si les dijera que los admiro por ser convencionales.

Esa gente no sabe lo doloroso que es ser consciente las veinticuatro horas del día, consciente de uno mismo, como si uno estuviera en una celda donde nunca se apaga la luz. Estar permanentemente bajo una lupa como un bicho raro. Aunque, en apariencia, uno lleva una vida normal y corriente. Sin embargo, he aquí que la conciencia te vigila día y noche: eres sospechoso hagas lo que hagas. Lo más irónico de todo es que uno lleva una vida normal.

Sin embargo, en cuanto abres la boca, haces un gesto, ella te apunta con sus potentes focos desfigurándote como un monstruo. La gente es feliz en su ignorancia; libre en su inconsciencia; puede opinar y hacer a su antojo; nadie le pide cuentas. Puede tener la ilusión de vivir en un mundo natural, sólido, eterno, inconmovible.

Mi fracaso: no es trabajar de ocho a dos y de cuatro a seis; no es haber malogrado los sueños, las ilusiones de mi juventud. Nunca he querido ser otra cosa que lo que soy ; hacer otra cosa que llevar la contabilidad en una asesoría de ocho a dos y de cuatro a seis. Quisiera ser como todo el mundo llevando esta misma vida que llevo, pero con absoluta autocomplacencia e inconsciencia de mí mismo. Resulta irónico, tal vez entonces yo estaría descontento por no haber llegado a ser Alejandro Magno o Napoleón Bonaparte.

De todas las debilidades humanas la peor es la hipocresía. Yo mismo soy un hipócrita. Mis compañeros de trabajo, de quienes tendré ocasión de hablar, piensan que soy un raro pero que en el fondo soy buena persona: después de casi veinte años tomando el café yo solo, cada día en un bar distinto, rehuyéndolos, aún me siguen invitando a desayunar y me ofrecen cigarrillos, y se acuerdan de mi cumpleaños. Ellos no dirán que soy un hipócrita: ¿Cándido Campos? Tímido, en todo caso inadaptado, pero no hipócrita, hipócrita no. ¡Cómo me odio a mí mismo por no mostrarles como verdaderamente soy! ¡Qué distancia insalvable y desoladora entre mi interior y mi exterior, entre mis pensamientos y mis emociones, entre mis palabras y mis acciones! Tomo una cerveza, un Pal Mall, y el Shiddarta, de Herman Hesse:

"Como un jugador de pelota domina su arte, así también Siddartha jugaba con sus negocios, con las personas que había a su alrededor: los observaba y ellos se alegraban".

Hace años me lo recomendó un amigo, que se ha hecho profesor de instituto y se ha casado hace poco. Siddartha es mi modelo espiritual. Tal vez este es mi problema: que me planteo metas demasiado altas; que busco una absurda perfección espiritual, inalcanzable en los tiempos que corren. Si me conformase y me aceptase sería más feliz.

La esencia de la hipocresía es precisamente que se ignora a sí misma. Por eso está tan extendida por el globo.

En mi adolescencia me gustaba callejear solo, me sentía feliz por las cosas más absurdas: un gato, una fuente, porque empezaba a llover.

Hace un año que murió el tío Ernesto. En mi familia es muy común el desapego: cada uno se relaciona con su círculo doméstico e ignora a los demás, hasta que se produce un entierro, una boda, etc.

Recuerdo que, desde muy pequeño, yo me escondía en tales ocasiones. En cuanto tuve edad para salir solo me ausentaba con tal de evitar las reuniones familiares. Con frecuencia éstas se prolongaban hasta bien entrada la noche. Y heme aquí dando paseos, calado de frío, mirando esperanzadamente la ventana iluminada desde la placita; mirando con la esperanza de que toda aquella patulea de parientes desapareciese cuanto antes.

Recuerdo perfectamente la mirada de mi madre, su expresión agriada. Creo que si hubiese podido me habría fulminado.

El caso es que yo me escurría. Despúes mi padre, a quien recuerdo siempre enfermo, sentado en su sillón con una manta sobre las rodillas, resoplaba y decía: "¡déjalo estar!" ¿Cómo que lo deje?, "¿no has visto el desplante?". Mi padre, a quien las medicinas mantenían casi todo el día amodorrado, se encogía de hombros ahogando un bostezo. Entonces aparecía mi hermana, dos años mayor que yo pero imbécil de nacimiento, para dejar caer una observación desfavorable sobre mí. A mi madre se la llevaban los demonios. Yo me encerraba en mi habitación.

En aquella casa, cuando no estaban mis parientes, los hipócritas, estaba mi hermana con su insufrible conmiseración, o mi madre gritando.

Resuenan los ruidos de costumbre: Imbert, el gato, araña la puerta. Yo me pasaba las tardes enteras acariciando su lomo suave y delicado. Cuando estaba en el instituto comprendí, de golpe, que entre Imbert y yo había algo más que un abismo. Pero no por eso dejé de hablarle y confesarle mis pensamientos y mis emociones.

Yo tenía una memoria extraordinaria. De todas las virtudes, la memoria es una de las más absurdas e inútiles: recuerdo que un día empecé a angustiarme ante la idea de vivir con todo aquel tropel de fechas, números de teléfono y denéis grabado en el cerebro. "Es que no puedo olvidarlos", decía yo. "Pues no les des importancia", me aconsejaba mi amigo Carlos, el que se ha hecho profesor de instituto. Aún hoy me sé los DNIs de todos mis compañeros de trabajo, de mis padres, de mi hermana, de mis compañeros del Club. Poco a poco, consigo pasar largas temporadas en blanco, como el contrahecho aprende a vivir con su joroba.

Mi padre estaba orgulloso porque me sabía todos los ríos de España con sus afluentes principales; la lista completa, por orden cronológico, de los reyes de Castilla durante la Edad Media; y las fechas de todos los Tratados de Paz europeos desde la Guerra de los Treinta Años. Me sabía todo eso como un niño de seis años, sólo para dar gusto a mi padre. "El Mar

Báltico se relaciona con el del Norte por los estrechos de Skagerrak, Cattegat, Sund, Gran Belt y Pequeño Belt..."

En el instituto mi hermana me puso un mote: papagayo. Yo ya no me defendía con patadas y arañazos sino con indiferencia. Mi incansable hermana me provocaba una y otra vez. Mi madre siempre se ponía de su parte. Desde que empezó a estudiar aparejadores y a salir con un chico de su promoción, que siempre llevaba chaquetas de franela, incluso en verano, me la ponía de ejemplo: "mira a tu hermana y toma ejemplo", me decía.

Yo vivía en mi cuarto como un proscrito. Tumbado sobre la cama revuelta soñaba con viajar a lugares lejanos, con empezar otra vida. Mientras, del comedor llegaba el rumor de la cháchara, zumbante y monótona. De vez en cuando, la voz débil y lejana de mi padre.

El único recuerdo agradable, aparte de mi padre, eran los solitarios partidos de fútbol que me jugaba en el pasillo (hasta que un día los vecinos de abajo protestaron y mi madre rajó la pelota delante de ellos). Años después, Carlos me preguntó si yo no me sentía culpable por no querer a mi madre como es debido.

Mi padre me enseñó a jugar al ajedrez. De joven él había sido campeón escolar en Bilbao. Muy pronto aprendí a humillar a mi hermana y a todas sus amistades jugando al ajedrez, incluido el chico de la chaqueta de franela.

Mi padre se sentía muy esperanzado con mis cualidades. Se murió convencido de que yo llegaría a ser alguien, aunque en cierta ocasión, ya muy enfermo, llegó a dudar con un escepticismo razonable, desolado: "al fin y al cabo, en esta vida casi todo depende de la suerte", me confesó.

Yo apenas necesitaba estudiar para aprobar los exámenes. No era un papagayo: podía razonar y comprender las cosas por mí mismo. Se me daban muy bien las matemáticas y las ciencias puras. Casi todos mis profesores me auguraban un futuro. Mas siempre hay una piedrecita en el camino. Tal vez la mía era mi familia.

Ya he dicho al principio que no voy a culpar a nadie de mi fracaso.

Encaramado en la tiesa y antigua silla del comedor, le ganaba a mi padre alguna que otra partida de ajedrez. Lejos de contrariarse él me hablaba de Capablanca, que fue campeón de Cuba con sólo doce años de edad.

Y volvía a ordenar las fichas mientras el aire y el sol jugaban en las cortinas.

Imbert se restragaba contra sus pantalones o saltaba a mi regazo para que lo acariciase. Aquellos momentos son los más felices que recuerdo.

En mi último año de bachillerato mi padre murió. Murió mirando a mi madre como debió hacerlo cuarenta años atrás por las orillas del Bidasoa, con ojos de enamorado. Se fue al otro mundo completamente feliz.

Imbert desapareció durante varios días. Volvió enflaquecido y estropeado. Murió pocas semanas después en su cuarto, sumido en una languidez lúgubre. Mi madre compró inmediatamente otro gato para que poblara las sombras de las habitaciones.

Una nube de parientes cayó sobre nosotros. Entre pésame y pésame, con tono lacrimoso y consternado, se permitían aconsejar; sonsacaban; se ofrecían para cualquier cosa; se deshacían en elogios al difunto.

De vez en cuando me miraban como esperando una explicación.

"Es una lástima que esto haya cogido al chico en plenos estudios" aseguraban, moviendo lastimeramente la cabeza.

Mi hermana acababa de encontrar un buen empleo.

Un domingo, poco después de terminar los exámenes, vino a comer su primo hermano Ernesto, a quien yo no sé por qué todos llamábamos "el tío Ernesto": era uno de los pocos parientes ricos que le quedaban a mi madre; hizo su entrada ceremoniosamente, saludándonos a todos uno por uno, y ocupó el mejor sitio de la mesa delante de la paella, que reposaba cubierta con un paño de cocina.

Sentados frente a él, mi hermana y su amigo lo adulaban. Mi madre hablaba y hablaba. Yo callaba, como siempre.

De pronto, como algo convenido, todos se quedaron en silencio mirándome. El tío Ernesto anunció que me había encontrado un empleo.

"¿No vas a darle las gracias?"

"Gracias", le dije.

Mi benefactor sonrió. Devoramos la paella.

"¿Contabilidad?"

Meneé la cabeza.

El hombrecillo hizo un gesto ambiguo.

"¿Sabes escribir a máquina?"

"Sí", respondí.

"¡Estupendo!", dijo eufórico: "¡estupendo! Te sentarás aquí".

A continuación se alejó sin más.

Miré en torno mío. La oficina aún estaba medio vacía: la mitad del personal estaba de vacaciones. El resto no había llegado aún.

Se abrió la puerta y apareció una chica con pinta de secretaria. Todas las chicas que trabajaban allí tenían pinta de secretarias.

No me miró. Tras un buenos días impersonal ocupó maquinalmente su sitio. El ventilador del techo arrancó con perezoso zumbido. No es un tópico.

Llegó el resto de los empleados. El rostro me ardía de vergüenza y timidez.

Enrosqué un folio en la Olivetti y empecé a copiar una carta.

Tecleaba con desenfreno, desenfadado. El montón de papeles de mi izquierda iba pasando a mi derecha mientras yo tarareaba: "Dónde Quiera Que Estés", de Police.

A las diez me deslicé hacia la puerta, hacia las callejuelas.

Al mirar el reloj de mi padre para comprobar la hora delante de mi café, sentí ganas de llorar.

Al salir del trabajo, ya denoche, me topaba con el bullicio de los cafés y los escaparates.

Yo reflexionaba sobre Dios y el sentido de la vida. Sobre la condición humana y lo irreversible y trágico del tiempo.

En el Club de Ajedrez Nevada conocí a Carlos. Salíamos del Club a las diez y nos íbamos a una tasca.

Con preocupación, seguíamos las noticias que aparecían en el pequeño y borroso televisor del bar. Con inquietud e interés escuchábamos a los agoreros de la próxima guerra.

Cobré el primer salario. Con aquello no tenía para un alquiler. Además estaba mi madre. Mi hermana se había mudado a un apartamento.

Las relaciones entre mi madre y yo empeoraron aun. Ni mi exiguo sueldo ni la ausencia de la quisquillosa de mi hermana bastaron. Pero al menos, la patulea de parientes desapareció por un tiempo.

Me reprochaba todo lo imaginable: que yo planeaba abandonarla. En cambio, veía con toda naturalidad que mi hermana se hubiese mudado. Ella, la generosa, la desprendida; yo, como siempre, el mezquino y egoísta.

Me reprochaba mi desinterés por todo; mi inutilidad; mi sarcasmo; mi resentemiento...

"Con todas las esperanzas que tenía tu padre", decía.

Me preguntaba que dónde paraba por las noches. El día menos pensado iba a encontrarme la puerta cerrada. Estaba harta de trabajar para mí.

"No sé para qué quieres que venga pronto si no hacemos más que pelearnos".

Ahora la casa parecía deshabitada. Me pasaba las horas muertas, los fines de semana encerrado en mi cuarto como cuando era estudiante; mi madre mirando la televisión, puesta a todo gas, hablando por teléfono en el comedor.

Empecé a aficionarme a la lectura. Descubrí el Siddartha, de Herman Hesse:

"Una deliciosa sensación llenaba el pecho de su madre cuando le veía andar, sentarse y levantarse..."

Desde un retrato a plumilla, hinchado e inteligente, mi padre me contemplaba con conmiseración. Nos empeñamos en ser quienes no somos por no defraudar a quienes queremos.

Mi hermana cada vez venía menos y sólo a horas en las que sabía que yo no estaba. Hoy, después de tantos años, no pienso casi nunca en ella.

Durante los meses siguientes, largos y tortuosos, continué martilleando la odiosa máquina de escribir como un condenado. Pero un día ocurrió lo inesperado:

Por aquella época muchas empresas empezaban a introducir ordenadores en sus oficinas en sustitución de las obsoletas calculadoras y máquinas de escribir.

Una mañana apareció mi jefe sonriente y me dijo:

"pasa esto al ordenador".

Y empezó mi carrera de contable.

Hace un año murió el tío Ernesto. El tío Ernesto vivía en una casa de tres plantas en la Gran Vía donde tenía alquilados los bajos y los pisos de la última planta.

En las retorcidas escaleras nos cruzábamos con sus inquilinos, casi todos extranjeros.

Todos admirábamos al tío Ernesto.

"¿Qué tal en el trabajo?", me preguntó mi hermana en el funeral.

"Bien", respondí.

Fumando Pall Mals y bebiendo cerveza es grato hablar de cosas trascendentes.

Carlos, pintor frustrado -como Hitler- se arrebuja en su chaqueta de lana junto a la puerta mientras arroja volutas de humo a la calle.

"A veces me parece que voy en un tren".

"No importa que no exista Dios. Manolo, (el dueño de la tasca), tira muy bien la cerveza..."

Estoy pensando en matricularme en ingeniería. Ayer estuve ojeando un manual. Creo que podría hacerla en cuatro años, estudiando por las noches. Con el sueldo que ganara podría comprarme una casa. Yo no quiero una casa para casarme.

Prefiero ser libre. "El hombre nace libre en todas partes y en todas partes es esclavo". Dejo el manual en el estante atiborrado de libros para oposiciones. Mi amigo Carlos también hará oposiciones como todos. También se casará. Adiós amistad. Adiós conversaciones de madrugada. Lo voy a echar de menos.

Ayer volví más temprano y me encontré a mi madre hablando con un hombre en el comedor. El hombre, sentado en el borde de la silla. Seguramente le han dicho que yo soy un monstruo, un delincuente. El gato. ¡Pobre Imbert! Intercambio de monosílabos. No sé si mi rostro responde a la expresión correcta en estos casos. El hombre tiene grandes manchas oscuras en las manos: será la edad o alguna dolencia del hígado.

Este invierno hace tanto frío que apenas se puede pasear. En cambio el cielo, limpio y despejado, tiene más estrellas que nunca.

Carlos ha cambiado de carrera: quiere ser escritor. Se pasa el día leyendo novelas. Si empieza a trabajar todos sus sueños se irán al traste.

¿Qué diría mi padre si me viera?

El tío Ernesto ha dejado un cortijo medio arruinado en Motril. La casa de la Gran Vía, el coche y lo demás, están embargados. Los parientes se han llevado una gran desilusión. Asisten estupefactos al desvelamiento de un hombre, sin terminar de creérselo: mujeres, regalos, derroche...Todo disipado como el humo. Una doble vida.

"Daré clases y escribiré".

"¿De qué?"

"Novelas".

Una doble vida insospechada.

Hablamos en un rincón del bar. Nombres y más nombres, ocasiones desaprovechadas, todo por vivir.

Como la novela no sale, Carlos me lee un soneto:

"Morir tras asomarse al resquicio de Mayo.
Vivir dentro del verso que llevamos callado,
Interrumpiendo el verso negro del infinito..."

Los agoreros de la próxima guerra de nuevo: Breznev, Chernienko y Andropov muertos en siniestra sucesión; la Dama de Hierro contra los sindicatos mineros; el PSOE en la OTAN; Golpes Bajos, Malos Tiempos para la Lírica; bocanadas de humo grasiento saliendo a la calle; de vuelta a casa; no sé si es bueno el soneto, al menos rima y no tiene nada que ver con todo esto.

Asumir que he caído en una trampa y que cuánto más me retuerza y cuántos más esfuerzos haga por liberarme de ella, más fuerte y dolorosamente me atenazará. Entonces sólo queda la resignación, la libertad interior donde la tecnología aún no llega. Ser lo que uno siempre ha querido, uno con su ventana y su calle.

Desde que sale, mi madre y yo casi ni nos vemos. Es como si viviéramos en casa distintas. Cuando coincidimos ya no me pregunta. De vez en cuando me hace algún reproche con desgana. Me encierro en mi habitación. ¡Pobre Imbert! ¡Pobre padre, pobres sueños! Sueño con mi olivetti.

Van a entablar un pleito por el cortijo. Cuando le muestro mi estrañeza, mi madre se encoje de hombros.
Trescientos metros de secano; muebles en estado (sin especificar); construcción en estado ídem; árboles frutales improductivos actualmente.
"¿Qué interés tiene?"
"¿Y a ti qué te importa?"
Su amigo lleva dos días sin venir.
Se limpia la boca con la punta de la servilleta. La tarde alarga pacientemente cada sombra.
"Tu hermana va a venir", me advierte.
Suena el teléfono.

Carlos ha aprobado. Escribir poemas no ocupa tanto como hacer novelas. Va a ser profesor. Así pues, mi predicción se cumplirá.

Yo sigo pensando en alquilarme un piso.

Hoy me he sorprendido de lo poco que ha cambiado mi cuarto en estos años: la cama estrecha, revuelta, dispuesta bajo la ventana; la estantería de anea; los libros de ajedrez, las novelas; los trofeos; el póster del Granada F.C. de 1974, cuando aún estaba en primera división; la radio Philips; la lámpara...

Me he comprado un televisor para evitar disputas con mi madre.

Además de los objetos, los olores y los ruidos: sudor, cerrado, comidas, humedad, macetas; los coches, los vecinos, la televisión del comedor...

Mi madre ya no entra nunca aquí. Golpea la puerta alguna vez. Se niega a cambiar la habitación de mi hermana, (la limpia todos los días).

El resto de la casa está deshabitado. Últimamente ni siquiera abrimos las ventanas.

El comedor, el dormitorio de mis padres, la antigua habitación de mi hermana y el cuarto de baño grande es territorio de mi madre; mi habitación, una salita interior –donde he instalado un ordenador–, y el cuarto de baño pequeño es territorio mío; el pasillo, la cocina, la despensa y las habitaciones cerradas es territorio neutral, donde la única norma es intentar no coincidir.

Hace tanto frío que en cuanto llego me meto en la cama vestido, con calcetines. Mi madre tiene miedo de que ponga una estufa eléctrica en mi cuarto. Así leo, oigo la radio, veo la televisión y juego mis partidas.

El olor de Imbert, fuerte y característico, ha desaparecido hace tiempo con el de mi padre, (inolvidable mezcla de medicinas, lavanda y loción de afeitar).

Antes de entrar escucho atentamente desde la escalera. Si no oigo nada entro y me deslizo rápidamente por el pasillo.

He desistido, al fin, de estudiar. He perdido el hábito del estudio. No le veo ningún sentido.

Uno se plantea los grandes problemas, la muerte, Dios, el Bien, el Mal, como si el mundo girase en torno a él mismo. Al final todo se reduce a rutina y trabajo.

Cualquier ser humano puede desempeñar las tareas que la sociedad nos demanda.

Cuando uno es estudiante piensa equivocadamente en un destino personal. Cree que su vida es un traje hecho a la medida. Piensa que, tras el horizonte de cada día, se esconde un mundo nuevo e inagotable por descubrir.

Por fin me han subido el sueldo. Desde los tiempos en que martilleaba la Olivetti mis condiciones han mejorado.

Estoy ahorrando, no sé muy bien para qué. Por supuesto, mi madre no lo sabe. Para ella sigo siendo un egoísta.

Cuánto menos sepan los demás de uno, mejor.

Nunca hablo de mi vida personal en el trabajo.

No obstante, a veces me gustaría saber lo que piensa la gente de mí. Siento una intensa curiosidad, una curiosidad casi narcisista.

Pero luego me digo: "¿a mí que me importa?"

Mi madre ha decidido casarse. Así que me he puesto a buscar piso.

No sabe uno los cuartuchos que se alquilan hasta que se pone a buscar un alquiler con un sueldo pequeño. Mi dilema es alquilar algo decente echando mano de mis ahorros o conformarme con un cuartito mínimo.

He encontrado un ático pasable en la calle Molinos. He trasladado todas mis cosas en una furgoneta. El dueño es muy receloso.

La primera noche: no encuentro el interruptor; la única ventana proyecta una sombra negra y desagradable; me desvelo.

"A veces le llegaba del fondo de su pecho una débil voz, casi moribunda, que le avisaba y se lamentaba; pero era tan endeble que apenas se notaba. Cuando la oía, por una hora tenía conciencia de que llevaba una vida especial, de que hacía cosas que únicamente eran un juego; sí, se sentía sereno y a veces alegre, pero la verdadera vida pasaba de largo y no le tocaba..."

Los miedos universales -a la muerte, la soledad, la locura-, tienen algo que ver con la oscuridad. Una noche que nos cerca desde que nacemos. Tengo miedo a no dormir.

Echo de menos los olores, los ruidos, el aspecto de mi cuarto. Miro con recelo los objetos dispuestos en este cuchitril húmedo y oscuro, tan extraños como yo.

"¿No querías esto?", me digo para darme ánimos: "¿no querías ser independiente, vivir tu propia vida?"

Mientras, el ruido de la calle se va apagando. Un niño llora en un cuarto vecino. Se hace de noche. Ahora comprendo lo entrañablemente que necesitamos a nuestros enemigos.

Para ir al trabajo el camino más corto pasa por delante de mi casa. Miro distraídamente la fachada: la planta tercera; las ventanas apagadas, sumidas en el silencio de la placita.

Como es invierno un resto de oscuridad se despereza aún en las farolas.

Mi antiguo cuarto da al interior del patio.

He instalado una hornilla y una pequeña nevera para hacerme café por las mañanas.

Cuando no estoy leyendo miro por el ventanuco. Este invierno está siendo lluvioso. Los goterones emborronan el cristal. Las nubes chupan el humo de las calefacciones. Lo que puedo ver desde aquí: una esquina minúscula, la fachada de enfrente. El callejón es tan estrecho que la lluvia resuena como en un patio.

He empezado a escribir mis reflexiones, mis recuerdos. Me agrada fumar mientras escribo.

Creía que que, con la escritura, desaparecería mi tendencia a hablar solo. Si tuviera una isla como Robinson Crusoe me pondría a gritar. En cambio en este cuartito a veces no sé si estoy hablando o sólo pensando en voz alta.

He recogido un gato de la calle. Lo he adoptado y le he puesto de nombre Imbert. Es un gato romano, escuálido. No hace más que mirar la ventana. Le gusta que le acaricie el lomo como le gustaba al viejo Imbert. Abro el gas de la hornilla y me tumbo junto a él bajo la ventana, que va tomando poco a poco un color fosforescente.

DOS

En el hospital no puedo quejarme. Cada media hora aparece un enfermero, asoma la cabeza.

Ayer pregunté por Imbert. ¿Imbert? Creo que el médico se hace el distraído. No quieren decirme que se ahogó con el gas.

Poco a poco voy recuperando el aplomo. Ayer me asomé a la ventana. Me han puesto en la séptima o la octava planta por lo menos. Se ven montañas, edificios, avenidas, calles entre la niebla. Nunca pensé que la niebla fuera tan hermosa.

Aún no ha venido mi madre.

Por fin me han quitado el suero. Mi compañero de habitación me da ánimos. ¡Maxi! Tose, espectora, y me sonríe con la mirada vidriosa.

Resulta que tiene una enfermedad incurable.

Yo voy a salir de aquí. Tendré que replanteármelo todo. Verlo todo con otros ojos, darle un giro a mi vida.

El hospital me ha cambiado. Lo más fácil es suicidarse. El tema del suicidio es tabú.

Me conmueve el psiquiatra que viene de consulta. Da tantos rodeos que no se le entiende, se ruboriza.

Por contra, mi vecino de cama es muy claro. Tiene una enfermedad incurable y está esperando la operación. Cada día cree que lo van a llamar, lo teme y lo espera. ¿Usted cree en Dios? Quiere vivir.

Han venido a verle sus hijos. Le han traído ropa, revistas y tabaco. Como si se fuera de viaje.

Nunca habla de sus hijos.

Mi madre aún no ha venido.

A veces me sorprendo esperando algo. Desde la ventana se ve la entrada principal del hospital: mucha gente y coches entrando y saliendo, sobre todo a primera hora de la mañana y al final de la tarde. Sé que me están dando ansiolíticos. Duermo de un tirón toda la noche, pero no descanso. Me despierto pesado y aturdido, con la lengua pastosa. Casi siempre antes de amanecer.

Ayer vino averme mi jefe. También me trajo revistas y tabaco. No hacía más que bromear y dar paseos. Dice que me están esperando, pero creo que en el fondo preferiría que yo no volviera.

Después vino una enfermera. Mi compañero de habitación, Maxi, está cada día más locuaz y risueño. Con su atalaje de sueros me acompaña hasta el rellano de la planta a fumar. Pero habla cada vez menos.

Las revistas y el tabaco parecen calculados para durar lo justo. Esta mañana, mientras desayunábamos, se ha puesto a llover. Una lluvia oblícua, sucia y como sorprendida... De pronto Maxi ha empezado a tirar las revistas por la ventana. No sabía si reía o lloraba. El aire estaba cargado de primavera.

Lo tienen a base de manzanilla desde ayer. Eso quiere decir que le falta poco.

Por la tarde viene el cura. Me parece aún más lúgubre, sentado en la cama junto a Maxi. En vez de consolarlo lo ha asustado. Luego, inesperadamente, se ha vuelto hacia mí sin poder disimular su contrariedad, fingiendo que no me veía.

Mi madre aún no ha venido.

Quien sí me ha hecho una visita es Carlos. Y cómo no, me ha traido un libro. Bromea, va y viene, sin hablar de nada en concreto. ¿Qué ha venido a decirme?

Yo no he podido apartar la vista del paraguas, lleno de gotas recientes, minúsculas.

Quiero salir de aquí. Empezar por el principio. Carlos, entretanto, filosofa, peor aún que el psiquiatra. Me doy cuenta de lo absolutamente solo que estoy.

Tengo que encontrar otro modo de vivir y de ver las cosas, distinto, por mí mismo. No puede ser tan difícil.

Simulo que me trago las pastillas, y en cuanto sale la enfermera las tiro al water. Duermo menos pero me siento mucho mejor.

Esta noche he oído llorar a Maxi, por primera vez. No le he dicho nada.

La ventana deja ver alguna que otra estrella.

Desde que duermo menos pienso más. ¿Cómo se las arreglan los otros? Lo primero que se me ocurre es que todos fingen: el mundo es un gran teatro. Pero ahora esta idea ya no me parece tan atractiva. Demasiado fácil o rebuscado. Tal vez la gente viva por miedo. Algo tan sencillo como eso. Culpar a los demás de falta de autenticidad es como culparlos de no ser ángeles.

Cuando no quiero pensar, leo un poco. Maxi duerme, resopla suave y entrecortadamente. Me alegro de que duerma. Creo que es el único momento del día en que no sufre.

Las letras se me emborronan como hormigas en el cerebro. No les encuentro sentido. Hablan de cosas que nadie ha visto ni ha tocado, al menos que yo sepa.

Yo quiero tocar y ver.

Quiero oir el tren como cuando era pequeño, y jugar al ajedrez con mi padre muerto. Acariciar a Imbert. Vivir.

¡Pobre Imbert!

Yo solo lo he matado.

Me acuerdo de su ir y venir libre. Los animales, especialmente los gatos, viven cargados de dignidad. Mucho más que las personas. Me imagino que se desliza hacia la habitación desde la ventana. No importa que llueva. Si llueve, mejor.

Todos los libros mienten. Incluso cuando aciertan.

Tal vez todo esto me sirva alguna vez, al fin. Me da mucha pena Maxi: está durmiendo, drogado, y tal vez sea la última noche.

La ventana deja ver, morosa, alguna que otra estrella.

La anestesia no es como el sueño normal. Todo se agolpa como si uno ya no estuviera, en una especie de agujero.

Ha venido mi madre.

Ha entrado encenagando la atmósfera. Yo estaba acodado en la ventana cuando ella ha llegado.

Por un momento he tenido la esperanza descabellada de que se diese media vuelta, aprovechando la circunstancia de que estoy de espaldas a la puerta. Iba vestida de visita de hospital. Aún de negro, ¿lo hace para martirizarme también? De pronto, inesperadamente, ha empezado a llorar.

Todo, sin embargo, es perfectamente previsible. Tan previsible que apenas me ha afectado. Por primera vez he logrado no sentirme culpable ante ella, he permanecido casi indiferente. He dejado que llorara, ya que era su gusto, mientras pensaba a mis anchas en Maxi, a quien esta mañana temprano han bajado al quirófano. Hasta el último momento ha estado esperando que aparecieran sus hijos.

Por primera vez me habla de sus hijos. El tono es de emoción y temor. Temor de morir de repente, de no haber aprovechado bien la vida. Al final todo es igual. No haber ni siquiera viajado. Reflexiona y me mira, mira para sus adentros.

Yo iba a buscar a un enfermero para preguntarle cuándo ha aparecido mi madre. Llora y se suena con un clínex. Ni siquiera un pañuelo con letras bordadas. El bolso, ridículo, le sube y le baja por el codo. Los zapatos vulgares, con la rara distinción de unas salpicaduras de barro en la punta. El vestido mal planchado, que ya no reconoce su cuerpo después de años de naftalina de armario.

La voz es la misma de siempre, entrecortada por gimoteos. Hipa. Vuelve mi padre padeciéndola en su butacón, condenado a oírla todos los días. La casa, incluso en verano, envuelta en penumbra vieja, muy fresca. Yo buscando a Imbert, y deseando que la tierra me trague. Y mi hermana, que también chilla, como su voz veinte o treinta años atrás.

A veces me pregunto cómo se puede hablar sin respirar.

Por fin entra otra enfermera. Le pregunto por encima de mi madre, más allá de mi madre, por Maxi. Se queda en silencio. No ha resistido, no ha aguantado la anestesia. Ya han llamado a los hijos.

"¿Quién es ese Maxi?"

La voz de mi madre rebota en mis oídos y sale despedida de vuelta. Le respondo también sin mi voz:

"Nadie".

Ya no sé llorar.

No soy un poeta. Si tuviera que describir mis emociones, no sabría por dónde empezar.

Mi amigo Carlos elegiría seguramente la forma más rebuscada. Decir con pocas palabras mucho, utilizar las palabras como las manos de un jardinero. Cosas así.

Yo me sentí solo. Ya lo estaba, pero una cosa es la realidad y otra las emociones.

La noticia me sublevó. Un ser humano puede ser un bicho y vivir tranquilamente, y ser un santo y morir como un perro.

Yo no conocía lo suficiente a Maxi pero no me parece que lo mereciera.

Mi madre es un bulto en movimiento.

Casi podía ver a través de ella. Si hubiera justicia, habría alguna correspondencia: un preso inocente podría atravesar las paredes, o al menos ver y oír a través de ellas; y un sinvergüenza libre andaría entre muros y rejas incluso por la calle.

Supongamos que verdaderamente hay una correspondencia. Que nosotros no la vemos pero que la hay. Y que cada uno recibe lo que verdaderamente se merece según lo que hace en la vida, aunque de una forma misteriosa. El mundo es una obra de Dios que nosotros no sabemos valorar.

Lo de afuera es lo mismo, pero lo de dentro no. Hay que vivir para eso, como se piensa, para adentro. Vivir según los pensamientos de uno.

No especular y luego vivir, por este orden: por qué en el hospital me pareció hermosa la niebla, o la lluvia, no es esa la cuestión. Simplemente me lo parecieron.

Que me lo parecieran ya es pensar por mí.

Poco después de que se fuera mi madre, han venido a recoger las cosas de Maxi. Apenas hemos hablado. Yo sé que está lloviendo porque Maxi se ha muerto. Llueve de una forma especial, distinta. ¿Lo sabrán sus hijos?

No juzgo a nadie. Juzgar es inútil, y no juzgar probablemente también.

El que parece más afectado de ellos dobla la ropa con cuidado y la va metiendo en una bolsa de plástico. Es un hombre flaco, vestido con desaliño. No nos presentamos. Los otros dos parecen observarlo con impaciencia o incredulidad desde la puerta.

Entra un enfermero y se lleva el atalaje del suero, y recoje las medicinas. Una limpiadora arranca las sábanas, y la funda de la escuálida almohada. Trae ropa nueva, la estira, se va contoneándose.

La sala, los pasillos, el rellano de la planta, se convierten en un hervidero de visitas y enfermos (que parecen cosas humildes), entre las cinco y las siete de la tarde, las horas de visita. Ahora me paseo solo, con el último paquete de cigarrillos de mi vecino en el bolsillo de la bata, que ya suelta lanilla.

El psiquiatra aparece junto a mí. Enciende un cigarrillo y me mira con un guiño de complicidad. Me da una palmada en el hombro y me anuncia:

"Mañana te damos el alta".

Qué espera, que me ponga a dar saltos de alegría.

"¿Cómo estás?"

"Bien".

"Vuelve al trabajo y no pienses más".

Alrededor se arremolinan los enfermos y sus visitas. Abren una ventana. Se interrumpen. Van y vienen, vienen y van. El psiquiatra me da la tarjeta de su consulta privada. Se va. Tiene una espalda ancha, pero inamistosa.

Por una ventana entra un poco de lluvia. Retazos de conversaciones... Bultos tristes en el pasillo, los ascensores, las escaleras.

Pienso en las ventajas de mi imsomnio. Voces remotas que suben por el hueco de la escalera, buscando las ventanas. Aquí al menos, se puede respirar. En las habitaciones hace un calor sofocante día y noche.

La última noche. Hasta la cena me parece sabrosa. Repaso las cosas que me tengo que llevar, las reúno en una silla. Arrojo los ansiolíticos al water y tiro sin miedo de la cadena. Un estertor delator recorre las habitaciones silenciosas, tras las paredes. Venus, entre mi porción de estrellas.

Vuelvo a pensar en Imbert, lo he dibujado en la solapa del libro de Carlos.

Pobre Imbert.

Como todo está cerrado y oscuro, al principio me desoriento y en lugar de ir a mi habitación entro en el comedor.

Poco a poco, conforme abro las ventanas, me encaja en la memoria. Sólo yo me siento cambiado. Capablanca asoma la cabeza, desproporcionadamente grande, recelosa, gatuna: Capablanca es el sustituto de los Imbert.

Hay quien no puede vivir sin su pipa, o sin su coche; otros, sin su joroba; yo no puedo vivir sin mi gato.

Pensaba dormir hasta el mediodía, pero en cuanto me he tumbado en la cama (donde ahora sé que encontraron a Imbert muerto), ha sonado el timbre de la puerta. Un hombre de estatura mediana, grueso, estrábico, que dice ser mi casero y que se alegra mucho de verme, aparece ante mí. Le debo, al parecer, dos meses completos, más el que acaba de empezar, son tres.

La calle Molinos está llena de luz, de lluvia; de una luz parpadeante que simula salir del movimiento de la gente y que me produce vértigo y felicidad.

Otra vez, sin proponérmelo, acabo ante mi otra casa, ante mi antiguo escondite: la placita, los balcones, el farol, todo tiene un aire encantado, de ruina.

El casero no pone ninguna objeción a que yo me quede. ¿Por qué iba a ponerla? El contrato es bien claro. No menciona el hornillo, ni al gato muerto (que fue, naturalmente, desagradable), ni a la policía... Todo aquello perjudica al negocio, con las habladurías del inmueble, pero él es un hombre razonable. Son tres meses de renta con éste, que acaba de empezar. Tres.

Intento desembarazarme de él. Tengo que ir al Banco. He de hacer. Parecía disponerse a descansar. Tal vez deba salir pese a todo. Capablanca, entretanto, se escabulle ante el recién llegado. "¿Nuevo? No tengo nada en contra, no me malinterprete. En el contrato no dice nada de gatos. Es bien claro. Mientras pague como siempre, cada primero de mes, son dos meses más este, tres."

Por fin. La calle me produce una sensación de vértigo y felicidad.

Para que no salte a los tejados, resbaladizos y desconocidos, he cerrado la ventana del comedor-cocina-retiro. Tengo la sensación de que el casero me sigue con sus ojos saltones clavados en mi nuca.

Tal vez intente más adelante envenenar a Capablanca. Hay quien cree que los gatos traen mala suerte, quien los relaciona con el demonio. Tal vez intente deshacerse de él tras la experiencia con Imbert, el gato callejero.

En el buzón recojo un montón de cartas atrasadas (para mí). Casi todas, certificados sin acuse del Banco, facturas; un folleto de la academia CCC. que me ofrece un curso de contabilidad en informática a distancia; más publicidad; un sobre amarillo pálido con un ribete negro del Juzgado, donde se me cita a una declaración conciliadora de herederos...

Los tiro casi todos en la primera papelera y sigo mi camino.

Éste pasa por una callejuela paralela a Molinos, Santa Escolástica, donde hay un arquito de triunfo encajado entre dos bloques. Me gustan las calles estrechas, oscuras, y con pocas ventanas.

Antes de ver a nadie quiero disfrutar un poco de mí mismo, en mi recobrada libertad. Volver a tomar posesión de todo, de las calles, de la gente, de la luz, aunque sólo sea por unas horas. Es lo que más deseo, con avidez de convaleciente, casi casi de resucitado.

Mi primera reflexión, mía aunque otros la hayan pensado antes que yo: el peor mal del ser humano es no vivir de acuerdo con sus convicciones; pensar de una forma y actuar de otra, a veces diametralmente opuesta; no realizarlas, las convicciones, y en cambio utilizarlas a menudo como moneda de cambio, malbaratarlas, prostituirlas y malvenderlas: el Bien Supremo es creer y vivir de acuerdo con lo que uno es.

Por lo tanto, el Mal es siempre abstracto.

Aunque nuestra camaradería se ha deshilachado un tanto, Carlos se siente a sus anchas ante mí. No piensa que tal vez yo tenga sueño y no desee escucharle, o simplemente esté cansado, o quiera estar solo. Sólo piensa en sí mismo, en lo que va a decir a continuación, y la conversación degenera poco a poco en una clase magistral: una disertación sobre la vida.

Yo me encastillo en mi silencio, huraño, casi hostil. Estoy recostado, con la mirada perdida en el infinito, enredada en el vacío. Es obvio que no me interesa lo que dice desde hace ya rato, pero él no se percata o simplemente finge no darse cuenta.

Menos mal que puedo acariciar a Capablanca. El pobre también parece fastidiado. Una tarde-noche más perdida.

En los tejados empieza a oscurecer. Mientras lo acaricio, con devoción, arquea el lomo sedoso y lleno de electricidad, entorna los ojos.

Ya entrada la noche, Carlos se pone en pie. Casi derriba la mesita. "Tengo que irme", decide. Hace rato que yo me hubiera ido ya a dormir también. Mis monosílabos no parecen haberle ofendido, no hacen mella en él. Miro con disimulo las tazas de café pringosas, las cucharillas, desperdigadas en la mesa.

Sea por rabia o porque me he desvelado, me dispongo moroso a disfrutar de mi soledad. En cuanto desaparece me preparo otra cafetera para mí solo, en una taza nueva. Se me ha pasado el sueño de repente. Enciendo un cigarrillo de un paquete que tenía escondido en el revistero y saboreo el silencio recuperado.

Esta mañana he ido a mi trabajo.

Temprano, para no ver a mis compañeros. El hermano del jefe, jefe a su vez, solía madrugar más que nosotros, y aún tiene esa costumbre: en efecto, lo he encontrado como siempre, enfurruñado ante su mesa. Me ha mirado casi sin levantar la vista, y ha dicho:

"Ya estás aquí".

El asunto es que la baja médica podría prorrogarse durante meses. Aunque es él y no yo quien lo insinúa, me mira con disgusto y preocupación. "¡Pero todo esto está patas arriba!" Francamente.

Sin decírmelo claramente, me hace ver que una empresa, y menos una empresa familiar como ésta, no puede salir adelante sin sus empleados. Pero enseguida sonríe y añade que yo soy un empleado competente, incluso modélico, que maneja como ninguno su pequeña parcela del negocio. No abundan ya hoy día los autodidactas. Pero precisamente por eso, porque soy necesario, y porque mi labor es importante para la empresa, ésta no se puede permitir el lujo de prescindir de mi trabajo... sin prescindir de mí. ¿Comprendo? Hasta cierto punto como del trabajo de los demás empleados, que en ese momento empiezan a llegar.

Su expresión se suaviza, se aligera de tensiones. Todos cometemos errores en la vida, prosigue, sobre todo durante la juventud, y algunos francamente lamentables, pero hay que superarlos cuanto antes y con premura. Hay que dejarlos atrás, porque los compañeros, todos nosotros, caramba, le apreciamos y queremos que vuelva, queremos lo mejor para usted y que se reponga cuanto antes, por su bien personal y también profesional. Y aferrándose al pasado y mirando atrás no es como lo conseguirá.

¿Quién quiere aferrarse al pasado?

Me ofrece al fin un cigarrillo sin dejar de sonreir, mientras tal vez estudia mi reacción, con anhelo.

Por supuesto que yo quiero incorporarme cuanto antes al trabajo, (lo del aprecio lo paso por alto, en silencio). Sea como sea, para eso he venido. Existe, sin embargo, el problema de que el médico quiera mantenerme la baja en contra de mi voluntad.

Mi jefe me mira incrédulo y sonríe. Parece plenamente satisfecho, recolector de un secreto triunfo. Da una calada más, y aspira profundamente antes de responder (¡ah, las pausas, las palabras escogidas desde lejos!), pleno de optimismo:

"No se preocupe por eso, no es problema".

Al día siguiente, temprano, estoy de vuelta en mi mesa de siempre. La oficina parece haber envejecido, no obstante los nuevos, potentes, y flamantes equipos informáticos. Mis compañeros van llegando uno a uno, poco a poco. Y, como si se hubiesen concertado préviamente, me van haciendo las mismas preguntas.

Yo procuro por mi parte sumergirme en el trabajo atrasado, y abstraerme de todo lo demás. Al menos, esa ventaja tiene: los asuntos de mi sección están en completo desorden, como un campo inculto, (o tienen su orden secreto), y de seguir así pronto colapsarán a los otros departamentos. Son los fallos del trabajo en cadena. Dentro de dos o tres días, o incluso antes, yo seré el único responsable de ello, si llega a ocurrir, y como tal tendré que responder. Puede que entonces la empresa sí se plantee que puede prescindir de mí.

¿Puedo prescindir yo de su sueldo?

Por otra parte, Miguel, Rosa, Laureano, todos ellos están encantados con mi vuelta, y me desean el más completo éxito. No dejan de arrimárseme y de ofrecerme, por supuesto que sólo retóricamente, toda su ayuda y su colaboración incondicional, para lo que necesite, sea lo que sea, con tal de ponerme al día. La hipocresía florece en el mundo. Apenas pueden disimular su regocijo en cuanto ven el maremagnum de papeles, de facturas, de cuentas, de albaranes atrasados en mi mesa, en el que estoy a punto de sucumbir. Supongo que cada uno de ellos habrá puesto su granito de arena para acrecentarlo mientras yo no estaba.

La primera semana, sin que nadie me lo pida, yo abro y cierro la oficina: llego una hora antes que los demás, incluso llego antes que mi jefe, que pasa sin mirarme, para recuperar trabajo perdido, y me voy una hora y media o incluso dos horas más tarde que el último, ya entrada la noche. Y aún así los clientes no dejan de atosigarme. Todo recae sobre mis espaldas sin que la ayuda prometida llegue nunca. Casi estoy a punto de rendirme.

Me noto cansado, con los párpados hinchados, las manos y los pies fríos, y los ojos y la frente ardiendo como si tuviera fiebre. Pero poco a poco el trabajo va saliendo adelante.

Mis compañeros entretanto se preocupan mucho por mi salud. No debería trabajar tanto. Me colman de consejos que no les he pedido. Me intentan arrastrar a sus conversaciones (cada minuto que pierda tendré que recuperarlo luego y quién sabe cómo). El venenoso Laureano incluso me insinúa que no me vendría mal una ayudita, con tantos diplomados y licenciados en Empresariales y en Ciencias Económicas en paro como hay por ahí, (él sabe que yo no tengo ninguna carrera): "no es justo que nos exploten así", concluye, bajando la voz.

Lo cierto, ironías aparte, es que existe una competencia feroz entre nosotros por el favor de los jefes. Estos lo saben y lo explotan estupendamente (¿hay que decirlo?): siempre darán la razón a quien no la tenga y favorecerán al menos competente de nosotros para mantener vivas y avivar aún más, si es posible, nuestras soterradas rencillas.

Después de todo, ¿qué sería del capitalismo sin estas pequeñas rivalidades?

En estas horas negras, que se prolongan más y más en los ya cortos días del invierno, me acuerdo de las ingenuas y precipitadas reflexiones de Carlos sobre el Capital y el Trabajo, siempre antagónicos y siempre necesitándose el uno al otro. Yo siempre he sido de derechas, por tradición familiar, aunque ahora realmente no sé de qué soy. Me parece que todo esto está muy bien en los libros, pero que en la realidad uno tiene que ocuparse de sí mismo (¿si no se ocupa uno, quién lo hará?). Se llame como se llame, el fondo del asunto no cambia: uno tiene que ocuparse cuidadosamente de sí mismo sin que quede mucho espacio para los demás, y velar por sus intereses, o los demás lo tirarán a un rincón lleno de desprecio. Es triste pero es así.

¿Es realmente así?

¿Qué harían mis compañeros si mañana me despidieran? Consolarse de cara a sí mismos y de cara a los demás, y ahogar un grito de alegría.

Esta semana es el cumpleaños de Rosa y quieren hacerle un regalo sorpresa. Pero si mañana la despidieran nadie saldría en su ayuda, en su defensa nadie movería un dedo (incluido yo); todos nos pondríamos en el fondo, contentos, aunque no querríamos reconocerlo, por supuesto. Una cosa así aumentaría de pronto inesperadamente, nuestras expectativas y nuestras posibilidades de ascender en la empresa. Esta es la verdad, la triste, contundente, y asquerosa verdad.

Yo soy el primero que doy mi parte para el regalo de cumpleaños de nuestra compañera. Si fuera sincero y noble, auténtico y coherente con mis convicciones y mis sentimientos, no daría absolutamente nada, porque no siento ningún aprecio sino más bien lo contrario por la persona en cuestión. ¡Pero llegado el caso, tal vez, tampoco me alegraría de su desgracia por el mero hecho de habérseme impuesto el trabajo de fingir algo que no siento! Sencillamente me daría igual. Ser bueno es más sencillo que ser malo.

¿Dónde están los nobles propósitos que me había impuesto en el hospital, los nuevos principios rectores a los que iba a ajustar mi vida? ¿Qué ha sido de ellos? "Vivir de acuerdo con las propias convicciones", por estrecha que tal línea de conducta resulte. Mis principios perdidos en una semana de trabajo.

Nunca me he sentido tan solo como ahora, al constatar este hecho. Uno no está verdaderamente solo hasta que no se traiciona a sí mismo.

¿Me he traicionado yo a mí mismo?

Al menos el trabajo ha salido adelante, y mi jefe, (¡qué raro!), me ha felicitado. Inmediatamente, todas las atenciones y las delicadezas de mis compañeros hacia mi persona se han esfumado. Un silencio helado, tenso, y hostil las sustituye. Eso quiere decir que me van bien las cosas. Me vuelven a tener en consideración.

Una de las cuestiones que más siento es haber abandonado un tanto a Capablanca estas últimas semanas. Por suerte, ya puedo ceñirme escrupulosamente a mi jornada de trabajo normal. El pobre animal, por mi temor a que desaparezca para siempre en los tejados, -siempre la sombra del pobre Imbert-, se ha pasado demasiado tiempo solo, encerrado en un apartamento vacío. Cuando yo llegaba a las diez o las diez y media de la noche, corría a esconderse en un rincón en lugar de salir a recibirme como antes, y tardaba aún un buen rato en aparecer. Tras mucho pensarlo he decidido, pues, dejarle la ventana abierta. Es inhumano retener para uno a otro ser hasta el extremo de encerrarlo. Privarle de su libertad. Ahora cuando llego ya no se esconde, a veces no está en la casa, a veces sale corriendo de las sombras, de los muebles, para frotarse contra mis piernas. Todo es más natural y mejor. Mejor así. Sólo que el apartamento está mucho más frío y hay días en que tengo incluso que cenar en la cama, cubierto con las mantas hasta la barbilla. Capablanca, cuando no está en celo rondando por ahí, se me enrosca en los pies y me los calienta un poco.

Un día, al salir tarde del trabajo, me entretuve en el club de ajedrez. Casi todos mis antiguos compañeros han desaparecido de allí. Han pasado sólo unos pocos meses pero parecen haber transcurrido años.

De pronto me he sentido pasado, fuera de lugar. Ahora los adolescentes, algunos casi niños, que ocupan las mesas de juego son los verdaderos dueños del club, de sus conversaciones. Imponen su estilo, su esprit, con el poder irresistible de lo nuevo.

Estaba a punto de marcharme cuando alguien me ha tocado suavemente en el hombro.

¡Adriano!

¿Jugamos?

Siempre me fascinó la naturalidad con la que anula la distancia. Como si acabáramos de vernos la víspera, mi vagabundo Adriano y yo. Se sentó frente a mí y se enfrascó, sin más, en el juego.

Después de hablar de esto y de lo otro, vagando por las calles que se iban quedando poco a poco vacías, un lunes aburrido y frío, invierno, encontramos al fin un sitio.

Adriano parecía el mismo de siempre. Hacía un año que no nos veíamos, tal vez más. Habían pasado muchas cosas. Se me ocurrió que el tiempo, que nosotros vemos como una línea uniforme, es en realidad como un río con sus curvas, sus meandros, sus remansos, sus rápidos. Un río cuyas orillas simulan retroceder. Y que nosotros acabábamos de salir de un curva o de un rápido.

Conservaba su vieja costumbre de cerrar los ojos cuando decía algo importante: el pelo castaño, ensortijado, partido por la frente impetuosa, en indéntico alboroto; la línea de los labios, fina y regular, iniciando una sonrisa irónica; y, a diferencia de mí, sin ningún signo ni indicio visible de tristeza.

Enseguida se puso al corriente de mis asuntos. Se alegró mucho, en primer lugar, hasta el punto de no terminar de creérselo del todo, de que yo viviese solo. "Siempre te lo recomendé, al fin me has hecho caso". Él también vivía solo, independiente, en un apartamento que debía ser parecido al mío, gozando de la misma vista de tejados y callejuelas alejándose en enmarañado zig zag bajo su ventana.

Yo ya no estaba acostumbrado a beber y tenía el estómago vacío.

Todos ("todos" éramos Carlos y yo), pensábamos que Adriano tenía encanto, duende. Nunca dudamos de que su vida sería interesante, colmada de la excitación y de la aventura que le faltaría a la nuestra. Cuando me contó que trabajaba en un tienda de ropa del centro y que estaba terminando Magisterio, fue como si perdiera mis propias ilusiones. El duende se esfumó de pronto. Me costó creerlo, por un momento hasta pensé que bromeaba.

¿Qué había sido del rompecorazones despreocupado, del chico de inteligencia rápida y brillante, que pensaba estudiar Medicina en tres años y dedicar el resto de su vida a estudiar las pirámides egipcias? ¿Cosas de muchachos? ¿Y qué de los crédulos ingenuos que lo escuchaban boquiabiertos?

De pronto empecé a aburrirme. Algo que nunca nos había ocurrido antes.

Hablamos del flamante profesor, de Carlos, otro aventurero convertido en ratón-habitante-del mundo-gris. Adriano también estaba cansado de hablar, así que nos despedimos. Antes de separarnos me pronosticó que iba a casarme pronto.

Eran más de las dos de la mañana cuando abrí la puerta. Chirrió en la silenciosa oscuridad. Capablanca estaba aún de ronda por los tejados, así que no cerré la ventana. Me desvestí.

Rápidamente, sin molestarme en dar la luz, me tumbé rendido en la cama revuelta aún de la víspera. ¿Faltaba una mano femenina en mi vida? Yo era un patriarca. En un momento determinado de mi duermevela oí crujir levemente la ventana: "el viento", pensé; "Capablanca"... Y me quedé dormido.

Al día siguiente iba como sonámbulo, pero llegué el primero al trabajo. El jefe repasaba facturas en su mesa extraordinariamente desordenada. Recibía papeles de unos y de otros, y tal y como los recibía los iba colocando sin más, sin orden ni concierto, entre los demás.

Si por casualidad se le extraviaba alguno se ponía furioso y la emprendía con nosotros.

De los dos hermanos dueños, él era quien llevaba realmente las riendas de la empresa, el duro día a día. Su carácter agrio se reflejaba sin tapujos en la expresión avinagrada, tendía a bizquear un poco cuando hablaba comiéndose las eses, hacia la nariz respingona, frunciendo los labios descoloridos, como si siempre estuviese olfateando algo sumamente desagradable o padeciese un estreñimiento crónico o almorranas.

En cuanto me vio me llamó sin más preámbulo y me dijo:

"Hoy va a venir a la oficina uno nuevo. Atiéndelo y ponle al corriente de tu sección".

Me quedé helado.

No dije nada.

Mis compañeros, en cuanto vieron aparecer al nuevo, un recién diplomado en Empresariales que sabía tanto de Empresas como yo de Teología, se animaron de un repentino deseo de hablar. Para colmo, aquel era el día en que debíamos darle el regalo a Rosa-cara-de-limón por su cumpleaños. Yo intenté escabullirme a la hora del desayuno, pero el nuevo me retuvo con sus preguntas. Era insaciable, insufrible.

Así que hubo que sumarse al besamanos general, a la sesión de besos y felicitaciones. Cuando me llegó el turno, Rosa-cara-de-limón me dedicó un guiño en toda regla que podía quererlo decir todo o nada. Por si acaso, fingí no darme cuenta, no me di por aludido

Mas me sentía como alguien a quien le han dado un pico y una pala para que cabe su propia tumba.

El nuevo aprendía deprisa. En unos pocos días ya sabía lo esencial para sustituirme, al menos temporalmente. ¿Qué ocurriría ahora conmigo?

Yo podía haberme demorado. ¿Debía haberlo hecho entonces? Podía haberle puesto muchas trabas, muchas más dificultades, y haberlo confundido haciéndolo aparecer más incompetente de lo que en realidad era. ¿Debía haberlo hecho? Pero no lo hice.

Así, un día me presenté ante mi jefe: había cumplido su encargo a la perfección, sin embargo semejaba un criminal atormentado que se entrega a la policía. "Ya está", le dije. Eso fue todo.

Él levantó la vista, nos miró con mal disimulada satisfacción, y mandó al nuevo compañero a mi puesto. Mientras éste último ocupaba con toda naturalidad mi mesa, los ojos y los oidos de aquellas víboras frías estaban clavados en mí, anhelantes, entusiasmados:

"Vea usted lo que pasa: queremos, desde luego, que se quede en la empresa, pero a media jornada. ¿Qué le parece? Por supuesto, el salario sería proporcional, incluso ligeramente mejorado, y nos gustaría que se quedara con nosotros. Es lo justo. Le dariamos referencias excelentes para que complete el resto de su horario en otras empresas. Estamos muy satisfechos con su trabajo. ¿Qué me dice?"

¿Qué podía decir? Acepté.

Mientras sí y mientras no, al menos tendría las tardes libres. La mitad del sueldo (de mejora, nada). Me lo tomé como unas pequeñas vacaciones. Como una liberación, igual que cuando sonaba el timbre del recreo antes de lo habitual, allá en mi lejana infancia.

Cuando estoy deprimido me da por contarle cuentos a Capablanca. Siendo yo muy pequeño, mi padre hacía lo mismo conmigo cuando le atormentaba especialmente su enfermedad. Yo me sentaba en sus rodillas y él empezaba una larga, larga historia.

Aquellas tardes desocupadas me convertí en un hombre solitario y triste que hace terapia con un gato. ¡Cándido Campos! Cuando el animal se revolvía mirando nerviosamente hacia la ventana (donde empezaban a advertirse ya los signos inequívocos de la primavera), yo lo sujetaba implacable y con calculada fuerza. El pobre Capablanca trataba de saltar, de escurrirse de mi abrazo, y maullaba con desconsuelo, impotente, cada vez más irritado. Pero yo necesitaba hablar con alguien, o mejor dicho, necesitaba ser escuchado por alguien. Y un gato es alguien.

Mis problemas personales eran demasiado cercanos y dolorosos, (aún hoy, a veces, me lo parecen), así que le contaba cuentos a Capablanca, sin piedad. Cuentos en los que yo, en ese momento, encontraba una amarga alegoría de la vida y un fondo de alivio y de verdad.

Le conté, pues, todos los que sabía, todos los que recordaba; y de pronto me di cuenta de que podía seguir reinventándolos casi hasta el infinito. Así fue como me surgió, sin proponérmelo, la idea de escribir estos recuerdos, aunque sin ninguna pretensión literaria.

Conforme escribo mi memoria se va agudizando. Lo que ha pasado hace años vuelve de súbito nuevo, intacto, fresco, como si lo tuviese otra vez ante los ojos. Lo que yacía olvidado, aparentemente, emerge en un minuto fugaz con toda su rica viveza. Como de un hombre muerto. Los seres queridos y los seres odiados del pasado; los lugares; los sucesos, supuestamente anodinos, vuelven revestidos de una vida nueva, como si siempre hubiesen estado larvados en nosotros, que somos su tumba.

Me daba perfecta cuenta de que yo nunca sería como los héroes de los cuentos que narraba, pero eso me liberaba de la responsabilidad de actuar de una manera determinada, de acuerdo con un papel fijo, impecable. Como un héroe o un villano. Era tan insignificante que podía ser libre.

Al fin, Capablanca lograba desembarazarse de mí saltando de mi regazo, la mayoría de las veces aprovechando esos momentos de ensimismamiento en que yo dejaba volar libre mi imaginación, mi espíritu, subyugado por la penumbra del cuarto que avanzaba, avanzaba, desde los tejados primaverales.

Cuando Adriano se enteró (¿cómo?) de que yo estaba casi sin empleo, corrió a presentarme a su padre. Se convirtió así en mi protector. Él mismo acababa de renunciar a su enésimo trabajo y por fin, esta vez sí, iba a sentar la cabeza. Su padre nos examinó, algo distraído, y nos dio su aprobación. Trabajaríamos juntos en uno de sus almacenes de ropa.

Lo primero que yo tenía que hacer era despedirme de mi antiguo empleo. Empleucho. Allí me presenté a la mañana siguiente, ojeroso tras una noche entera de juego prolongada hasta el amanecer, y un poco más tarde de lo habitual. Mi jefe me recibió con sorpresa, incluso con una vaga alarma. No podía despedirme hasta que acabara aquella semana: era la semana de las liquidaciones fiscales. Cuando le dije que había encontrado otro trabajo y que no podía quedarme más, y que lo sentía, casi monta en cólera. El despido sería, en tal caso, por supuesto, procedente. Sin indemnización. Intentó no perder la calma, el dominio de sí mismo. ¿No podía esperar, con todo, unos días aún? No podía. Firmé, pues, mi finiquito, y salí de la oficina sin despedirme de nadie, sin entretenerme más, sin mirar a derecha ni a izquierda.

El nuevo trabajo era para mí un completo misterio, algo que a Adriano nunca pareció preocuparle. Nos presentábamos a eso de las ocho y media de la mañana en un enorme almacén lleno de ropa embalada, donde el encargado, un hombre grueso y, por el acento, indudablemente argentino, nos hacía entrar en la minúscula oficina.

El ordenador recién instalado resplandecía intacto aún, junto a una papelera repleta y una mustia y desmadejada azalea. Un calendario Pirelli del año 1989 adornaba la pared. El centro de la mesa que ocupaba el encargado lo monopolizaba la hoja deportiva del día.

A mí me encargaba de las cuentas. La tarea de Adriano, aún más misteriosa, consistía en deambular arriba y abajo por la nave, apenas iluminada por los tubos fosforescentes, entre las cajas de ropa. Aparecer y desaparecer, y esperar.

Siempre he sido exacto y meticuloso en mi trabajo y me gusta saber lo que me traigo entre manos. Los números nunca me lo dicen todo. Tal vez por no tener escuela, por mi propia formación autodidacta, nunca me conformo con lo primero que veo. No me interesan las teorías ni las fórmulas abstractas sino la realidad concreta, desnuda, los hechos. ¿Qué empresa era aquella? ¿Cuál era la naturaleza exacta de sus actividades, de dónde procedían su activo y su pasivo? Estas eran las cosas que me interesaba saber. He aprendido que en este oficio lo más importante es la eficacia y la claridad, teorías aparte, por lo tanto la forma es también importante. Pero aquello sencillamente se me escapaba.

No parecían las cuentas de una empresa sino el delirio de un trapacero. El sueño de un monje medieval. ¿Qué significaban, por ejemplo, aquellas deudas, aquellos haberes fantásticos que no aparecían por ninguna parte, dónde estaban los activos de los que hablaban los papeles? ¿Y aquellas notas garabateadas apresuradamente en cualquier sitio, improvisadas en los bordes de una factura, apenas legibles, como escritas bajo un delirium tremens, semejantes a los comentarios de los códices miniados irlandeses, sin fecha, sin relacción del acto comercial y a veces sin, ni siquiera, el nombre de sus participantes?

Cuando al fin, desesperado, me atreví a preguntar, Mempo, el encargado, me miró primero con sorpresa y luego lleno de perplejidad:

"¡Pero tú eres el contable!", me dijo.

"Necesito más que esto".

"Ahí está todo. Busca en los cajones".

Esta fue su asombrosa explicación. Suspiró, y volvió a sumergirse en su Marca.

Entretanto, Adriano había vuelto a desaparecer. Antes de dos o tres horas no podía contar con él, si es que volvía aquella mañana. Me paseé al borde de la desesperación, por las naves silenciosas y, para mí (al parecer, para nadie más que para mí), llenas de interrogantes. La penumbra fresca me calmó un poco. Así que volví a enfrascarme en aquel galimatías aunque sin muchas esperanzas de sacar nada en claro. No obstante, soy tenaz.

No eran aún las doce cuando apareció Adriano, tan jovial y despreocupado como siempre. Yo estaba a punto de irme, desesperado.

"Vayámonos juntos", me dijo, "pareces el dueño de una funeraria".

"Ojalá lo fuera".

"¿Qué ocurre?"

Me encogí de hombros por toda respuesta.

Mempo nos despidió sin apenas mirarnos. Sus ojos destellaron con maliciosa alegría sobre la hoja deportiva.

Quizás tendría que decir algo de nuestro jefe para aclarar tanto misterio. Adriano senior (Senior) era (y aún es, espero), el mayor aventurero empresarial que he conocido, siempre embarcado al mismo tiempo en tantas actividades que uno nunca sabía a cuál de ellas exactamente se dedicaba. Por ejemplo, cuando tenía problemas con algún proveedor, algo que indefectiblemente acababa por ocurrir, él mismo se hacía cargo del suministro en cuestión. Cuando sus acreedores se volvían demasiado inflexibles o insistentes, no dudaba en reemplazarlos, endeudándose con otros nuevos, ascendiendo en la cadena hasta llegar directamente al productor o los productores de la materia prima que se tratase. Así, agotaba su crédito hasta las raíces, y entonces tan ricamente cambiaba de actividad, y volvía a empezar de nuevo. Desviaba todo lo que podía salvar de cada empresa para los activos de la siguiente, cuidándose siempre de saldar sus deudas, eso sí escrupulosamente, sólo con los Bancos y Hacienda, y dejando que sobre el resto de sus acreedores decidiesen los juzgados. Volvía a empezar siempre con inocente e indestructible optimismo, convencido de que sólo era una cuestión de tiempo encontrar la actividad adecuada. Dar en la tecla. De esta forma, nunca figuraba en los rankings de morosos de los bancos y eludía al fisco. Disponía de crédito, que es lo esencial para ser empresario. Nunca actuaba a tontas y a locas, pero tampoco con el ánimo premeditado de estafar a nadie. Convencía a los proveedores durante un tiempo asombroso de su buena fe, porque en el fondo siempre actuaba de buena fe y convencido del éxito y de la buena marcha de sus empresas. No era, pues, un vulgar estafador sino sencillamente un naif. ¿Qué había entonces en el fondo de Adriano Senior? Su rostro enorme, firme, y sincero, era el de un hombre honesto, y verdaderamente lo era a su modo heterodoxo. Creía sinceramente en la necesidad, en la la bondad, de todas y cada una de las empresas en las que se metía, y cuando indefectiblemente suspendían pagos y quebraban una tras otra, él era el primero en sorprenderse, en quedarse perplejo, estupefacto.

Por aquel entonces hacía pocos meses que se había iniciado en el negocio de la ropa: prendas de imitación de marcas deportivas conocidas, producidas en el sudeste asiático. Pero los albaranes, las facturas, y en suma los papeles que yo tenía que revisar se referían a otras muchas actividades, algunas anteriores, otras simultáneas al negocio de la ropa.

Nunca dudé de aquel hombre, y en cuanto supe a qué debía atenerme, lo hice con toda mi buena fe, mi savoir faire, mi destreza, y mi energía. Me entregué, en una palabra, por completo a sus actividades. Tal vez porque no era lo que se dice un empresario ortodoxo, y era extraordinariamente generoso con sus empleados en asuntos habitualmente tabús, espinosos, como los sueldos y los horarios, algo por lo que nosotros teníamos muchos, sobrados motivos, para estar contentos.

Sólo una sombra empañaba aquella felicidad: la incertidumbre sobre nuestro futuro.

Aún así, llegó un momento en que me acostumbré a aquel tipo de vida: por primera vez no me sentía un mero y gris administrativo sino un artista, un creador. ¿Un embaucador? Llegué a pensar que había encontrado, al fin, mi verdadera vocación en la vida, y que ya nada ni nadie podría apartarme de ella: ésta consistía en hacer realidad los sueños contables de una empresa que, aunque no fuera mía, consideraba ya como parte de mí.

Tuvimos, no obstante, varias crisis: a las pocas semanas de entrar a trabajar cerramos el almacén de ropa, prácticamente ya sin existencias, anticipándonos al precinto del Juzgado; cambiamos de domicilio y de sociedad, y por supuesto de actividad; y volvimos a empezar otra vez de cero, con el crédito de los Bancos intacto, incólume. Todo esto se repitió en circunstancias distintas, en el transcurso de pocos meses. Todos estos vaivenes y altibajos llegaron a parecerme normales e incluso estimulantes.

¿No es la existencia un continuo fluir, inconsistente, de fenómenos?

Mi trabajo era muy sencillo, o al menos así llegó a parecérmelo. Y me daba un amplio margen de creatividad. En cuanto a la función de Adriano, nunca supe exactamente cuál era, permaneció para mí siempre en el más hondo de los misterios.

Ahora, al verme inmerso, desde la distancia, en aquel maremagnum, no dejo de sorprenderme de mí mismo. Pero entonces era tal mi abulia, que lo mismo me hubiera dado, como un día le confesé medio en broma y medio en serio a Adriano, irme al Líbano que a Albacete. Ya que no podía ser yo (¿quién era yo?), estaba dispuesto a ser cualquier otro. No lo sé. Quizás estoy proyectando mi actitud y mis inquietudes hacia atrás, hacia aquellos días curiosos y anárquicos. Tal vez la abulia y el desencanto están aquí y ahora y entonces sólo había candor, entre peripecia y peripecia. Porque más que un trabajo aquello era una sucesión de episodios cada cual más rocambolesco y extraño, de aventuras vitales en las que me sumergía con entusiasmo.

Fue entonces, más o menos, cuando recordé mi firme propósito del hospital de cambiar de vida, de vivir cada día con toda plenitud de acuerdo sólo con mis convicciones, mi firme propósito de no traicionarme y de no renunciar nunca a mí mismo. ¿En qué consistía esto en realidad? Muchas noches enfrascados en el juego, Adriano y yo desmenuzábamos estas ideas, sin apartar la vista ni la atención de los naipes que iban dictando nuestra suerte. Permanecíamos así fascinados por el azar sin dejar de reflexionar sobre la vida.

¿Por qué la gente no vive según sus creencias?

Los cristianos, los budistas, los mahometanos, los ateos...

¿Para qué sirven las creencias?

Lo más lógico sería cambiarlas, ¿no?

Juega.

Pierdes conforme piensas, y piensas como un perdedor.

Yo no le hacía caso. ¿O sí? Ahora siento que rozábamos cuestiones fundamentales, pero que en ese momento estaban totalmente fuera de lugar. Adriano con su acostumbrada frivolidad e inteligencia, yo con mi preocupación.

En cierta ocasión, Adriano Senior, que nos acompañaba al juego, escuchaba con verdadero fervor aquellos argumentos, interesado por nuestra pequeña charla trascendente. La enorme, suave, y muy cuidada mano acariciaba la barbilla, pensativa, mientras los ojos, ya turbios por el ging-tonic, y tal vez también por la falta de sueño, se perdían en el infinito.

"Lo que yo he buscado toda mi vida, si yo supiera en qué creo, ese es el verdadero problema, que no lo sé", dijo.

El hijo pareció sorprendido. El padre hablaba como arrebatado por la inspiración:

"No sé, tal vez haya desperdiciado mi vida". Apostó el sello de oro, con sus iniciales y su escudo familiar primorosamente labrados, que lucía en el dedo índice. Y lo perdió.

"Cuando mi padre se arruine volveré a la tienda, ¿y tú?", dijo Adriano recogiendo las ganancias.

"No sé". No había pensado en serio en esa posibilidad.

Las mesas de alrededor empezaban a quedarse vacías. Eran ya casi las cinco de la mañana. Hora de cerrar. Nuestro jefe pidió no obstante, otro ging-tonic, que alguien le sirvió a regañadientes. Abríamos teóricamente a las ocho y media, en punto.

A veces al final del juego nos devolvíamos caballerosamente los objetos personales ganados, aunque nunca el dinero. Al fin y al cabo, jugábamos para pasar el rato. No es la riqueza fácil y absurda sino la experiencia mística del azar lo que busca saborear el verdadero jugador. El que lo es de vocación. Vivimos en una época de déficit religioso.

Nuestro jefe, cuando nos acompañaba en estas veladas, solía invitarnos después a café con churros antes de desaparecer en sus misteriosas y absorventes actividades de empresario. Había, y creo que todavía hay, una pequeña churrería cerca de la plaza Bibarrambla donde solíamos recalar entre los primeros. Cuando estaba cerrada nos desquitábamos golpeando inutilmente, pero con íntimo regocijo, contra la temblequeante persiana metálica. Cantábamos o avanzábamos silenciosos entre las sombras, aun densas y heladas, que ya empezaban a adelgazarse.

Qué gusto daba sentir, sobre todo en invierno, el helor del aire en la cara entumecida, saberse dueño de las calles desiertas, reina por un día, cosechadores de Luz.

A las ocho y media o las nueve llegábamos, por fin, al trabajo. Adriano hijo deambulaba misteriosamente entre los embalajes, que parecían dormir a la espera del Juicio Final. Y Adriano Senior hablaba por teléfono, completamente lúcido y sosegado, repasaba las chequeras de aquel día naciente que yo le tenía siempre preparadas.

Aquellas salidas nocturnas empezaban a dejarme una sensación de abatimiento.

Con la primavera, al hacerse las tardes más largas, volví a escribir (no sólo este diario-memorias-testamento, lo confieso, aunque todo lo demás, salvo algún poema, lo he hecho desaparecer hace ya tiempo). La primavera suele ponerme triste. De pronto me daba cuenta de que no tenía familia. No rehuía la soledad, pero a veces me inquietaba. Empecé a quedarme solo cuando jugaba en las rodillas de mi padre enfermo; y cuando me encerraba en mi habitación para no oír los chillidos de mi madre y de mi hermana; y cuando rehuía a mi hermana y a sus estúpidas amistades, cosa que hice extensible pronto al resto del vecindario, hasta el punto de no salir nunca a la escalera cuando resonaban ruidos, pasos, voces en el rellano; y cuando acariciaba a mis queridos gatos muertos y vivos: Imbert I, Imbert II, Capablanca, éste último ya tan viejo que se pasa el día tumbado a mis pies, en las tinieblas de la ceguera, indiferente como una estatua... Siempre he buscado cosciente o incoscientemente la soledad, en las calles, en las plazas más apartadas, en las las horas más intespestivas. Supongo que a los tocados por la verdadera grandeza les ocurre justamente lo contrario, que es la soledad la que los persigue a ellos, celosa, implacable, durante toda su vida.

Las tardes después de nuestras escapadas eran cada vez más deprimentes. Me dejaban una sensación de vacío. Me tumbaba en la cama deshecha, procurando no dormirme para no desvelarme después a medianoche, pues por fortuna no salíamos todos los días. Espiaba los movimientos de Capablanca, quien aparecía y desaparecía entre los muebles, saltaba de pronto a la ventana, o se tumbaba para dejarse acariciar. De pronto mi vida, la existencia en general, empezó a parecerme absurda. Todo estaba tan oscuro y tan frío que apenas podía verme las manos en las tinieblas. Como el Universo.

Poco antes de que nuestro jefe tocara fondo, me compré un coche de segunda mano. Yo tenía el carné de conducir desde hacía tiempo (por un prurito de vanidad carente de vocación), pero ahora estaba dispuesto por primera vez a utilizarlo en serio. Empecé poniéndome al día en la ciudad, en los barrios, a las horas menos concurridas. Cuando me consideré listo hice una excursión a la Sierra.

No comprendía cómo la gente podía fumar, hablar, y conducir a la vez. Hacía un día espléndido. Detuve el coche en la cuneta, me puse a contemplar el paisaje. Los neveros ya algo disminuidos por el primer calor primaveral, reverberaban imponentes en la atmósfera azul. Aquel año había caído mucha nieve y me pareció oír, lejano, el ruido del agua que se deshelaba por todas partes a mi alrededor. Experimentaba una sensación de bienestar y paz, de gozo sereno, nueva, simplemente por el hecho de estar allí. Entonces se me ocurrió, con maravillosa incongruencia, que si volvía allí de vez en cuando tal vez acabaría adueñándome de aquella sensación.

Sólo logré convencer para que me acompañara a Carlos. Adriano Junior, aparentemente tan audaz y despreocupado, mudó de color cuando le dije que había vuelto a conducir. "¿Vuelto?, ¡si tú nunca has conducido!" "Pues ahora sí conduzco". No se atrevió, prudente y cauteloso, a comprobarlo.

Así pues, mis primeras excursiones fueron viajes solitarios (siempre fuera de la ciudad, odiaba conducir por la ciudad); a veces con el "profesor", que me embotaba con su conversación. Pero un día salió a relucir un tema que me cautivó: habíamos parado cerca de una chopera, en plena vega; era una tarde silenciosa de finales de verano; un camino secundario; el aire fino agitaba los chopos que empezaban a amarillear en las puntas; el azul, más tenue a lo lejos; el morado desvaído de las montañas, más lejos aún; el remolino de un fleco de humo de rastrojos... No recuerdo cómo surgió el tema. Estábamos callados, junto al coche. Y de súbito me sentí feliz.

"¿No es extraña la Naturaleza?"

"¿Qué quieres decir?"

Era el momento de las revueltas en la antigua Europa del Este: mucha gente del otro lado del Muro que hasta entonces se había limitado a intentar sobrevivir, había salido de pronto a las calles a expresar su descontento y sus esperanzas.

Eso era la Historia: aquellas personas que durante años habían llevado una vida anónima, silenciosa, y amedrentada, de pronto habían tomado las calles a pesar del Partido, el Ejército, la Policía, y de su propio terror. De su propia costumbre.

Y aquel soplo de aire fresco, nuevo, siempre imprevisto, era como el que en ese momento movía los chopos que estaban allí, estaba allí desde siempre.

Escuchaba cada vez más intrigado.

La Naturaleza y la Historia nos conmovían sin un proyecto y ahí residía su grandeza y su encanto. Afectaban a nuestras vidas sin proponérselo, podían hacer sonreír a un desaprensivo, devolverlo a la infancia. Sólo requerían un mínimo de nuestra complicidad.

Es como un engranaje: las ruedas grandes mueven a las más pequeñas y así sucesivamente, hasta que todo el mecanismo está en marcha. Entonces ya no se puede parar: la Unión Soviética se hunde y un ingeniero jubilado se conmueve al mirar los chopos.

De pronto los chopos, las montañas, el aire, me parecieron llenos de sentido, nuevos, personales. ¿Tendrían algún secreto aún para mí? Si los miraba, si los sentía con todas mis fuerzas, y me olvidaba de mí mismo, tal vez lo descubriría algún día.

¿No estamos irremediablemente solos, solos en las orillas de los demás?

Cuando nuestro jefe se arruinó, por un momento en medio de la angustia y la incertidumbre, me sentí feliz, liberado.

Tal vez esta era la ocasión de darle el giro que quería a mi vida. El mundo estaba cambiando rápidamente y, como ciertos animales en los momentos prévios a un terremoto, creí que podía percibir desde lejos sus movimientos, acercarse a mí.

¿Había llegado pues el momento de vivir de acuerdo conmigo mismo, de ser yo mismo: el nuevo Cándido Campos?

De repente me quedaba sin trabajo. Tenía dinero suficiente para pasar un año, tal vez un poco más. ¿Qué iba a hacer después?

Hacía un invierno inusualmente suave: días, luminosos y frescos; noches agradables para la época del año, transparentes. De momento, dejé pasar el tiempo.

Vendí el coche. Descubrí lo agradable que es demorar las decisiones, los deseos. El placer está en el umbral de cada acción.

Consciente de mi rebeldía, orgulloso, volvía a aprender a pasear, a no tener prisa, a no ir a ninguna parte, a no pensar en nada. A dejarme llevar.

Una y otra vez pensaba en el Muro y en las gentes del otro lado, que habían tomado valientemente sus vidas para empezar de cero, de menos de cero. Y volvía a ver los chopos de aquella tarde.

Carlos estaba entusiasmado con mi "rebeldía"(aunque en realidad yo no hacía nada). Cuanto más me replegaba sobre mí mismo, más receptivo y sensible me volvía hacia todo lo que me rodeaba. Es algo curioso. Yo no hacía nada más que esperar, ¿pero el qué?

En diciembre cayó el Muro de Berlín, pero a mí me conmovía más lo cercano: el murmullo de una fuente en una plaza apartada; la masa de color de la gente en la puerta del cine; el humo de las azoteas...

Adriano se había colocado hacía poco en una tienda de Antigüedades. No comprendía cómo yo podía estar tan tranquilo sin trabajar, sin buscar trabajo. Se ofreció a ayudarme, un poco escandalizado. Puritano.

Poco antes del verano empezó a acabárseme el dinero. Los telediarios ya no hablaban del Muro de Berlín. Recordé que era la época de las liquidaciones fiscales y pensé en el ajetreo que habría en mi oficina.

A la mañana siguiente me presenté allí sin más. Hacía un día precioso. Mi jefe se sorprendió al verme al principio. Parecía otro, me dijo. Mi sustituto había sido ya sustituido por otro. Se alegró francamente de que yo hubiera ido, al fin. No me prometía nada, pero de momento hacía falta. Así que me senté en mi vieja mesa, y estuve trabajando intensamente el resto de la mañana, como en los viejos tiempos. Ni siquiera aproveché la media hora que tenía para desayunar. Cuando salí, mediada la tarde, estaba mareado pero muy contento. Me fui a pasear solo por los jardines ingleses de la Alhambra..

TRES

Cuando abrió los ojos el sol ya parecía casi en el mediodía. Entraba en la habitación que, a causa del calor, había permanecido abierta toda la noche, cuando la diferencia entre el exterior y el interior era menor. Además del sol, se colaba por la ventana el intenso ruido del tráfico.

Carlos buscó sus pantalones, doblados de cualquier manera, donde guardaba el resto arrugado de un paquete de cigarrillos. Últimamente se estaba planteando dejarlo pero, como en tantas otras cuestiones, no ponía la suficiente determinación. Se dedicó a sí mismo una sonrisa de autocompasion.

¿Cuánto había de pose y cuánto de auténtico en él?

Aunque estaba a gusto entre las sábanas, el sol le obligó a levantarse. El riel de la cortina estaba atascado. Forzó la persiana hasta el alfeizar manchado de excrementos de palomas. Alguien debía tener un palomar por allí cerca. Echó un vistazo a las nubes, las primeras serias de aquel otoño, e inmediatamente se imaginó un día, una semana diferentes. El aire llegaba cargado de olor a lluvia.

Los libros ya no cabían en las estanterías, apilados en la mesa y en las sillas, algunos incluso en el suelo. No encontraba el cenicero. La perspectiva de salir, de tener que hablar y seguramente que dar explicaciones, mientras esperaba a que subiera el café, le fastidiaba. Aquellos primeros cinco minutos del día, de su día, se habían vuelto muy valiosos para él.

Además en el comedor, adonde daba directamente su puerta, estaría su abuela leyendo o haciendo ganchillo, al acecho del prófugo descarríado. ¡Cómo quería a aquella viejecita y sin embargo, qué placer estar solo allí, fumando en la penumbra! ¡Pensando sin preocupaciones en el futuro, aunque fuera cinco minutos!

En aquellos minutos cuando todos le creían dormido, ausente de la vida activa como un objeto más de la casa, era precisamente cuando su vida le parecía más interesante y atractiva. El futuro se volvía maleable y dócil, como la arcilla húmeda en las manos de un alfarero. ¡Qué sueños y qué proyectos no cabían en su imaginación entonces, en aquellos breves momentos, mientras aspiraba con todas sus fuerzas el humo del cigarrillo! Así debían de sentirse los convalecientes tras una larga y grave enfermedad, vueltos a la vida cuando ya habían perdido toda esperanza, milagrosamente. Todo parece nuevo, intacto, prodigioso: el simple vuelo de una mosca por la habitación, molesta y atontada por el frío. A veces aquel placer era tan intenso que lo prolongaba leyendo y fumando un segundo pitillo, si lo encontraba.

Decidió utilizar su mano como cenicero.

Qué acierto haberse matriculado por la tarde en vez de por la mañana. Aquel último curso de la carrera que tanto angustiaba a otros, a él iba a resultarle, por el contrario, delicioso, inolvidable. Indudablemente, iba a ser el mejor curso de los cinco. Por primera vez estaría libre de preocupaciones, como si le hubiesen amputado el futuro. Podría sumergirse en el estudio, por ejemplo de la Antigua Roma; o si así lo prefería, profundizar en la lectura de Tucídides; mientras sus compañeros, obsesionados enfermizamente por el trabajo, el porvenir, preparaban memorias, curriculum y temarios para las oposiciones.

Entre las doce y las tres, de lunes a viernes, estudiaría las materias y a los autores más de su gusto; a las tres, bien abrigado, cogería el autobús y comería cualquier cosa en los Comedores de la Facultad; después de las clases, como ráfagas de luces y sombras, sin ninguna prisa, bajaría dando un paseo con algún compañero hasta el centro y, si se les encartaba, se engolfarían en alguno de los barecitos de las calles adyacentes a Plaza Nueva o a la Trinidad.

Los fines de semana vería a Cándido y a Adrián: jugarían al ajedrez, filosofarían.

El escozor de la ceniza en la palma de la mano lo arrancó de sus ensoñaciones. Una mosca lenta, pesada, intentaba trabajosamente una acrobacia patética. El sol taladraba la persiana en su intento de cruzar por encima del tejado. Carlos prestó entonces por primera vez, atención a los ruidos del resto de la casa. Una puerta se oyó al fondo.

Dejó que lo que quedaba del cigarrillo se consumiera antes de apagarse y buscó sus zapatillas.

La abuelita cabeceaba en el sillón. Ante ella, un enorme libro abierto (un tomo con novelas de premios Nobel); una bolsa de labor aún cerrada; y, sobre un plato empañado por el uso, un vaso lleno de denso y oscuro té.

Al verlo aparecer se removió como si la hubieran sacudido. Su expresión se volvió risueña, maliciosa, hacia su nieto:

—¡Ya era hora!

Carlos giró sobre ella como si tratara de esquivarla, como un saltimbanqui, le pasó la mano sobre la cabeza y le guiñó un ojo:

—¡Siéntate, vas a marearme!

Sólo entonces le estampó un beso en la frente.

María, la hija mayor de aquella señora de otros siglos, ya había puesto la cafetera al fuego. Era ella quien había abierto la puerta poco antes, un error. Cinco minutos después, con expresión reconcentrada y severa, apareció en el comedor con café y una bandeja de rosquillas:

—El señor se ha levantado, le anunció la abuela.

—Ya lo he oído.

—Basta de cháchara.

Carlos devoraba el desayuno en una mesa aparte, mientras trataba de resolver un problema de ajedrez. Entretanto, la abuela intentaba sonsacarle algún detalle de su última correría, sin resultado. Al final, exasperada por sus evasivas burlonas, volvía a su novelón, ruso o polaco.

En la cocina se oían ya los cacharros, el grifo, la olla exprés.

El balconcito al que daba el comedor, oculto por una cortina y sombreado por un toldo nuevo, cada día más lleno de cachivaches, lo esperaba con su silla de anea, su mesita de jardín y sus macetas de geranios, de jazmines, de rosas.

Desde allí, un noveno piso, se veía revuelta en un ángulo de la manzana, la torre albarrana de la Alhambra, y un hotel enorme y rojo: el Palace. En aquella época Carlos era muy sensible al paisaje, que poblaba con sus fantasías de estudiante. Detrás un trozo de montaña, violeta por la distancia, soportaba pacientemente los nubarrones.

Abrió su manual sin apartar los ojos de aquel panorama fresco, como subyugado. Ya era casi la una.

Sobre el libro, mudo y muerto, empezó a medir el primer endecasílabo de un soneto. Luego se enfrascó en el último problema de ajedrez que le había dado Cándido. No era la primera vez que lo tenía una semana resolviendo un problema sin solución. El recuerdo de su amigo le hizo sonreírse. El sol de la una, a punto de pasar al otro lado de la avenida, lo obligó a entrar. Pese al fresco otoñal flotaba como una nube de especias picantes. Entonces, impelido por un deseo infantil, le arrebató el libraco a la abuela y empezó a leerle en voz alta desde el otro extremo de la mesa:

"Sobre los montones de cachivaches iban sentadas viejas mujeres. También los coches iban llenos de ancianas, otras incluso iban a pie agarrándose del brazo una a otra. Y detrás de toda esta comitiva, de nuevo se veían los soldados y los cañones pequeños y viejos. Una ambulancia de la Cruz Roja iba seguida de un coche de carreras con un magnífico galgo dentro..."

La pobre mujer, en vez de enfadarse, lo miraba, los ojos agrandados por los gruesos cristales de las gafas.

Un olor a guiso, delicioso, llenaba ya todas las habitaciones.

La hora de comer era idéntica casi todos los días, con ligeras variantes: la abuela se sentaba junto a la puerta, por si tenía que ir al cuarto de baño; mi tía María, a su lado, desenrollaba lenta y ceremoniosamente la servilleta mientras explicaba los incidentes menudos del día, casi siempre en torno al precio exorbitante de las cosas; una vez preparada, servía los platos, primero el plato hondo, de cuchara, y luego el segundo, con un cuidado amoroso, rallano en la devoción, pues la tía María, aunque le disgustaba la cocina y no hacía más que quejarse del horrible guisoteo diario, era una gran cocinera.

En cuanto a mí, me instalaba en la silla más inaccesible, pegado literalmente al enorme armario que por si solo ocupaba buena parte del comedor. Desde allí, como un genio emboscado, seguía ya la conversación de las dos mujeres; ya las noticias o el programa de turno que daba el enorme televisor en blanco y negro (un Telefunken del año de la polka); ya la lectura de un párrafo o de un verso a medio terminar, donde me había quedado interrumpido cuando llamaron a comer. La hora de comer era sagrada allí.

A mi derecha, casi siempre vacías los días de diario, estaban las dos sillas de mis tías Elena y Rosario, con todo dispuesto por si se dejaban caer como a veces ocurría. Una vez empezada la comida propiamente dicha, se instauraba un silencio litúrgico en torno a la mesa, que sólo se interrumpía en los postres y en el café, salvo que hubiera alguna noticia, alguna novedad fuera de lo corriente que comentar.

Yo engullía a toda velocidad, me quemaba los labios y la lengua con el café hirviente, encendía un cigarrillo mientras ellas terminaban, y ya estaba listo para coger el autobús de la Facultad. Con todo, tenía aún tiempo y ganas de bromear, de picar a la abuela ponderando el Comunismo de Marx y Engels, o mejor aún el anarquismo de Bakunin; y aventurando la pronta caída de la propiedad privada y del Estado. La abuela, que se tomaba todo tan en serio como una niña pequeña, me replicaba indignada proponiéndome no ideas sino ejemplos de la vida real, de su vida, marcada a fuego por la guerra civil. La tía María la regañaba por salpicar el mantel de comida, de agua, de todo lo que salía de su boca atropellado entre las palabras; a mí me fulminaba con una mirada que aún me produce escalofríos.

Pero otras veces la comida transcurría tranquila, sin incidentes dignos de mención. Como los actores de una obra muda, cada uno absorto en su plato y en sus pensamientos, semejábamos muñecos incomunicados. El televisor enorme, monstruoso, daba unas imágenes precarias, temblorosas, que de pronto se convertían en aguas, en rayas y en nieve pura y dura. Este Telefunken antiguo tiene su historia que se puede resumir en una palabra: impago. Impago de su predecesor, un Grundig a color de veintitrés pulgadas, de sonido estereofónico, maravilloso.

Detrás de mí, en el pequeño trozo de pared frontero al cuarto de baño que deja libre el armario de la tía María, hay o mejor dicho, había, dos retratos a carbón de mis abuelos paternos, copiados por mí de sendas fotografías antiguas. La abuela aparece especialmente orgullosa en el suyo: cuando sea juez, como su padre, me vaticina, tendré tiempo para dibujar, para pintar, para escribir, y quizás me haga célebre como Sagasta.

Si al menos yo supiera lo que quiero: el futuro se me aparece como una calle empapada, llena de colorido, fresca, que se hunde entre tejados, torres, y arboledas, en el horizonte sin fin.

¡Son casi las cuatro! Con el último sorbo de café corro a por mis cosas: libros, un bonobús, algo de dinero... Me despido sin mucha ceremonia.

El autobús aparece junto a la marquesina que, por suerte para mí, está repleta de gente que se apretuja junto a la puerta. Cruzo veloz entre los coches y me encaramo en el último momento, quedando de pie entre el conductor y la puerta de entrada.

Alguien protesta en medio de las apreturas. El autobús inicia su marcha y parece un milagro que avance con tanta gente dentro. Pero pocos minutos después, en la primera parada del centro, muchos pasajeros se bajan entre empujones. Entonces quedan asientos libres y puedo elegir uno, junto a una ventanilla cubierta de vaho. La limpio con la manga húmeda y me acomodo mecánicamente en mi asiento.

En torno a mí el receptáculo, otra vez lleno de pasajeros, desaparece. Su lugar lo ocupan ahora las calles, cada vez más oscuras. Aún no son las cinco pero muchos escaparates ya están iluminados, como en pleno invierno. Me engolfo en mis pensamientos: ¿adónde irá ese, y aquel otro? ¿Quién será aquella mujer? De súbito un verso se desliza en mi mente, y le sigue otro, y un tercero. Busco con qué escribir antes de que llegue mi parada, al final de la cuesta ocupada por la fábrica de cervezas Alhambra. El cielo, cada vez más próximo, está ya casi completamente cubierto de nubes:

"El mismo autobús soñoliento

sube a la Facultad, mientras hablamos

filosóficamente de la vida,

y planeamos viajes que ya no haremos.

Tengo la sensación de que todo es ahora;

que estoy a la vez, en todos mis momentos siempre;

en este frío; en la misma calle donde nos despedimos;

que vuelvo a ver los muros de la fábrica de cerveza;

que vuelvo a escuchar nuestras palabras heladas..."

Por último, aparece el largo muro de la fábrica en el que hay pintado el anagrama de la cerveza de la ciudad. Una chimenea decimonónica arroja al cielo un humo blanco lechoso que se confunde con las nubes, cada vez más bajas. En el autobús ya sólo quedamos estudiantes.

Un minuto después marchamos ascendiendo en larga fila hacia la Facultad de Letras. Son más de las cuatro y media, así que adiós a la primera clase. En medio de la multitud, rezagada y solitaria, avanzo ni muy despacio ni muy deprisa. La niebla se empeña en tapar la carretera desierta.

Mientras voy pensando en los versos, siento frío. Tal vez contagiado por los colores apagados de la carretera, por el escalofrío de las plantas empapadas que la jalonan, por el aspecto empapado y oscuro en un sentido profundo, del cielo.

Todas estas impresiones se cuelan en aparente desorden, en mi espíritu.

Al fondo, tras la curva empinada, aparece la mole gris de la Facultad. Como al efecto de un imán, los pasos se apresuran; las cabezas se inclinan hacia delante; los brazos, hasta ese momento rígidos y pegados al cuerpo, inician un compás, un balanceo de péndulo; los ojos se clavan en el suelo agrietado, necesitado de una capa nueva de asfalto, por el que asoma aquí y allá la hierba.

En menos de un minuto estamos todos allí.

La voz monótona, soporífera, del profesor, lo adormece de cuando en cuando. Mientras, la mano sigue escribiendo mecánicamente, fijando en el papel frase tras frase, a veces taquigráficamente, la lección. Carlos se ha sentado entre la puerta y un gran ventanal sin abertura, que da a un jardín cerrado y descolorido. Está, pues, en una de las últimas filas, muy lejos de la pizarra donde el hombrecillo que habla, apunta de cuando en cuando el nombre de un autor o de un libro, con frecuencia extranjero. La época de Marco Aurelio le parece sumida en irremediables tinieblas. Aquellos seres humanos debían de ser ya sombras en vida: ricos potentatii en sus villae, en plena naturaleza; esclavos huidos en los bosques, recapturados por los bárbaros; jefezuelos recién llegados de allende el Rihn, deslumbrados, con las barbas desgreñadas y equipajes cargados de oro; humiliores aterrorizados en las ciudades recorridas por la peste, por las primeras procesiones cristianas, por el viento helado del campo...

El profesor lee fragmentos de las famosas Meditaciones del Emperador, y Carlos se lo imagina solitario, recorriendo las murallas sombrías de Rávena apenas alegradas por alguna huerta; por un jardín ocasional; por un templete descuidado; por la presencia y las voces de la gente sencilla que no ve ni vive en la Historia.

De pronto deja de escribir. Un escalofrío (¡ya es de noche!), desciende hasta sus pies calzados con zapatos de verano. ¿Cuándo se ha hecho de noche? No se ha dado cuenta. Ha pasado directamente del sopor, de la indiferencia, al deslumbramiento, como si una pequeña puerta escondida, disimulada, se hubiese abierto entre el presente y el pasado, entre la realidad y la imaginación. La clase acabó. Es la luz de los tubos fluorescentes del techo, uno de ellos roto. El jardín ha desaparecido, como el resto del mundo.

En el pasillo las conversaciones ya animadas, ya monótonas, oscilan entre la preocupación y el sueño. En la mente de todos bulle lo inmediato:los exámenes, los trabajos, las vacaciones; y lo lejano, ya no tan lejano: las oposiciones, el trabajo... Solo él, así lo siente al menos, piensa en Marco Aurelio y su época no como un erudito, como un investigador, lo que estaría un poco justificado, sino como un poeta.

Paco, su compañero, su amigo inseparable desde primero (¡quién pudiera volver a primero!), no ha venido.

Cuando quiere darse cuenta empieza la última clase. La mitad de sus compañeros ya se ha marchado. El resto mira sus relojes respectivos: las cabezas inclinadas, los brazos en movimiento, la mente muy lejos, en ninguna parte.

Entre los apuntes y los manuales, lleva el Siddharta que le ha prometido a Cándido: editorial Bruguera, edición de bolsillo en papel basto y amarillento, la letra redonda y suculenta. ¿Cuánto tiempo lleva ahí? Lo transporta a la época del Instituto, a los pasillos bulliciosos y melancólicos del Instituto Padre Suárez, a cierta persona que, años después, "inmortalizará" en un poema ya olvidado. Es el libro perfecto para Cándido, piensa, y lo traspasa de la bolsa a la chaqueta.

La última clase acaba diez minutos antes, por cortesía.

Esta vez el autobús va medio vacío. Una luz azulada, mortecina como el reflejo de una pecera, baña el interior. Carlos abre el Siddharta para distraerse, para alejar las brumas que comienzan a infiltrarse en su espíritu:

"Siddharta, el agraciado hijo del brahmán, el joven halcón, creció junto a su amigo Govinda al lado de la sombra de la casa, con el sol de la orilla del río, junto a las barcas, en lo umbrío del bosque de sauces y de higueras..."

Su pensamiento vuelve a su amigo Paco, misteriosamente desaparecido desde hace una semana. ¿Adónde ir solo? El autobús atraviesa la última calle estrecha antes de la Gran Vía, intensamente iluminada. Por un instante cierra los ojos y, puesto que no hay calefacción en el autobús, se siente solidario con la gente helada que cruza las calles. De un salto ya está junto a la puerta y de otro, en la acera. En efecto, hace mucho más frío allí. De pronto, para colmo, empieza a caer una llovizna helada.

Sin pensarlo dos veces, se aleja por las calles viejas del Mercado de San Agustín. Al cruzar ante la catedral echa un vistazo al ángel que, absolutamente solo, levanta su espada en una de las torretas (¿o es una cúpula?). De la Plaza de las Pasiegas pasa directamente a Mesones, de allí a Alhóndiga, se desvía por Buensuceso y desemboca rápidamente en la

Plaza de Gracia. En cinco minutos de reloj. Una vez allí, empieza a buscar casi puerta por puerta, bar por bar.

Cuando estudiaba en el Instituto, en horario nocturno, hacía un recorrido casi idéntico todas las noches después de clase. ¡Dios mío, cuánto pelo tenía entonces! Iba camino entonces, o al menos así lo creía ingenuamente él, de convertirse en un gran jugador de ajedrez. Hasta que un día conoció a Cándido en el club donde ambos jugaban, un ajedrecista nato.

La imagen de su amigo flotó por un momento en la oscuridad, convertida de repente en una improvisada máquina del tiempo, en un espejo mágico de los deseos: melenudo, esbelto, petulante y dichoso, como él mismo; y rabiosamente solitario; individualista; feliz; siempre hablando de la muerte, de Dios y de las conversaciones de desarme de Ginebra, entretenidas entre los americanos y los rusos.

Los sábados se mareaban hasta la madrugada, ellos dos solos: primero jugando extravagantes, imposibles partidas, como las que a veces se le aparecían en sueños cuando estaba obsesionado por el ajedrez; luego, bebiendo aquellos cubos borrosos, en el pub La Pantera Rosa, llenos de menta con tequila. ¡Días!

Aunque había dejado la plaza atrás, aún se oía el canto pastoso y pesado de un borracho.

La vida pasa, o mejor dicho cae como una red.

Metió la cabeza en media docena de bares sin encontrar a Cándido. ¿Sería posible que no estuviera en aquella ocasión? Se lo imaginó, era noche de imaginaciones, ya acostado, encerrado en su cuarto, parapetado ante las voces de su madre, las insidias de su hermanita, la mudez de su padre, que siempre parecía estar pelando la misma manzana, mirando con los mismos ojos tristes a todos como desde una lúgubre penumbra. Cándido no era friolero.

Tenía especial interés en verlo aquella noche para darle el libro.

Ella, la chica del Instituto Padre Suárez de la que él mismo, ¿y quién no?, estaba enamorado, pertenecía a la misma época de su descubrimiento y su lectura de Siddharta. Entonces creyó haber encontrado en aquellas páginas la clave de la sabiduría: la renuncia y la desnudez de todo lo que no es esencial. ¡Qué lejos estaba, sin embargo, de conseguirlo! En realidad únicamente le había servido para consolarse en uno de sus muchos fracasos. ¡Lechuga! (así se llamaba). Y ya es mucho.

Ella le esperaba en el futuro, no en carne y hueso sino en catorce versos, ni uno más ni uno menos, en forma de música y palabras para el olvido.

Por fin, en uno de los bares a los que se asomó, vio a Cándido sorbiendo, borroso y solitario, un "tanque", mezcla a base de cerveza y tequila. El calor artificial del bar arrojaba a la calle un vaho soñoliento, mortecino.

Su amigo ocupaba una mesita en un rincón, como si esperase a alguien. En realidad no esperaba a nadie. Ni siquiera entre ellos, entre él y sus amigos, existía esa costumbre. Desde que, ya no tan recientemente, había empezado a trabajar (a Carlos se le "olvidaba" a menudo que el padre de su amigo estaba muerto, o mejor dicho, lo sabía perfectamente pero le resultaba imposible arrancarlo de la fotografía fija que se había hecho de él, es decir: la casa antigua y destartalada; la madre y la hermana por un lado, semejantes a dos furias domésticas acechándole; el padre venido a menos, en un rincón, procurando no ver ni oír nada desagradable; y él, Cándido, encerrado en su habitación, a la espera del siguiente golpe); desde que trabajaba, Cándido iba todos los días por aquellos bares para relajarse y olvidarse del día. "Es asqueroso". Y Carlos lo sabía. Por lo tanto, no es del todo cierto que no quedaran, que en todo aquello sólo actuase la casualidad.

Entró, pues, fue derecho hacia su amigo y pidió lo mismo que él. En una esquina del techo, un televisor colgado pasaba una canción de Madonna:

—Hola.

—Hola.

La cabeza de Cándido se meneó, pesada.

—Te he traído el libro.

—¿Qué libro?

Carlos dejó el Siddharta sobre la mesa salpicada de pequeñas gotas de bebida. Cándido lo abrió con un gesto que parecía decir: "¿lo toco o no lo toco?"

—Gracias.

Hablaron entonces: el trabajo; la familia; la vida... Una segunda ronda de tanques y un platito con almendras saladas ocupó la mesa. "Será mejor que lo guardes". Cándido obedeció, como siempre que se trataba de libros. Sentía en este terreno por su amigo una especie de respeto supersticioso, que a veces rallaba en la exageración, en la burla.

—¿De qué va?

Mientras Madonna, disfrazada de Marylin, bajaba sus escaleras rojas, el "profesor" como ya lo llamaba Cándido, le explicó quién había sido Siddharta y cómo, sin proponérselo en verdad, había influido en muchas personas mucho antes de que Jesús predicase en Palestina. Involuntariamente la explicación se fue convirtiendo en una clase de Historia. Pero lejos de mostrar irritación o aburrimiento, su amigo lo escuchaba con creciente atención, con una calma ensoñada. ¿Añoraba su reciente época, tan bruscamente interrumpida, de estudiante o simplemente le interesaba aquel tema? Le ofreció un cigarrillo y encendió el suyo, arrojando al techo plácidamente una bocanada blanquísima de humo:

—Parece interesante.

—Lo es.

¿Por qué la gente se empeñaba en adjudicarle tan poca imaginación, una actitud tan vulgar, tan materialista ante la vida? La dichosa manía, la necesidad de encasillarnos los unos a los otros. Cuando en aquella época a Cándido le ocurría precisamente todo lo contrario: padecía una incontenible tendencia a desenrollar su pensamiento en imágenes; vivía en su propio mundo, un mundo ciertamente interior, pero mucho más rico y complejo que el que su ambiente podía ofrecerle. Más de uno se hubiese asombrado, se hubiese quedado literalmente pasmado, si hubiese podido asomarse a sus pensamientos en aquellos días.

Ahora por ejemplo, incluso cuando parecía distraído o simplemente ensimismado, forjaba en vivas imágenes las explicaciones, a ratos evocadoras, a ratos pedantes, de su amigo: se imaginaba así, ya casi con el aspecto de un hombre bebido que súbitamente recuerda que al día siguiente tendrá que madrugar para ir a trabajar, las montañas ribeteadas de nieve por donde descendiera Sakiamuni hacia la espesura sofocante de la selva y del río; vio, como si las tuviera ante sí, las imponentes y recargadas ciudades de barro; sus mercados sucios, destartalados, bulliciosos, coloridos; sus murallas taladradas por los grandes árboles; sus parques llenos de ascetas, de curiosos, de ruidos de pájaros, de viento y de agua...Y en aquel escenario, y no en otro, se figuró a su Siddharta ansioso por rozar el secreto de las cosas, cubierto apenas por un taparrabos, sonríendo con el rostro quemado al Universo entero.

Pobre humanidad.

En cuanto atisbó la posibilidad de la autocompasión, desvió sus pensamientos hacia el presente.

—A lo mejor vuelvo a estudiar.

—¿El qué?

Cándido se encogió de hombros. Encendió otro cigarrillo y vació el tercer tanque. Carlos hizo lo propio. Es una bebida que, en cuanto se calienta, aunque sea un poco, sabe a meados.

Afuera la lluvia azotaba los cristales haciendo aún más densa y opresiva la oscuridad.

Era demasiado tarde para echarse un ajedrez y demasiado pronto para salir, hombro con hombro, a desafiar aquella lluvia helada con el cálido mundo interior de los borrachos.

—¿El trabajo?, Cándido bostezó.

—Lo mejor de estudiar es ser estudiante.

Los dos amigos rieron. Claro que aquella vida, si uno se la tomaba despreocupadamente, tenía su encanto. ¿Pero cómo tomarse a la ligera a un jefe que te pide una factura? Era muy fácil, muy fácil, alardear de independencia y de originalidad ante los Adriano o los Marco Aurelio. A Cándido (por un momento tuvo celos rallanos en la rabia), le hubiera gustado ver a su amigo en su papel, rodeado de compañeros y bajo la supervisión minuciosa, quisquillosa, la vigilancia permanente y desconfiada, de un jefe.

Trabajar por dinero, como media humanidad.

—Por cierto, mañana tengo que madrugar, dijo.

—¿Te has traído paraguas?

—No.

—Yo tampoco. Vamos.

—Sólo es agua.

Cándido pagó. En verdad, la lluvia no menguaba. Caían gotas espigadas y oblicuas, en espesos racimos, que se hacían visibles en torno a las farolas. A Carlos le sorprendió oír aún al borracho, (¿sería el mismo borracho que cantaba cuando entró él?), en el fondo oscuro de la Plaza de Gracia, que parecía completamente desierta.

Tampoco en aquella ocasión pudo evitar la punzada, el malestar moral y, ¿por qué no decirlo?, la vergüenza de ser invitado como siempre. Con la paga semanal, que aún recibía como un adolescente ocioso, sólo le alcanzaba para salir y pagar de su bolsillo un día. ¿No era aquella la contrapartida dolorosa, pero ineludible, de sus ensoñaciones, de sus Tucídides y sus Tácitos? Uno podía diagnosticar, procurando generalizar lo más posible, que el mal en realidad, en el fondo, no estaba en uno mismo sino en las implacables e injustas instituciones sociales y, en último extremo, en las instancias del Destino. Si se pagara el talento, la poesía, aún en potencia en su mayor parte, como sería lo justo y quién sabe si como el día de mañana la posteridad, etc, acabaría reconociendo entonando el mea culpa, si todo eso se hiciera, probablemente él ahora tendría en el bolsillo más dinero que su amigo y que otros muchos. Esto, no obstante, no añadía ni quitaba nada al hecho, crudo y desnudo, de ser un gorrón cinco o seis de los siete días de la semana.

—¿Qué pasa?

—¡Nada, vayámonos!

Corrieron en dirección a Recogidas aprovechando lo poco que se podía de los balcones y los saledizos. La lluvia les azotaba la cara igualmente; el cuerpo; en un momento estaban empapados.

—Despacio nos mojaremos menos, dijo Cándido.

—Tienes razón, no vale la pena.

Aminoraron. Ahora la calle, intensamente iluminada bajo la lluvia, producía reflejos de acuario.

Toda la diplomacia y la delicadeza que le faltaba para sí mismo, para sus propios asuntos, la tenía Cándido para sus pocos amigos. Al advertir la contrariedad de Carlos, y tal vez adivinando sus motivos, le preguntó por sus actividades literarias. El tomito de Siddharta yacía, caliente y seco, en el fondo de su bolsillo. No podía decirse lo mismo de los libros y las libretas de Carlos. "Mañana los pondré a secar", bromeó éste.

—¿Qué escribes ahora?

Carlos se encogió de hombros como si no lo hubiese oído.

La Calle Recogidas se acabó, por fin. Dejaron a la izquierda el Cine Aliatar, en dirección a la Fuente de Las Batallas.

—Escucha esto, dijo Carlos:

"Se sentaba en un banco de la primera fila:

aunque no la recuerdas, nunca la has olvidado;

el monte de su pelo aún cae alborotado

como un escalofrío, dentro de tu pupila..."

La lluvia rumoreaba bajo el viejo plátano, de más de cinco pisos de altura. Los dos amigos se separaron con toda ceremonia: Cándido hacia la Cuesta del Progreso, de la Comisaría; Carlos, hacia el puente viejo de los Escolapios, su antiguo colegio. El primero esbozó un guiño, y como si se dirigiese a la oscuridad:

—¿Para quién es?, dijo.

—Para nadie, respondió el poeta.

Más tarde, pocos minutos después, ya solo, contemplaba y escuchaba el río Genil crecido que bajaba entre espumarajos, desde el pretil del puente. Parecía predispuesto al amor. Enfrente, la torre de los Escolapios se elevaba lúgubre hacia el cielo sin estrellas. El primer verso del segundo cuarteto siempre es el más difícil, pensó. Y, como siempre que tropezaba ante una dificultad y la reconocía, se sintió incongruentemente liberado y satisfecho.

El agua y el frío lo desembarazaron de la borrachera.

La casa dormía un sueño profundo cuando llegó. Eran más de las tres de la madrugada. Sin embargo, al menos tal era su ilusión retrospectiva, sabía perfectamente lo que iba a pasar en cuanto abriese la puerta y tratase de deslizarse sigilosamente, sin encender la luz, avanzando a tientas por el pasillo y el comedor. El sueño, el silencio profundo de la casa se vio interrumpido de repente por una leve agitación en el cuarto de la abuela. ¿Cómo puede oírme todos los días si está sorda? Carlos había llegado a pensar que dormía con el sonotone puesto sólo para escucharlo a él, con el fin de reconvenirlo, o simplemente de echarle un vistazo cuando regresara.

En efecto: en cuanto cruzó el comedor a oscuras, sin hacer el menor ruido, leve como un hilo de aire en una cortina, la luz rayó el bajo de la puerta contigua a la suya. Inmediatamente se oyó el carraspeo, seguido del monólogo borroso de la abuela que buscaba sus zapatillas bajo la cama. La escena se repetía idéntica, noche tras noche, y a veces le fastidiaba y a veces le hacía sonreír.

La puerta se abrió mientras acababa de meterse en el pijama:

—¿Qué hora es?

—Las dos, acuéstate abuela.

—¿Qué?

—¡Vamos mamá!

La tía María la empujaba suavemente a su cuarto pero en la puerta, como un muñeco, la abuela pivotaba de nuevo hacia mí para encararme, antes de que tuviera tiempo de apagar la luz. Era fantástica la energía, la obstinación de aquella mujer.

—Y tú podías llegar un poco antes.

Por fin, tras dejarla hablar un minuto y decir las mismas cosas, casi con las mismas palabras y gestos idénticos que el día anterior, lograba devolverla a su cuarto y acostarla. En la casa volvían a reinar la oscuridad y la calma. Entonces, para mi desesperación, volvió a encenderse la luz del cuarto contiguo, pero esta vez los pasos se alejaron por el pasillo, arrastrándose rítmicamente. Al poco se oyó la cisterna del baño, de nuevo la puerta al cerrarse, y el click del interruptor. El ruido de la lluvia en la ventana: delicioso.

Intenté dormir, pero estaba tan cansado que no podía. A los veintitrés años es muy difícil sentir compasión por nadie. Me imaginé, no obstante, con algo parecido a la compasión a la tía María dando vueltas en la cama, pues tenía un sueño ligero y graves preocupaciones económicas (que entonces yo no valoraba tampoco en lo justo). Me sentí culpable: culpable por haberla despertado y por ser una parte de sus problemas.

¿Qué podía hacer yo? La eterna pregunta, la vieja angustia ante la incertidumbre del mañana, volvía en mi caso mezclada con ese sentimiento de culpabilidad. Yo podría leer mucho, convertirme en un erudito, incluso escribir medianamente bien pero, ¿cuándo dejaría de ser una carga para los demás?

En pocos meses acabaría la carrera. La única salida que me quedaba era hacerme profesor.

Intenté imaginarme dando clases: la mesa del profesor; la pizarra detrás; un cartapacio lleno de papeles; filas y filas de caras aburridas, escudriñándome atentamente, burlonas, malévolas, fastidiadas. ¿Qué clase de profesor iba a ser? Yo era tímido, extraordinariamente pudoroso, y muy sensible a las críticas.

Inmediatamente me pondría colorado. En medio de la lección, aburrida y magistral, perdería el hilo, empezaría a atropellarme y a balbucear. Por fin, tartamudearía entre las risas y pataleos. Los alumnos son crueles. Yo aún lo era. Y según comentaban alarmados mis compañeros, los alumnos de Instituto se estaban convirtiendo en verdaderos demonios.

Por otra parte, yo estaba convencido, y no era un convencimiento libresco sino producto genuino de mi propia experiencia, de que (aparte los idiomas y la técnica), ningún ser humano podía enseñarle nada importante a otro. El oficio de maestro, superado el estadio religioso de la

Humanidad era, pues, así lo creía yo entonces, perfectamente prescindible e inútil. Lo verdaderamente importante, aquello que servía para vivir con un mínimo de libertas y dignitas, sólo podía aprenderse por uno mismo, y casi siempre del fracaso.

Los alumnos de trece, de catorce, de quince años, me voceaban, me chiflaban, formaban tal estrépito en mi imaginación cuando me figuraba dando clases, que tenía que cerrar los ojos y taparme los oídos.

No obstante, resolví hacer el curso de habilitación pedagógica para dar clases. Mientras pensaba en esto, y tomaba esta resolución, dieron las cuatro. Una chispa dorada, residuo del endiablado tequila mezclado con cerveza, brilló en mi interior como un ascua a punto de apagarse. ¡Qué sueño! Acerqué la lamparita de noche para leer, confiado en que la lectura me calmaría. Para tales ocasiones tenía a mi alcance una pila de libros, abrí uno al azar.

Al día siguiente antes de las once, ya estaba en la Facultad, soñoliento y malhumorado. Al final de una cola para matricularme en el curso de "habilidades pedagógicas" que, en aquel entonces, se exigía para ser profesor.

Mientras esperaba, repasando mentalmente ciertos datos, alguien me tocó en el hombro.

—¡Hola!

—¡Mónica!

Mónica era la chica más guapa de nuestro curso. También iba a matricularse para ser profesora, (luego no la he visto en ninguna de las bolsas de enseñanza, así que dudo que realmente se hiciera tal cosa). Pero entonces, aquel día gris y tormentoso, estaba allí, radiante y preciosa, tan convencida como yo:

—¿Tú también?, me sonrió.

—¡Ya ves!

Fingir despreocupación, distancia con respecto a uno mismo, indiferencia ante el propio destino, una completa falta de ambiciones materiales, era mi forma y supongo que la forma rudimentaria de muchos, de seducir y de encandilar. Mónica rió, y su risa vibró un buen rato en el aire, como el gong de una buena campana o de un buen vaso de cristal.

La acompañaba una amiga, a la que yo no conocía. Me la presentó:

—Lea, este es Carlos... Bueno, ¿llevas mucho rato?

—Un poco.

—Tienes mala cara.

—Es que acabo de acostarme, bromeé. Tú, en cambio...

Es curioso, fue Lea quien se ruborizó. Entonces me fijé en aquella chica menuda, de grandes ojos de expresión pensativa, de pelo absolutamente negro, recogido en un gracioso moño a la italiana. Me fijé en su aspecto menudo, engañosamente frágil, que me recordaba a alguien muy famoso.

Julie Andrews, pensé, es clavada.

Como si adivinara mis pensamientos, me miró:

—¿Qué estudias?

—Estudiaba, Antropología Social.

Era la primera vez que oía hablar de aquella carrera, pero fingí. De pronto Mónica, con todo su encanto y su cuerpo escultural, había desaparecido y estábamos solos, ella y yo, Lea y yo, solos y juntos en medio de la cola de estudiantes.

—Ten cuidado, le advirtió Mónica con cierto deseo de venganza, es poeta.

—No me gusta leer poesía, no la entiendo... hizo una pausa, como si tratara de recordar algo: bueno, sí, he leído a Gloria Fuertes y a Miguel Hernández, ellos sí me gustan.

Aquello hubiera bastado para poner fin a la conversación, a "nuestra relación", pero en cambio excitó mi vanidad de autor, mi prurito de hacedor de versos incomprendido:

—Hay muchos, dije, ya verás.

Aquel "ya verás"me hizo ruborizarme, perder mi ficticia calma, como si de pronto la hubiese abrazado sin pedirle permiso.

Mónica nos miró. La fila avanzaba ahora rápidamente. La dejé colarse y me enfrasqué en una conversación sobre poesía con Lea, citándole autores e incluso, en voz muy baja, algún verso que me parecía especialmente bueno. Ella me escuchaba sin apartar un momento los ojos de mí y sin dejar de sonreír. Al principio me pareció que había ironía, burla, en aquella sonrisa, pero luego vi que no, que era de verdad.
—¡Tu turno, Romeo!
—¿Dónde trabajas?
—En... me dio la dirección y desaparecieron.

El amor sentimental siempre me había parecido, hasta entonces, algo ridículo y forzado. Dos seres humanos que se atraen y que inventan un mundo ideal en vez de actuar con naturalidad. Cuanto más complejo y elaborado, cuanto más espiritual y "sublime", más ridículo y forzado me parecía aquel llamado amor. Como un chico que desprecia los juegos de las niñas en el patio del colegio, que prefiere mil veces romperse las narices a puñetazos, destrozar las conteras de los zapatos y arruinar las rodilleras jugando al churro pico tecna o a las bolas, y al que enfurecen y avergüenzan los papelitos y los cotilleos de sus compañeras de patio. Uno, supongo que todos, caemos en la ilusión, en la falsa evidencia, de que el mero paso del tiempo y no la experiencia real de la vida, es lo que nos hace niños, jóvenes o adultos, por así decirlo "gratis, con todo el bagaje de sentimientos y de saber incluido. ¡Qué lejos estamos de la verdad! ¿Qué hubiera sido de mí, de cualquiera, que llegase a los noventa años sin haberse enamorado realmente nunca? El amor exige su porción de ridículo, y en cierto modo es una pérdida momentánea de la propia estima, aunque no de la dignidad. Sólo es incompatible con el ego y, cuando es auténtico, con nuestras ideas preconcebidas sobre él.

Aquella mañana yo bajé flotando de la Facultad de Filosofía y Letras. Vi, como nunca los había visto hasta entonces, en medio de la clara del mediodía, el convento de los Cartujos a mi derecha; los tejados y las fachadas del Triunfo ante mí; la carretera de Murcia justo a mi izquierda. Creo que me reía y que hablaba solo de cuando en cuando, en una especie de rezo, tratando de recordar cada una de las palabras, de los gestos, de las situaciones sucedidas en la conversación que acabábamos de mantener Lea y yo. Y sobre todo veía a Lea incrustada en mí y me imaginába que estábamos ya juntos, juntos para siempre, solos el uno junto al otro, como encerrados en una clepsidra. Miraba sin ver, escuchaba sin oír, y sentía sin estar, todos los colores, los ruidos y el perfume de aquella mañana encerrada ya en la Eternidad.

Aquella tarde la telefoneé.

Cándido miró por enésima vez la cristalera donde se formaba, contra el vacío negro que parecía a punto de invadir el local, una mancha borrosa producida por la lluvia. La lluvia menuda y lenta de la tarde amenazaba, ya bien entrada la noche, con transformarse en un aguacero, en una tromba huracanada.

Exageraciones o no, pidió otro tanque. El fragor de la lluvia era apagado, a ratos, por el aullido del viento, que también parecía a punto de engullirlos.

Cándido ocupaba el mismo rincón de siempre: solo ante una mesita de dos, redonda y temblequeante, donde cabían dos vasos y un pequeño tablero de ajedrez, al fondo del bar. Parecía esperar a alguien aparte de su amigo Carlos que, por alguna razón, aquella noche se retrasaba. Alguien a quien aún no había tenido el gusto de conocer. Bebía a pequeños sorbos del líquido amargo, cada vez más desagradable. Mientras escuchaba a su diva, Madonna, que todas las noches descendía unas escaleras rojas disfrazada de Marylin, en la pantalla.

En esta ocasión, sin embargo, no hubo ajedrez ni conversación trascendente, ni sorpresa mil veces anticipada. La silla de estación antigua de tren permaneció vacía toda la noche. No hubo otro servicio que el suyo. Las demás mesas apenas eran bultos, sombras cada vez más precarias e improbables, artilugios vacíos. Por otra parte, aquella noche la puerta se abrió muy pocas veces. El local estaba casi desierto. Llovía y al día siguiente había que trabajar.

Cándido siempre había tenido pronunciadas ojeras. Dormía a ratos como los animales y los viejos. Los cinco minutos de rigor, de sueño ligero, lo suficiente para activar las endorfinas, súbitamente interrumpidos por una sacudida inesperada, que nunca procedía del mundo de fuera sino de su propio mundo interior.

Aquella noche parecía un novio plantado.

El dueño bostezaba hojeando crucigramas tras el mostrador. De cuando en cuando levantaba la vista, empañada como los vasos, las jarras, los espejos, como para cerciorarse de que aún seguía allí. Ya eran casi las dos de la madrugada.

A lo largo de la noche, entre las nueve y las doce y media, Cándido se había imaginado a su amigo entrando y saliendo de diferentes locales cercanos, más o menos desiertos y lúgubres; metiendo y sacando la cabeza en diferentes clases de penumbra, buscándolo desesperadamente. Mientrastanto, él solo se había fumado medio paquete de Pall-Mals, arrojando sus buenos metros cúbicos de humo, mientras poblaba de fantasías su cerebro. Le divertía pensar que su amigo, sin duda ya empapado, era incapaz de encontrarlo aquella noche, aunque estaba tan cerca como siempre. Se había perdido en el bosque.

Después de las doce cabeceó varias veces vencido por la fatiga. El encargado sacaba interminablemente brillo a un vaso sin apartar la vista de la televisión. De pronto se abrió la puerta y entró una ráfaga de aire, de ruido y de agua.

Un vendedor de cupones, un hombrecillo jorobado, contrahecho, sacudió el paraguas casi más grande que él y ocupó una mesa, cerca de la puerta. Con voz aflautada pidió cognac y se sumió en sus pensamientos.

Cándido dejó entonces de pensar en su amigo. ¡A tomar por culo todo! Aquella noche se sentía rebosante de ideas, de impresiones, de novedades. Era un fastidio, desde luego, precisamente cuando más cosas tenía que contar, que le fallase, que le faltase su interlocutor. Pero la vida es así, una puñetera y redomada bromista.

La mesa, manchada de cerveza y del propio vaho del local que descendía del techo, neblina pegajosa, adormeciéndolo poco a poco; la mesa cobró una importancia inusual aquella noche, al convertirse en el atril del Siddharta de Herman Hesse. De eso precisamente quería hablarle, de eso necesitaba hablar urgentemente como fuera. Le bullía en la cabeza desde el día anterior como el vapor en una cafetera a punto de estallar. Un libro que contenía todo lo que él necesitaba, un libro tan pequeño que casi le cabía en el bolsillo del pantalón. Los ojos se le iban y le venían de la cristalera de la puerta a las líneas, de las líneas semejantes a filas interminables de hormigas hasta la cristalera de la puerta. Del morado y del negro al amarillo. Pero nadie llegó.

Desde luego se lo había leído del tirón, en un día, en unas pocas horas, y había vuelto a releerlo ya sin la ansiedad de la primera lectura, deteniéndose con calma en ciertos pasajes, paladeándolos o sufriéndolos, pues el gozo también hace sufrir. Y estaba a punto de aprenderse de memoria capítulos enteros, con diálogos y todo, estaba a punto de aprendérselos hasta el extremo de deformarlos, de convertirlos en parte de sí mismo.

Sólo pocas horas antes, tumbado en su cama, lo había besado mientras lloraba de emoción. Algo ciertamente ridículo si no fuera por lo sublime.

Tartamudeó:

"El río corría hacia su meta. Siddharta observaba a ese río forjado por él, por los suyos, por todas las personas a las que jamás había visto. Todas las corrientes de agua se deslizaban con prisa, sufriendo, hacia sus fines, y en cada meta se encontraban con otra, y llegaban a todos los objetivos, y siempre seguía otro más; y el agua se convertía en vapor, subía al cielo, se transformaba en lluvia, se precipitaba desde el cielo, se convertía en fuente, en torrente, en río, y de nuevo se deslizaba corriendo hacia su próximo fin..."

¿Qué le había pasado?

Pagó y salió, sin preocuparse del paraguas que utilizaba como apoyo, a pesar del aguacero. Los ojillos del jorobado y los grandes ojos soñolientos del encargado lo siguieron hasta la puerta, dejando tras él una sensación de aburrimiento y vacío. Bueno, ya daba lo mismo. No podía hablar con nadie aquella noche. Para colmo, la lluvia había vaciado las calles. Sólo un loco capaz de recitar de memoria un libro, vagaba sin rumbo aparente.

Pasó frente a los multicines, un reciente invento, y sonrió como sonríen los borrachos, sólo para sí mismo. Llegó al puente y retrocedió. Un brazo de agua turbia bajaba entre desperdicios como lamentándose. Al cruzar los jardines del Violón se sintió de pronto tan fatigado que tuvo que sentarse en un banco.

El agua le empapaba de la cabeza a los pies. Ahora le caía en grandes goterones desde las hojas supervivientes de los castaños, desde los grandes árboles (plátanos, magnolios, cedros) que rodeaban enmudecidos la Biblioteca. Era, junto a las marquesinas del puente de la Bomba, un lugar muy frecuentado por las putas. Pero aquella noche ni siquiera había putas. Sólo agua y viento. Y frío.

El mundo se había acabado.

Se levantó. De súbito la callejuela, la Cuesta del Boquerón, se ensanchó hasta convertirse en un bulevar, escoltado por recias y orgullosas palmeras que mecían perezosamente sus penachos contra el cielo. Al final, el paseo se abría en un mercado semejante, por su colorido y su animación, a un zoco de oriente. En los techos de los kioskos zureaban las palomas y alborotaban los papagayos. Cándido se asomó a una marquesina y vio el río que descendía perezoso lamiendo la fila interminable de escalones. Allí, gracias al tequila y a la cerveza, vio a Siddharta, un muchacho enclenque y desnudo, que se disponía al baño sagrado tras las abluciones preliminares. Al verlo, como si lo hubiera esperado largo rato, le saludó con la mano y le sonrió. Luego desapareció bajo el agua.

CUATRO

Diez minutos antes de las siete, en que se escabulliría como de costumbre sin decir nada, dejándolo todo revuelto, listo, como si fuera a ausentarse sólo un momento y por un motivo ineludible, Cándido sintió que lo miraban, que lo observaban atentamente por detrás. Estuvo tentado de volverse pero consideró que era más prudente aguantar el envite y esperar. De todas formas era un fastidio: ahora no podría irse antes de las siete y media o las ocho menos cuarto. El club de ajedrez, situado en la Carretera de la Sierra, cerraba a las nueve. Entre unas cosas y otras, mientras llegaba allí, le quedaría una hora justa para jugar una partida, o como mucho dos.

¿Iría pues o no iría? Si iba en aquellas condiciones, acabaría irritándose consigo mismo por no haber tenido el suficiente valor para despreciar aquella mirada inoportuna. Además, en tal estado de ánimo, seguramente perdería incluso con el adversario más flojo: arrojado como un perro de la sala de juego, mal iluminada pero calentita, tendría que volver a cruzar otra vez la ciudad, emprender el ascenso por las callejuelas heladas hasta la calle Molinos y, una vez allí ¿qué le esperaba?: encerrarse con su amargura, su derrota y su soledad (Capablanca no contaba), en su apartamento, mientras a su cabeza volvían una y otra vez sus recientes errores en el juego.

Si no iba, se ahorraba aquel largo rodeo, absurdo Vía Crucis, para llegar directamente al mismo final. Había vuelto a jugar al ajedrez sólo entre semana, a la salida del trabajo, precisamente por horror a su apartamento y porque no le gustaba beber solo.

¿Qué hubiera hecho Siddharta?

Mientras trataba de pensar, de concentrarse en los pros y los contras, en todos los aspectos de su decisión, dieron las siete. Con una mirada triste, furtiva, comprobó que su jefe ya se había ido. La luz del único despacho merecedor de este nombre estaba apagada hacía rato. Una apacible penumbra esperaba en el pasillo a que el último empleado de la oficina saliese y cerrase la puerta.

¿Sería él?

Entretanto, la miradita dichosa seguía clavada en su nuca. Lejos de aflojar su lazo, parecía querer atravesarlo regocijándose en su fastidio y en su confusión. ¿Qué miraba? Era la mirada de una serpiente, de una bruja, de un demonio, de una mujer.

Más allá de la penumbra que ahora arrojaba hacia el pasillo la puerta acristalada de su jefe, rodeada de silencio, estaba la puerta de la calle, expedita, tentadora. Cándido detuvo un momento en ella su mirada, como un animal caído en una trampa. Afuera la noche helaba, negra y desierta. Caía un monótono y turbio aguanieve de las alturas sin estrellas.

Para calmar su inquietud, recitó de memoria:

"¡Qué maravilla es poder huir, ser libre! ¡Qué aire más limpio y puro se respira aquí! ¡Qué delicia aspirarlo! Allí, de donde escapé, todo olía a cremas, especias, vino, saciedad, ocio..."

La mirada que lo tenía aherrojado a su silla entonces pareció sonreír.

¿Qué hubieras hecho tú, Sakiamuni? Seguro que nada. Toda tu sabiduría se basa en el no hacer, consiste en no sufrir pase lo que pase, por nada. Pero esto sobrepasa mi paciencia. Y no me lo merezco, sobre todo no me lo merezco. ¿Por qué tengo que pagar las culpas de otros, por el capricho de la casualidad? Si me hubiese levantado cinco minutos antes, ella ya no me hubiera encontrado.

Me está mirando como una puta.

Ya eran las siete y cuarto.

Cándido se imaginó feliz y libre, bajo el aguanieve, apretando el paso hacia el club por las calles menos concurridas, más solitarias aún con aquel frío. Se vio a sí mismo llegar, sacudirse el agua del abrigo y del paraguas en los escalones, entrar, sentarse junto a una ventana ante el tablero, escoger las fichas, las negras, que siempre prefería al principio, por prudencia y para sondear a su rival, y comenzar una partida sin prisa, con hora y media o con dos horas por delante. Jugaba sin hablar, ya concentrado, sobre todo cuando le tocaba el turno al contrario, ya libre de preocupaciones, la mente en blanco, en vuelo libre y feliz. Era lo más parecido al nirvana que la vida le había ofrecido.

Eran las siete y media. Las ocho menos cuarto.

Entonces la mirada se aflojó.

Alguien se levantó tras él. Oyó cómo ella recogía sus papeles, descolgaba y se ponía el abrigo, y de pronto el ruido cesó por completo.

Una varahada de perfume lo asaltó desde la mesa contigua. La nieve ocupaba poco a poco el lugar de las gotas de agua. Al fin también se levantó. Las ocho en punto.

Durante varias semanas, ¿dos, tres?, sintió en su nuca la mirada constante que lo retenía, lo paralizaba, y lo llenaba de estupor. Cándido siempre había rehuido a las mujeres. Llegó a pensar que era un homosexual vergonzante. En aquella época eso significaba reprobación y pecado. Con todo, una extraña calma se apoderaba de él cuando reconocía que no le gustaban las mujeres. Con implacable lógica infantil, añadía:

—Ni los hombres tampoco.

—¿Entonces?

Una chispa de malicia, de picardía, brotaba en los ojos de Adrián, con quien a veces jugaba aquellas partidas nocturnas:

—Entonces nada.

Aquella mirada lo seguía después del trabajo por las calles desiertas; se sentaba tras él en el Club, impidiéndole pensar en su partida; en una palabra, se burlaba de él cuando, en el colmo de la ingenuidad, intentaba sorprenderla volviéndose de pronto en plena calle, o torciendo disimuladamente la cabeza desde la silla para espantarla, ¡qué sé yo!, y topaba de narices con... nada.

Bueno, se consolaba, ya se cansará. Pero la mirada, semejante a un cuchillo, persistía en su carne. Una noche, con casi treinta y nueve de fiebre, ¿por qué te empeñas, Cándido, en pasar el invierno con la misma camisa que el verano?, se abrazaba a Capablanca en la oscuridad rancia de su cuarto, clavaba los ojos en la ventana iluminada por el reflejo fantasmagórico de una farola, para alejar las pesadillas, ¡y ahí estaba de nuevo ella! El pobre gato saltaba asustado de su sobresalto y se perdía en el suelo. De nada servía cerrar los ojos. A veces, puesto que era imposible que hubiera nadie allí, aparte de él y del gato, se preguntaba si no estaría volviéndose loco.

La angustia, como suele ocurrir en el extraño mecanismo de compensación que es la vida, le reveló entresijos y honduras de sí mismo, resquicios que de otra forma, de haber sido él más feliz o más equilibrado, más normal, seguramente habrían permanecido ocultos, ignorados en el fondo de su ser.

Por ejemplo, si se esforzaba en dormir, rendido de cansancio, pero alguna preocupación se lo impedía, entonces soñaba con esa preocupación; cuando quería darse cuenta ya estaba despierto, absorto en la misma angustia de la víspera, transformada durante la noche transitoriamente, como su cuerpo, en un material capaz de atravesar sus sueños.

Así, cuando en otro tiempo se peleaba con su madre y con su hermana, y tenía que madrugar al día siguiente, su cuerpo desaparecía y la pelea se prolongaba en su sueño, sin que él pudiera precisar ni determinar en qué momento concreto la realidad de la pelea se había evaporado: hasta tal extremo era vívida y aparentemente tangible la escena, antes como después de dormirse.

En una ocasión llegó a sentir cómo aquellas dos mujeres, indignadas, lo zarandeaban para despertarlo: sus voces y sus insultos se habían perdido tras las espesas paredes del sueño; aquel silencio se les antojaba una burla; aquel silencio repentino en medio de una frase condensaba todo el desprecio concebible, imaginable, entre dos seres humanos; irrumpían en la habitación, atónitas, y lo zarandeaban hasta que dejaba de fingirse dormido.

En cuanto la pelea cesaba, se despertaba.

Ahora era aquella mirada: prolongaba su existencia en su nuca; se posaba en él durante el trabajo y lo seguía por la calle, en el club, hasta su apartamento; rebotaba dentro de él, riéndose de todos sus esfuerzos por desembarazarse de ella, como el amor; había hecho su habitáculo allí, como las alucinaciones o como las carcajadas; en lugar de darle al sueño la apariencia de la realidad le daba a la vigilia la apariencia de un sueño. Y Cándido a veces, casi aterrorizado, sentía que al final de una calle que había atravesado como flotando, asaeteado por la curiosidad divertida de la gente, iba a echarse a volar.

Sentía en tales momentos de crisis que andaba flotando, como en una nube. ¿Estaba enamorado? La mirada pesaba sobre él y, al mismo tiempo, le liberaba de su propio peso, de su propio yo. Era tan contradictoria como unas alas de plomo.

De aquella época extraña data su afición, juguetona, nada preocupante, a hablar con seres imaginarios: su interlocutor favorito era el príncipe Siddharta, de la estirpe de los Sakiamuni:

—Príncipe

—¿Qué ocurre?

—¿Cómo debo vivir?

El espectro menea la cabeza. Responde con el silencio, que es la mejor respuesta posible. Pero Cándido insiste:

—¿Cómo puedo vivir?

—No pienses tanto en ti mismo.

Un perro acababa de ser atropellado en ese momento. La gente pasaba como si nada ocurriera. Los chillidos del pobre animal delataban que aún vivía. Al poco rato estaba muerto. Todo sufrimiento, toda preocupación, habían cesado en él.

Siddharta se frotó los ojos. Sonrió y se alejó a paso rápido.

¡Espera!

En otras ocasiones era su padre. Una tía abuela que, en su infancia, le traía regalos algunos domingos, y enterraba su mano, huesuda como una garra de pájaro, en su cabeza. Un compañero de clase de sus primeros años con quien repasaba, asomado a una ventana rota, la tabla de multiplicar. Incluso un gato que tuvo su padre muchos años atrás, Imbert, a quien fascinaban sus largas partidas de ajedrez con su padre, en el balconcito que daba a la plaza solitaria.

El cortejo aparecía siempre bajo el control de su voluntad y, a diferencia de los locos, Cándido no le daba mayor crédito que a las visiones de sus sueños. Pero por un momento lo aliviaban de sí mismo. Llegó a pensar que aquella mirada que lo perseguía día y noche, que lo obsesionaba hasta el punto de despertarlo sobresaltado en plena pesadilla, era la del demonio.

El demonio de sus ensueños y sus fantasías, de los extraños cuentos de su infancia en los que, naturalmente, había dejado de creer y de pensar hacía mucho tiempo, pero que aún lo envolvían como el aire. Allí estaba rodando en el interior de su cabeza y, cuando menos se lo esperaba, bajo su aparente solidez y su vida ordenada y discreta, soltaba su carcajada.

El diablo, a diferencia de Dios, tenía muchos aspectos aunque era tan escurridizo como Aquel, por no decir incluso más: ya se lo representaba como un niño de pecho; ya como un saltimbanqui; como un perro rabioso; como un sabio barbudo...

Alguna noche, al salir del trabajo, sintió junto a él los pasos y la voz de su nueva compañera de trabajo: una chica alta, esbelta, dulce, de mirada inteligente, sensible, cariñosa. En su apartamento hacía tanto frío que tenía que sujetar la taza de café hirviendo para mantenerse en calor. El humo, bromeaba con ella, tropieza con el frío del techo y se retuerce como un lagarto.

Últimamente hablaba como un poeta.

Ella parecía no escucharle. Las más de las veces estaba inmersa en sus pensamientos. A Cándido le aterrorizaba la posibilidad de que pudiera desvanecerse en cualquier momento, y extendía hacia ella tímidamente la mano con la esperanza de no atravesarla.

Un día ella advirtió ese gesto y lo interpretó como un gesto de deseo, de amor, y le besó en la mejilla. Hacía mucho frío, el aire cortaba la cara y las manos.

Cuando salió de su aturdimiento, estaba solo frente al portal de su apartamento. Recordó, caprichos de la memoria, un poemita que años atrás le había enseñado y celebrado Carlos, un día tan frío como aquel:

Frío penetrante:

beso en sueños

una flor de ciruelo.

El cielo brillaba con una caligrafía de constelaciones.

Llegó el momento de declarársele.

Fuera de la voz había una cara, un cuerpo, unos gestos, unas palabras. Pero Cándido no sabía nada de aquello. En cuanto cesaba la mirada y quedaban en silencio, la imagen probable que él se había hecho de ella se desvanecía como un espejismo.

Aparte del beso y de las dos o tres frases intercambiadas en lo íntimo, más allá del frío buenos días, del insípido hasta mañana, ¿qué había? Él había intentado tocarla, luego se había arrepentido y quiso huir. Volver al trabajo ya era una delicia, ya un suplicio. Se había enamorado pero como si se hubiese enamorado diez años atrás, cuando aún estudiaba. El tiempo, caprichoso meandro, lo volvía a poner en los comienzos de la vida, con los desengaños de la mitad, del tiempo.

Ella quizás era sólo una creación de su mente.

Ella era una creación de su mente.

El beso, en medio de la calle helada, lo dejó al cabo más solo que nunca.

Al fin una mañana se decidió. Como ella ocupaba la mesa contigua a la suya, sólo tuvo que volverse y tratar de mirarla fijamente, como en las películas. Había preparado cada frase, cada gesto durante días. "Charo...", titubeó: "¿quieres salir...? Como Humphrey Bogart.

La última frase se la llevó el golpe de la puerta, el timbrazo del teléfono, la voz del jefe que en ese momento entraba en su despacho. Cándido llegó a dudar si la había pronunciado. El aire se le atoraba, atosigándolo, en la garganta, y apenas dejaba pasar un hilo hasta la boca.

—¿Qué?

—Nada, nada...

Al día siguiente tenía fiebre y no pudo ir a trabajar. Capablanca lo miraba como si comprendiese. El día sucio, gris, enturbiaba la ventana como un cristal de botella.

Cándido cerraba los ojos como si las cosas pudieran desaparecer a su antojo, detrás de sus párpados. Descubrió que si los apretaba con todas sus fuerzas se encendía al fondo una lucecita temblorosa, que variaba de color según la fuerza que él aplicase: azul, amarilla, blanca. Brillaba y se movía como la lámpara de un barquero...Al fin aquel juego empezó a aburrirle. La fiebre le bajaba por la mañana y le subía por la tarde. Así estuvo toda la semana elaborando un calendario perpetuo desde el segundo milenio antes de Cristo hasta el presente: descubrió que muchos acontecimientos desastrosos de la humanidad habían tenido lugar en lunes, el mismo día en que él se había declarado.

En cuanto mejoró volvió a la iglesia: la iglesia de Santo Domingo, adonde iba cuando era niño; sombría, incluso tenebrosa; destartalada. La estatua del santo llenaba la plaza de soledad. Dos grandes plátanos, los mismos de su infancia, balanceaban soñolientos sus copas sobre el muro de una Residencia de Estudiantes, donde los más audaces se encaramaban para ver las procesiones. Árboles llenos de murmullos, de silencio; de tiempo; de pájaros y lagartijas.

Entraba en la iglesia desierta; se rociaba del pilón el agua bendita, fría y pegajosa, en la frente, sin hacerse la señal de la Cruz; se sentaba en un rincón junto a filas y filas de velas.

No necesitaba cerrar los ojos. El tiempo transcurría lento. Podía entrar y salir y pasearse por él con toda tranquilidad. Por mucho que cerrase los ojos, incluso aunque consiguiese apagar aquella lucecita de Caronte que flotaba dentro de él, la oscuridad no lo libraba de la sensación de existir.

Al cabo de media hora, más o menos, salía. En torno al Palacio de los Condes de Gabia, semejante a un islote, pululaban toda clase de pirados. Un loco pronunciaba un sermón reuniendo en torno a él a otros locos. Cándido se alejaba a paso vivo sin detenerse.

—¡Qué bueno que te hayas unido a nosotros!—, exclamó exagerando un poco Verdugo Izquierdo. Zampo Más siempre creía en los halagos por extravagantes que fueran.

—Pasaba por aquí...

—Siéntate, ¿qué quieres tomar?

Enseguida la reunión tomó un cariz desenfadado. Ramón Peñagorda, a quien Zampo apenas si recordaba como una sombra hosca, una especie de contrapunto de las reuniones sociales, estaba especialmente alegre aquel día. Al conocer la situación de su amigo de la infancia su semblante volvió a ensombrecerse.

—En realidad, es lo mejor que te ha podido pasar—, sentenció Verdugo,—ahora podrás encontrarte a ti mismo—.

—Es una catástrofe—, dijo Ramón.

—Una catástrofe—, repitió Zampo.

—Dos plañideras. Dejad de lloriquear—.

Zampo no sabía si llorar o reir. El ging empezaba a hacerle efecto.

—¿Desde cuándo bebes tú ging tonic, una bebida de reaccionarios y puteros?—, bromeó Izquierdo.

Aquellas palabras se le quedaron grabadas: "encontrarte a ti mismo, encontrarte a ti mismo". ¿Pero cómo?

Al día siguiente volvió a El Navegante. Sus dos amigos estaban en el mismo rincón ante sendas cervezas. Al verlo entrar, el largo y maltrecho abrigo inflado momentáneamente por el aire que se colaba por la puerta, Verdugo Izquierdo aplaudió, y Ramón Peñagorda, su compañero de la infancia, también, pero dejando escapar un resoplido.

A principios de los años ochenta estaban de moda los pubs. Las consumiciones eran caras pero tenían sus compensaciones. Por ejemplo, uno podía elegir el ambiente (tranquilo y elegante, inglés, estridente y rocanrolero, gay, country, etc); no había horas; en algunos se podían fumar porros; no faltaba la buena música y, si se daba el caso, se podía hasta bailar e incluso hablar; las chicas en aquella época solían salir en alegres grupos, como bandadas de pájaros; eran oscuros y acogedores... ¡Quién iba a decir entonces que al final de la década tomarían la calle el botellón, las tiendas de veinticuatro horas, la música de los coches, los bebedores de doce años, y que los viejos y cálidos pubs se convertirían en refugio de sentimentales decadentes!

En la estupenda e imprevisible evolución del capitalismo aguardaban aún frutos más extraños, como los cafés con juegos de mesa y con bibliotecas, pero en la época de este relato aún no se había materializado tal especialización. Nuestros tres amigos, intelectuales cada uno a su manera, llevaban cada uno su propia lectura: Verdugo sus libros raros y esotéricos, conseguidos quién sabe dónde; Ramón su ejemplar de bolsillo de la editorial bruguera; y Zampo su número de El País... Más que la ropa, estas lecturas caracterizaban a la perfección sus respectivos temperamentos, antiguas preferencias. En el fondo anunciaban lo que los unía: la religión, la filosofía, y la política, una vez consumada la Transición, eran tres formas de escapar y de superar la realidad, cotidiana y gris, que se estaba imponiendo por todas partes.

A su modo, cada uno de ellos estaba desengañado con algo: Verdugo añoraba épocas remotas, míticas, violentas y sencillas, Ur, Uruk, Babilonia, Nínive, Tebas...; Ramón estaba escindido entre el marxismo y el idealismo; y Zampo rabiaba por volver a Bruselas y descubrir la trama que lo había decabalgado. Religión, filosofía, y política, eran sus respectivas formas de no conformarse.

—Somos los tres mosqueteros y estas son nuestras espadas—.

Verdugo hizo un gesto indecente. Por suerte la calle estaba desierta. Eran las tres de la mañana.

—¡Todos para uno y uno para todos!—, gritó Ramón.

—¡Todos para uno y uno para todos!—, repitieron Zampo y Verdugo al unísono.

—¿Adónde vamos?—.

—¡A beber!—.

Hombro con hombro, un tanto artificiosamente, los tres amigos se alejaron en direción a Gran Capitán en busca de algún pub. A pesar del frío llevaban los abrigos temerariamente abiertos, desafiantes.

Una hora después los tres divagaban, adormilados, y en un momento dado dejaron de hablar y cada uno se sumió en sus propias reflexiones. Zampo, como en los días anteriores, volvía a mascullar para sí la frase que no podía quitarse de la cabeza: "encontrarte a ti mismo, encontrarte a ti mismo...", sí, ¿pero cómo?

Muchas veces los tres amigos discutían sobre sus respectivas vocaciones. Las discusiones solían empezar como por casualidad, en broma, e iban subiendo de tono hasta volverse ásperas y graves. Conforme cada uno de ellos iba sintiendo cuestionada la "razón de su vida", su "ideal, su razón de ser", arremetía contra los otros dos sin contemplaciones, como un animal acorralado. No se escatimaban insultos, ni descalificaciones gruesas, ni palabras que en otro momento les hubiesen hecho sonrojar. En ocasiones sus voces llamaban la atención aun en medio del estruendo de las demás voces y de la música, y los tres amigos se iban un poco corridos.

Después los sumían en un silencio embarazoso, en un vergonzoso sentimiento de culpabilidad, durante diez o quince minutos.

Un fruto completamente inesperado de estas discusiones fue interesarlos por sus respectivos mundos. Ya fuera para refutar mejor, con más conocimiento de causa, los motivos del contrario, ya fuera por verdadera curiosidad, el caso es que poco a poco los tres amigos se fueron interesando y fueron aprendiendo de sus rivales los rudimentos de sus respectivas aficiones. Así fue como Zampo empezó a leer libros esotéricos y místicos que Verdugo comenzó a suministrarle. ¡Ya no se acordaba de las nefastas influencias que había tenido sobre él la lectura de literatura revolucionaria dos años atrás! ¿Qué diferencia había entre volverse loco por leer panfletos o hacerlo por leer el Evangelio de Felipe, o a Simón el Mago, o el Apocalipsis de Juan?

Libros todos ellos extraños, cargados de despropósitos tales que a su lado los panfletos revolucionarios palidecían, inocentes. Libros fuera de todo circuito literario normal, revestidos de una irrealidad tal que sólo sus títulos y sus primeras líneas abismaban y sonrojaban al lector, o le hacían sonreír y cerrarlos para siempre, turbado. ¡Qué cosas, cómo se pueden escribir estas cosas!

A diferencia de Verdugo, quien se tomaba un poco en broma todo (empezando por él mismo), Zampo creyó desde el principio que semejante literatura encerraba una verdad profunda y misteriosa, una especie de clave que, llegado el caso, daría a quien la descubriese una extraña paz interior. De pronto caía en la cuenta de que había seguido un camino equivocado toda su vida: las instituciones y los actos humanos constituían sólo el microcosmos, una pequeña rueda, cuyas circunvoluciones no eran sino un reflejo del macrocosmos, la gran rueda que lo movía todo. Los astrólogos, los magos, los sacerdotes antiguos eran capaces de paz. El signo de los tiempos está escrito en un lenguaje hermético, inteligible sólo para los iniciados.

—¿Eran capaces?—, bromeaba Ramón, siempre escéptico.

—¡Por supuesto, mira Nostradamus!—.

—¡No!—, le interrumpió Verdugo, para quien Nostradamos era un simple divulgador de best- sellers tardíos, ni siquiera un aprendiz, casi casi un embaucador —los astrólogos no se ocupan del horóscopo—. Un día Zampo apareció radiante, cambiado. Llevaba ahora ropas mucho más anchas, y se había dejado una barba que no terminaba de despuntar: de la cara flácida, descolorida, triste, le colgaba una expresión exultante. Se quedó mirando fijamente a sus amigos.

—Pareces un loco—.

—Mejor, escuchad esto:

Extrajo un librito tan manoseado que parecía a punto de desencuadernarse entre sus manos. Lo abrió por la primera o la segunda página y empezó a leer.

En este punto los lectores podrán exigir explicaciones. Si esta historia no fuese verdadera del primer al último renglón, yo no me avergonzaría de reconocerlo. Una novela entretenida, imaginativa, que además encierre alguna enseñanza, es lo que yo siempre he querido escribir. Y aún a veces me asalta la tentación de hacerlo: bastaría con deformar un poco; acomodar los hechos aquí y allá, exagerando, callando en el lugar oportuno; introducir alguna que otra reflexión; inmiscuirse en la conciencia, en la intimidad de los personajes... En esta historia sólo soy un cronista. Lo que ocurre a veces es más extraordinario que lo que el escritor es capaz de imaginar. Al principio todo discurre normalmente y es verosímil, pero poco a poco, como si un espejo distorsionante, perverso, invadiera la escena, se vuelve maravilloso, sin que a mí me correspondan ni la culpa ni el mérito. Los personajes y los hechos descritos aquí son reales, yo apenas si he cambiado sus nombres, con frecuencia he tenido que limar sus verdaderos semblantes para hacerlos más creíbles. Lo maravilloso tal vez surge de nuestro carácter, quizás nuestro carácter es nuestro destino como decía Aristóteles. En este caso es fácil comprender que una psicología como la de Zampo Más acabara produciendo rarezas. Lo que diferencia a un loco de un cuerdo es que lo que le ocurre en su interior ocurre o no también fuera de él. Lo que diferencia a un santo de un loco que cree hacer milagros o que los hace realmente; y a un profeta de un loco, que cree entrever en las tinieblas de su espíritu o que escruta de verdad el porvenir.

Zampo se removió en su cama. Desde hacía semanas no conciliaba el sueño de un tirón como antes. Le horrorizaba la idea de no dormir más en los años que le quedaran, y nunca miraba el reloj cuando se despertaba en plena noche. Pero a fuerza de abrir los ojos y de mirar en torno a sí, llegó a saber la hora con asombrosa exactitud sólo por la claridad que le llegaba de una pequeña ventana, en la cabecera de su cama, por la que también entraba ruido y frío.

La habitación que ocupaba era de las más baratas, y sin derecho a desayuno. Era tan estrecha e incómoda que apenas si se podía mover sin ir tropezando con todo. Las paredes, renegridas y desconchadas, rezumaban. El techo descendía peligrosamente, obligándole a caminar a gatas hacia la pared opuesta a la puerta. El suelo era tan irregular y frío que sentía aprensión de poner los pies desnudos en él, como si caminase sobre alacranes. No obstante se le permitió instalar junto a la ventana una hornilla, donde a veces se hacía té y café.

Las sábanas estaban siempre húmedas, conservaban obstinadamente los olores de todos los huéspedes que le habían precedido. Olían a compresas. Un día, a la luz de la única bombilla que colgaba en la habitación, tan llena de suciedad y de mosquitos muertos que apenas si alumbraba un metro cuadrado, vio las manchas de las sábanas semejantes a las que hacen los niños al orinarse por la noche. La única manta de que disponía era tan áspera y tan fina que apenas le resguardaba del frío, y no podía colocársela directamente sobre el cuerpo sin experimentar horribles picores.

La habitación daba a una calle tan estrecha que hubiera podido tocar la pared de enfrente de habérselo permitido la ventana. Una calle por la que sólo pasaban putos y borrachos.

Después de mucho rogar, Zampo consiguió también que le colocaran una mesita y de una silla supletoria, tan desvencijadas que crujían lastimeramente bajo su peso, hasta el punto de hacer imposible toda concentración. Cuando se le ocurría leer de noche, los demás huéspedes protestaban dando golpes que resonaban en el pasillo, hasta obligarle a meterse en la cama otra vez. Si se le ocurría fumar corría el riesgo de asfixiarse o de salir inmediatamente ardiendo en aquel cuartito sin ventilación. En tales ocasiones miraba tristemente la puerta, imaginándose las escaleras que bajaban del otro lado (pues ocupaba la última planta de la pensión), descendiendo peldaño a peldaño hasta la inevitable recepción. La única solución que le quedaba si quería entrar en calor y animarse, era beber de vez en cuando. Con lágrimas en los ojos, Zampo recitaba sus nuevas oraciones y sus encendidos salmos, tan reciamente aprendidos en los libros de Verdugo (sus favoritos eran el Evangelio de Tomás, el Evangelio de Felipe, el Evangelio de la Verdad, de Valentín...): oraciónes y salmos que hablaban del mundo futuro.

Zampo no podía salir de la habitación sin llevarse todo lo que tenía de valor consigo, como el resto de los huéspedes. A pesar de que cerraba la puerta con llave y de que, teóricamente, le arreglaban su habitación cada día, (aunque Zampo recordaba haber visto y haber pisado durante más de una semana seguida, las cáscaras de naranja arrojadas al rellano de la escalera por su vecino, un borracho que de vez en cuando lo espiaba; aunque en realidad se limitaban a estirarle las sábanas sin cambiarlas jamás): era prácticamente seguro que cualquier objeto de valor que dejase allí desaparecería en el acto. Ni siquiera durmiendo podía dejar tales cosas a la vista, por ejemplo en la mesita donde en vano intentaba leer antes de dormir. Debía llevarlo todo, llevarlo permanentemente consigo, encima, todos sus tesoros como un chamarilero:

Los zorros tienen sus guaridas y los pájaros tienen sus nidos, pero el hijo de la humanidad no tiene ningún lugar para poner su cabeza y descansar...

Cerca de la pensión está la plaza Estherazy. Colinda con un comedor social, y reúne todos los días a los transeúntes que hacen cola, y esperan a que se les pasen los efectos del alcohol para entrar en el comedor, donde de otra manera no les admiten. Muchos están tan bebidos o tan colgados que simplemente se arriman al calor humano, aun antes del mediodía, formando pequeños y animados grupos de bebedores.

Las noches frías, el insomnio, la soledad, los desengaños (no se le olvidaba Bruselas), acabaron arrastrando a Zampo Más a aquel lugar. Al fin y al cabo le cogía tan cerca que casi podía atisbar una esquinita de la plaza desde la ventana, casi podía tocarla. Al principio se escurría entre los que guardaban ya cola, diciéndose que sólo le movía un interés antropológico. Al cabo, ya no recordaba ni cuándo ni cómo, había empezado a tomarle el gusto a ir, cada vez un poco más bebido, siempre lo suficientemente sobrio como para que lo dejasen entrar. El olor de la comida salía por una ventana que daba a la plaza embriagándole con una esquisitez indescriptible, flotaba entre el frío, la lluvia. Y las monjitas eran muy simpáticas, le ponían doble ración.

Los días empezaban a acortarse.

De la Vida de Jesús de Renan tomó la pose, la tan necesaria coreografía; de el Evangelio de Tomás, el espíritu. Aunque la plaza Estherazy no era el Monte de los Olivos ni él respondía al canon del Jesús estilizado y atormentado de los pintores y escultores, al final resultó bastante convincente. Muchos acudían después de comer sólo para oírle hablar. Él en el centro siempre, como en los días de estudiante. A veces las monjitas se asomaban a la puerta, un poco escandalizadas y entristecidas.

Yeshuá dice: he aquí, el sembrador salió —tomó un puñado, arrojó. Algunas en verdad cayeron en el camino—vinieron los pájaros, las recogieron. Otras cayeron sobre la roca madre —y no arraigaron abajo en el suelo y no brotaron espigas hacia el cielo. Y otras cayeron entre los espinos—ellos ahogaron a las semillas y el gusano se las comió. Y otras cayeron en la buena tierra—produjo fruto bueno hacia el cielo arriba, rindió sesenta por medida y ciento veinte por medida.

Yeshuá dice: el cielo y la tierra se enrollarán en vuestra presencia. Y quien vive de adentro del viviente, no verá ni la muerte ni el miedo, pues Jeshuá dice: quien se encuentra a sí mismo, el mundo no es digno de él...

Él les dice: quien tiene oidos, ¡que oiga! Dentro de una persona de luz hay luz, y él ilumina al mundo entero. Cuando no brilla, hay oscuridad...

¿Cuándo sucederá el reposo de los muertos, y cuándo vendrá el mundo nuevo? Él le dice: lo que buscáis ya ha llegado, pero no lo conoceis...

Su voz se elevaba entonces vibrante sobre la plaza que empezaba a oscurecer...

CINCO

Adriano senior acababa de liquidar su último negocio: ropas de importación y exportación. Ni sus empleados, ni sus acreedores, ni sus clientes, sabían nada de él desde hacía, por lo menos, una semana. Aunque se hubieran cruzado con él por la calle (lo cual no era probable, porque también había cambiado de residencia), no lo hubiesen reconocido. Hasta tal punto se había transformado su aspecto que su propio hijo, ex empleado de tantas aventuras financieras, no ocultó su sorpresa.

Padre e hijo habían concertado una cita para aquella misma mañana en un parque de la pequeña localidad de x., cerca de Barcelona. Adrián junior recibió el telegrama y el dinero para el viaje sólo tres días antes, con una nota donde se indicaba el lugar y la hora exacta del encuentro, pero eludiéndose el motivo exacto del mismo. Aquella misma noche debía de coger el autobús de vuelta a Granada.

No era la primera vez que su padre se conducía con tanto misterio. Después de muchos años de abrir y cerrar negocios con la misma rapidez con que estalla y se aclara una tormenta, lo raro hubiera sido comportarse de forma normal. Adriano senior, como ya ha quedado dicho, era un hombre serio pero fantasioso. No obstante, como le sucede a muchos otros, los años habían exacerbado los aspectos más extravagantes de su carácter a costa del resto. Casado en principio, vivía soltero; nativo, se comportaba como un recién llegado al país; previsor, era la imprevisión misma hasta el punto de ser siempre el primer y el más sorprendido de sus fiascos.

Algunas prendas sólidas de su carácter había tenido que sacrificarlas a las circustancias azarosas de su vida, como él decía: por ejemplo, su talante franco, abierto, extrovertido. El mundo financiero, sembrado de escollos y minas, tenía en su caso, a uno de sus pilotos más esforzados y audaces, y a la vez más apegados al anonimato.

¡Cuántas letras endosadas, interpuestas, giradas contra terceros (con firma y rúbrica), recién sacados de la imaginación o del inagotable listín telefónico! ¡Cuántos talones conformados sobre entidades en las que nunca había tenido crédito ni jamás había puesto los pies! ¡Cuántas sociedades existentes sólo sobre el papel, con su sede en Amberes, en Londres, en Madrid! Por no hablar de las instalaciones, los almacenes, los empleados, las mercancías, etc, que poblaban las ubérrimas empresas de sus ensueños.

Las mismas circunstancias que le habían obligado a cambiar tantas veces de nombre, de aspecto, de profesión, de edad, y que se repetían ahora.

Por eso cuando Adriano junior vio a aquel viejecito asoleándose tranquilamente en el banco junto a la única fuente del parque de barriada, no pensó ni por un momento que se tratara de su padre. Tenía en una mano un libro; en la otra, unas gafas; sobre las rodillas, cubiertas por el largo faldón del abrigo, un cartucho de alpiste para las palomas. Al verle, le sonrió y le echó los brazos discretamente.

—¿Papá!

El parque estaba desierto a aquella hora. Hacía un día nublado y se trabajaba.

—Siéntate, ¿qué tal el viaje?

—Acabo de llegar, yo...

—¡Schisttt!

El viejecito abrió el libro. Una señora acababa de empujar la verja.

Antes de darse cuenta Adriano Junior tenía la mano llena de alpiste. Las palomas se arremolinaron de inmediato en torno a ellos, procedentes de los árboles y los tejados próximos y lejanos.

Al fin pudieron salir, el padre delante abriendo la marcha y el hijo detrás.

Chocaba ensegida su modo de andar, ágil y flexible, con su edad avanzada, exagerada por aquella maestra caracterización. A ratos al hijo le parecía que la poca gente que se cruzaban por las calles, tranquilas y soleadas, se paraba a mirarlos sonriendo.

Al fin llegaron a un barecito, cuyo dueño conocía Adriano Senior desde hacía tiempo, de la época de sus primeros negocios en Barcelona. Entraron directamente en la trastienda: un patio descuidado, casi invadido por una parra sarmentosa, donde se amontonaban las cajas y los barriles de cerveza y de otras bebidas espirituosas. Enseguida apareció el dueño con un mandil sucio, limpió la única mesa y les prometió el mejor desayuno de la Barceloneta.

"Aquí", comentó el padre, melancólico, "venía yo cuando tú aún no habías nacido. Entonces el tren llegaba hasta unos cien metros de la puerta, justo por ese lado. Había una garita para el guardavías donde jugábamos con los empleados del ferrocarril y a veces con los funcionarios de abastos..."

—¿Por qué me has llamado, papá?

—¡Para verte! Y...

El dueño apareció con una bandeja donde humeaba una cafetera junto a dos tazas y un platito con sendas porras recién salidas del aceite:

—Perdón, señores, susurró, disponiendo ceremoniosamente el servicio. La mesa resultaba tan pequeña que el apelotonamiento creaba una sensación engañosa de abundancia.

—Gracias Silvestre.

En otro tiempo allí se alojaban pasajeros que iban y venían de Francia. Adriano Senior prendió un cigarrillo. Un gatazo grueso, romano, apareció no se sabe de dónde haciendo equilibrios y monerías entre las cajas. Sobre ellos, en el poco espacio que quedaba libre, flotaba un cedazo deslucido de cielo con alguna que otra nube. Del fondo, del bar propiamente dicho, llegaba intermitentemente el ruido de una puerta, una voz sin fin que no dejaba entender, traslucir lo que decía.

Al fin se quedaron solos, con la promesa firme de una botella de anís. Aquel año hacía mucho frío. El Llobregat bajaba helado, mudo, casi hasta el mar, lleno de desperdicios.

Despacharon rápida y silenciosamente el desayuno, sin que su padre apagara el cigarrillo. Las porras estaban duras pero el café era excelente, buen café casero de pocillo. Al poco, puntual, reapareció Silvestre con la botella prometida y dos copas, aunque esta vez apenas se entretuvo un minuto, pues habían empezado a llegar los clientes del primer turno del hospital. Silvestre era descendiente de andaluces.

Aquella parte de x. había sido engullida hacía tiempo por el crecimiento espectacular de Barcelona, al menos desde los años cincuenta: el antiguo tren, transformado en metro, seguía su línea bajo la única avenida importante de la localidad, auténtica ciudad dormitorio.

Adriano Senior, sin apartar los ojos de la puerta acristalada, se deshizo de la peluca gris; de las cejas, espesas y también grises; de la bufanda enmarañada, descolorida; por último, se guardó las gafas de culo de vaso, de pasta gruesa y basta, en un bolsillo del abrigo, la única prenda del disfraz que no se quitó, y sonrió, liberado:

—¿Qué tal?

—No te habría conocido.

—Necesito que me guardes esto.

Con la rapidez de un prestidigitador o un trilero, depositó en la mano de su hijo una carpeta de tamaño cuartilla, muy abultada.

—¿Qué es?

—Cuentas, dinero de la familia.

—Está bien.

—Tu amigo, ¿cómo se llamaba?

—¿Cándido?

—Sí, ¿qué es de él?

—Volvió a su trabajo.

Adriano Senior se sumió por un momento en sus reflexiones. En alguna parte, entre el sobretejado y la copa de la parra, gorjeaba un pájaro como para sacudirse el frío.

—Dale recuerdos de mi parte cuando lo veas.

Entonces, acercándose al oído de su hijo, le cuchicheó rápidamente algo. Luego ambos esperaron en silencio, reconfortados por el anís. Los pasos y la voz del dueño, que también parecía canturrear algo, se acercaban ya desde el helado corredor.

Al ver a su cliente sin el disfraz, el hombre se echó a reír. ¡Magnífíco, debía haberse dedicado al cine, al teatro! ¡Señores!

Espantó al gato con un bufido hasta que éste desapareció en el tejado. Entonces se llenó una copa, exagerando el frío y la satisfacción del brindis.

Aquella noche en el autobús no hice más que repasar nuestra última entrevista. Tenía un raro presentimiento, una extraña aprensión, difícil de definir. En aquel encuentro, por cierto insólito, se mezclaban el pasado y el futuro. Sentía cómo mi padre, a fuerza de disfrazarse y de esconderse, a fuerza de torcer y enmascarar la realidad de sus negocios, se había convertido finalmente en un extraño también para mí, al menos tan extraño como yo y como el resto de los mortales lo éramos seguramente para él. ¿Habría alguien aún para quien fuese auténtico, para quién no usase disfraz?

No soy dado a las reflexiones ni a la filosofía. Lo mío es la acción. Sin embargo aquella noche, molido por el traqueteo del viaje, en lo más hondo y frío del autobús que literalmente buceaba en el aguacero nocturno, no hice más que darle vueltas en la cabeza a mis pensamientos, cada cual más lúgubre. Pensamientos que brotaban encadenados unos a otros y que, inesperadamente y sin que yo me lo propusiera, iban dibujando mi biografía y tal vez nuestro destino.

El motor de tales reflexiones, ahora lo pienso y lo veo con toda claridad y crudeza, eran los celos. Me explico. Yo siempre he querido con locura a mi padre. Desde mi más remota infancia uno de mis mayores deseos, una de mis más urgentes y acuciantes necesidades, ha sido que aquel hombre errante y vagabundo, que paraba de paso, lo justo, por nuestra vida, como una corriente de brisa, se detuviera al fin y me abrazara. A veces, cuando ya empezaba a reflexionar, me preguntaba y le recriminaba para mí si no seríamos invisibles a sus ojos. Mi madre se daba cuenta de todo y procuraba consolarme, redoblándome su cariño: pero su cariño era algo seguro, algo que yo daba por descontado, y yo ansíaba lo que quizás era imposible, que mi padre cambiara por nosotros y que, por nosotros al fin, sentara la cabeza.

Al fin lo que ocurrió fue muy distinto: mi madre murió. Entonces lo culpé a él. Mi rencor ha recorrido todos estos años intacto y, si no ha crecido, tampoco ha menguado. Hasta el último momento, cuando estábamos ella y yo solos, (recuerdo sus esfuerzos dolorosos por ocultarme la gravedad de su enfermedad, por sonreírme y protegerme bajo el amparo de su mirada), esperé como un milagro que mi padre, advertido por todos los medios a nuestro alcance, apareciera. Siquiera para despedirse. Ella, pienso yo ahora, no esperaba tal cosa, y su única preocupación era que yo, un chicote al borde de la pubertad, no quedara abandonado. Años después encontré, por casualidad, algunas de sus cartas a mi padre, dictadas todas por el amor y la desesperación, donde le pedía, le suplicaba con un resto de cólera, que me pagase los estudios y se hiciera cargo de mí, al menos hasta que yo alcanzase la mayoría de edad. Al fin y al cabo era su hijo. Puede parecer un folletín pero es la verdad.

Ignoro si mi padre leyó alguna vez tales cartas. El caso es que mi madre murió y, al cabo de unos días, tuve al fin noticias suyas: por motivos de negocios no podía venir a verme ni tampoco llevarme de momento con él, donde él estaba, una ciudad del extranjero (me pregunto ahora si no me escribiría aquellas apresuradas líneas desde un hostal de nuestra propia ciudad, tal vez no lejos de nuestra misma calle); allí me aseguraba que él se ocuparía de mí, naturalmente, y que me quería mucho; que yo debía ser fuerte en aquellas circustancias para encarar el porvenir, pues ya era un hombre, etc, etc. Recuerdo que rompí la carta y que fue tal mi rabia que estuve a punto de saltar por la ventana del segundo piso donde vivíamos.

En la misa de funeral que se celebró pocos días después, y adonde fuí con uno de mis tíos, encargado informal y temporalmente de mi tutela, creí ver a mi progenitor escondido, ¡disfrazado en las últimas filas de bancos, junto a la puerta! Mi tío debió de notar mi alteración y tal vez (sorprendí su rápida, su inquieta ojeada a la iglesia, sumida en la penumbra), adivinó su causa, porque de inmediato me apretó del brazo sujetándome firmemente, como si yo me hubiera propuesto deslizarme entre ellos, escapar y formar un escándalo. Cuando quise darme cuenta, la figura o la sombra o lo que fuese, ya se había desvanecido.

No vi a mi padre hasta muchos meses después, pero –¿he de decirlo en su descargo?–, me escribió puntualmente todas las semanas, según me explicaba, cada vez desde un lugar diferente, prometiéndome verme pronto, muy pronto, y reiterándome su cariño con una nostalgia que parecía y que seguramente era, auténtica. Asimismo no dejó, según supe después, de enviarme puntualmente el dinero que yo necesitaba para vivir y para seguir estudiando. Así pues, las últimas cartas de mi madre resultaron a este respecto inútiles, o bien surtieron un efecto milagroso y contraproducente. Fuera como fuese, mi padre cumplió puntualmente su palabra. En las últimas cartas, cuando ya el día de nuestro encuentro se acercaba, me aseguraba sin entrar en detalles, como era su costumbre, que los negocios volvían a irle bien y que muy pronto, mucho antes de lo que esperábamos, íbamos a poder vivir y ¡trabajar! juntos, sin especificarme tampoco cómo ni dónde. escurridizo e invisible como una sombra.

El paso del tiempo y el calor de tales cartas, releídas por mí a cualquier hora del día y de la noche, hasta casi aprendérmelas de memoria, entibiaron primero y borraron definitivamente después, mis últimos resquemores hacia mi progenitor. Mi padre volvió a su pedestal de héroe, de semidiós, resurgió de sus cenizas y quedó indiscutiblemente justificado allí, por las especiales y misteriosas circunstancias de la adversidad, justificado como siempre lo es el Destino a plano pasado.

Es extraño que, en pleno entusiasmo, yo no respondiese entonces a ninguna de sus cartas. Ahora me pregunto cómo interpretaría él aquel silencio, el silencio de un adolescente.

Al fin llegó el día.

Nos entrevistamos en mi habitación, un cuartito que ocupaba temporalmente en casa de mis tíos. Mi padre entró con aire familiar, tocándolo todo y alabándolo a su manera. Su voz llenaba la casa. Me abrazó y a punto estuvo de sentarme en sus rodillas. Azorado, confuso pero contento, rompí el silencio digno que me había propuesto mantener.

Le hice tantas preguntas y él, atendiéndome en todas puntualmente me respondió a tan pocas, que me resulta imposible acordarme de aquella conversación. Me contó muy por encima cómo vivía; cómo se había enterado de la enfermedad y la muerte de la mamá, demasiado tarde; cómo había llorado solo en un famoso parque de París; cómo después, siempre de incógnito, había decidido venir para ocuparse de todo, en primer lugar del entierro y luego de mí, especialmente de mí; y cómo se lo habían desaconsejado la prudencia y ciertos conocidos de allí.

Pero ahora todo está arreglado, concluyó.

Yo estudiaría, claro. Se veía claro que era inteligente. Me aduló. Pero debía también hacer algún deporte. Mi padre me encontró flacucho, desmejorado, incluso amarillento (de pequeño yo creía que el color de la piel reflejaba fielmente, al cabo del tiempo, el color de las paredes entre las que uno vivía). ¿Y las amistades, y las chicas? Un pellizco cómplice, una palmetada inoportuna en las rodillas, acabaron de distanciarme de él, de pronto. Toda aquella entrevista empezó a parecerme artificial, a cargarme como una pesada pantomima. Mi padre se había quedado para siempre en mis cinco años. Había en mí, por encima de las alusiones, un deseo sincero, urgente, de volver a estar solo. Sobre todo, él me había asegurado que trabajaríamos juntos. En cambio ahora me proponía un plan muy diferente: una carrera, y largos años de separación. Que se fuese, pues, cuanto antes. ¡A la mierda todo!

Mi padre, cegado por su amor propio y por su convencimiento innato de que, una vez él hablaba, todo el mundo debía estar de acuerdo sin excepción y sin objeción posible, continuó con su monólogo, que debía llevar ensayado y aprendido. Yo apenas si guardaba ya las formas, deseando que acabara cuanto antes.

El día declinaba, triste y mustio. Cuanta menos atención le prestaba yo, más nítidas se hacían las demás sensaciones, más borrosos los gestos, las palabras. Al fin, llegaron las pausas, los silencios embarazosos, los movimientos de manos y cabeza, las miradas que preludiaban la despedida.

Entretanto yo me había resignado a no volver a verlo, no en mucho tiempo. Una de las lecciones más importantes de la vida es que uno está solo, que la soledad es siempre directamente proporcional al amor que uno da.

Después de repasar minuciosamente una docena de carreras universitarias posibles, examinando los pros y los contras de cada una, y de paso sacando a la luz mis supuestos carácter y actitudes (¿pero que sabía aquel hombre de mí?), me aconsejó que estudiase Medicina o alguna otra Ciencia Experimental, por supuesto por una cuestión práctica. Yo tenía, se veía al pronto, todas las aptitudes de un científico, de un hombre de Laboratorio. ¡Pobre de mí! Casi me reí, tuve que apretar los puños para no soltar la carcajada rabiosa.

Cuando ya se iba, antes de que mi tío (ya se oían sus pasos en el pasillo) entrase, de pronto se volvió desde la puerta y me dijo:

—No me hagas caso, no te he dicho nada. Te haré mi socio.

Y desapareció.

Aquellas palabras aún me obsesionan. Me quedé estupefacto mirando la puerta cerrada. ¿Qué había querido decir? ¿Qué socio? ¿Se burlaba de mí? ¿A qué venía aquello? A veces uno espera y desea con tanta fuerza algo, que deja de creerlo posible en cuanto lo ve.

—¿Estás bien?

Mi tío se llevó un dedo a la sien, miró hacia la ventana y salió.

La noche llenaba la calle. Sobre la calzada mojada resbalaba la luz de las farolas.

Muy pronto supe que mi padre no bromeaba. Con la mezcla de reserva y despreocupación habitual en él, junto al primer dinero para mis estudios (que ahora me enviaba directamente a mí, sin pasar por mi tío), me remitió una carta donde me explicaba, someramente claro está, su forma de actuar y la naturaleza de sus negocios. Por supuesto, no se trataba de que yo me uniese a ellos sin más, inmediatamente; aún era demasiado joven, incluso para mi padre; sino sólo de que me fuese familiarizando. Así que, de repente, me vi en medio de aquella vida desquiciada: para un muchacho que apenas empezaba a ser hombre, a quien la pérdida de su ser más querido había alejado de los mundos, los gustos y los valores de sus compañeros de edad, aquello era una aventura, casi el Paraíso. Mi padre confiaba en mí. Confiaba en mí como el jugador que pone toda su fe sin reservas, sin motivo aparente, en un número o una carta.

La vida es la mejor maestra.

Mi padre no consentía que yo dejara de estudiar. Cuando supo que mis calificaciones caían en picado; que mis faltas injustificadas de asistencia eran motivo de alarma y de queja; que mi comportamiento y mi aplicación, en una palabra, empezaban a dejar mucho que desear, me advirtió que me separaría de sus negocios si no me enmendaba. Yo debía estudiar si aspiraba a asociarme con él.

Pasé el mal trago hasta que me di cuenta enseguida de que no era tanto el sacrificio que se me pedía: como los encargos de mi padre eran imprevisibles, tuve que dividir mis jornadas en dos, una parte del día para el estudio, la otra para los negocios. Había días, incluso semanas, en que mi padre desaparecía literalmente del mapa, no daba señales de vida. Luego he sabido que conmigo adoptaba todas las precauciones y cautelas que despreciaba en sus operaciones, así que nunca me vi en aprietos, nadie sabía mi domicilio ni mi nombre, hasta que cumplí la mayoría de edad. No podían relacionarnos.

Mi edad era además una ventaja impagable para el tipo de encargos que me encomendaba: entregar y recibir pequeños paquetes y cartas, a veces en las circunstancias más novelescas y misteriosas, cuyo contenido me estaba naturalmente vedado. Baste como botón de muestra cierta vez en que hube de esperar en el compartimento de un tren, a punto de salir para Algeciras, a un socio ocasional de aquel aventurero. Cuando faltaba sólo un minuto para que se pusiera en marcha el tren, se presentó un hombre con una botella de Benedictine: ¡ese era el paquete que me tocaba recoger aquel día! A veces los enlaces de mi padre, al verme casi un niño, me pellizcaban en las orejas y en los mofletes con insufrible familiaridad, o me regalaban caramelos o calderilla para comprarlos, para mi desesperación; pero aquel hombre se limitó a meterme prisa, despidiéndome con voz descolorida, encargándome mucho que cuidara la botella, que era un regalo para mi padre de alguien importante. Salté del vagón tan deprisa que casi se me rompe el Benedictine en el mismo andén.

Ahora, con escepticismo retrospectivo, pienso que la mayoría de aquellos encargos eran simples diversiones, cuestiones de cortesía. Jamás, a pesar de mi curiosidad y mi imaginación novelesca, abrí ninguna de sus cartas, sus paquetes, aunque me hubiera resultado muy fácil hacerlo sin más explicaciones. Si mi padre quería, ya me hablaría de ellos, y si no, sus motivos tendría para callar. La discrección me hacía sentir bien conmigo mismo, elevaba mi autoestima y mi sensación de ser ya mayor, merecedor de confianza.

A veces, tras una serie de encargos "importantes", "difíciles", me invitaba a un helado o a un chocolate. Cuando cumplí los dieciséis me llevó por primera vez a un bar de hombres y me dejó que probara la cerveza mezclada con casera. Al año siguiente ya podía fumar de vez en cuando un cigarrillo en su presencia (por mi cuenta yo ya había probado largamente el tabaco, como casi todos los chicos por aquel entonces). La pelusa doraba mi cara por encima de los labios y en la punta de la barbilla, pero aún era desesperadamente pequeña. Me dio entonces, para sublimar mis deseos sexuales, por escribir versos encendidos en papeles que luego, afortunadamente, perdía, y en las paredes de los lavabos.

Mi tío se mostraba conforme con todo, con tal de que yo estudiase con aplicación y que él recibiese puntualmente mi asignación, en calidad de tutor. En aquellos años, hasta que cumplí la mayoría de edad y aún después, mi padre siguió pasándome puntualmente el dinero cada mes; la mesada. Atravesó por diversas situaciones financieras: se arruinaba y volvía a levantar su tenderete, como a él le gustaba decir, con la tenacidad ciega de la Naturaleza; pero nunca faltó a esta obligación.

Un día me encontró no sé cómo, quizás en uno de los libros que me dio por leer entonces, uno de mis poemitas satíricos, de un erotismo digno de Catulo. Por un momento le vi enrojecer, aunque quizás fue todo una ilusión mía, una proyección de mi propia turbación, pues al instante su rostro se ensanchó en una franca sonrisa, una de esas sonrisas cargadas de saber y experiencia que sólo los largos años y la vida pueden dejar. Me dijo:

—Conque esas tenemos. Ven...

—No.

Me arrastró cordialmente hacia la puerta del bar. Yo me moría de vergüenza y de rabia. No sé aún cómo no me desembaracé, cómo no lo empujé contra la puerta, no me liberé y salí corriendo. Quizás notó mi cólera porque aflojó el abrazo pero no la determinación. Rara vez, ni antes ni después, le vi tan resuelto, tan tranquilo, como si paseara por el campo. Sólo le faltaba silbar y cantar.

Ya en el coche, encendido de ira, me vengué con el silencio. Mi padre simulaba no advertirlo, pero vaya si se daba cuenta. De cuando en cuando, sorprendía en el retrovisor su mirada de soslayo sobre mí, riente, chispeante, y a la vez grave, cargada de malicia. Al cabo, empezó a hablarme de sus negocios como si tal cosa, sin lograr arrancarme una palabra.

Le acepté un cigarrillo. Inmediatamente la situación se relajó algo. Louis Amstrong cantaba en el radiocasette del salpicadero.

Nos metimos por las calles estrechas del Albayzin. El coche, demasiado ancho y pesado, ascendía trabajosamente entre las casas y las tapias, por calles cada vez más difíciles y angostas. De pronto, en una revuelta, apareció una panorámica de la ciudad entre tejados. Aparcamos junto a una marquesina de bus, cerca del Mirador de San Nicolás. Pasaba ya el mediodía. Un paisaje de postal con un cielo revuelto de nubes sobre la Alhambra, nos recibía con todos los honores.

En un callejón al que me sería imposible volver aunque quisiera, (y confieso que lo he intentado alguna vez, años después), nos abrió un cancelón despintado una vieja que parecía recién salida de un folletín. Conocía a mi padre, y debía de conocerlo de antiguo y bien a fondo; era muy vieja; lo recibió con muchas muestras de cariño, con pellizcos y besos, con cachetes en ambas mejillas; los ojos humedecidos, emocionados. Mal que bien yo me libré. Entramos.

Penetramos en una salita de estar presidida por un Sagrado Corazón de Jesús en plata cordobesa. La señora nos sirvió whisky y, sin más preámbulo:

—¿Una o dos?, dijo.

—Una.

Mientras telefoneaba, mi padre me tranquilizó. Me contó que se había ocultado allí más de una vez, a veces durante varios días, hasta una semana entera. Podía sentirme seguro, como en casa:

—Estas chicas, me explicó, sólo lo hacen si les gustas.

Iba a protestar cuando sonó el timbre dejándome paralizado. Al minuto, precedida por la señora, apareció la chica:

—Hola.

No la reconocería si la viera ahora. Seguramente ella a mí tampoco. Mejor.

Vació rápidamente su vaso, cargado con mucho hielo y, de pronto, echándome el brazo por el hombro, me dijo:

—Vamos. Eres muy guapo.

Sin saber cómo, me vi siguiéndola hacia la alcoba como quien va al matadero.

Debía ser nueva porque mi padre no la conocía.

Por aquella época, antes de cumplir yo los dieciocho años, mi padre tuvo que ausentarse en uno de sus viajes de negocios. Me dejó dinero para casi un año. Esta vez era serio. La partida era inminente y la estancia iba a ser larga:

—Empieza la carrera que quieras, me ordenó. Pero empieza una.

—¿Cuánto tiempo, papá?

—¡Psss...! Yo te llamaré.

Como mi tío había muerto recientemente, estaba solo. Era la primera vez en mi vida que vivía verdaderamente por mi cuenta. Parte de aquel dinero, como supe después, era el producto de activos y de cheques liquidados a toda prisa, con pérdidas. Por suerte, la discrección de que he hablado me había puesto a salvo de cualquier pista de los acreedores. La mayoría de ellos ni siquiera sabían que mi padre tenía un hijo. Yo empezaba a dudar que tuviera un padre.

Por entonces yo acababa de conocer a Cándido gracias a una nueva afición, que brotó en mí por casualidad pero con toda fuerza: el ajedrez. Recuerdo que lo aprendí con rapidez. Jugábamos en un club y en el Centro Artístico, local decimonónico lleno de salas y de viejos que disputaban por todo: nos gustaba especialmente sentarnos junto a la ventana, ante un tablero de mueble, con los caballos descabezados, los alfiles panzudos, los peones chatos, a veces durante toda una tarde.

A través de Cándido conocí a Carlos, el poeta. Los tres nos íbamos a menudo, una noche sí y otra también, a gastarnos el poco dinero que teníamos en los pubs solitarios pero hermosos entre semana. Poco después el padre de Cándido, que aún vivía con su madre, murió y él empezó a trabajar en una gestoría. En cuanto a mi padre, seguía sin dar señales de vida. Y el dinero se me acababa.

Tras mi primer encuentro amoroso, descubrí en mí una afición por el otro sexo que nunca me hubiera imaginado. Cuando mis nuevos compañeros me fallaban o, lo que era cada vez más frecuente, era yo quien me escabullía de ellos, podía vérseme con alguna novia en los bulliciosos cafés del centro, o en los solitarios parques de la ciudad, obra reciente del PSOE; en cualquiera de las placitas o callejuelas que bordean el Realejo o el Albayzin bajo. Con todas hablaba de lo mismo. En mis tratos con ellas (recuerdo que una vez coincidí, en la puerta giratoria de Correos, con dos chicas con las que salía a la vez), hallé un extraordinario parecido con mi padre: él desplegaba su predisposición para el enredo en los negocios, yo en el amor.

Carlos, el poeta, nos surtía de lecturas: a Cándido le encantaba Siddharta; a veces se ponía tan pesado con sus citas que tenía que amenazarlo con huir; en cuanto a mí, lo leía todo: las cosas más graves con la misma ligereza que los anuncios y las noticias deportivas, con el mismo invencible escepticismo.

No obstante, recuerdo que me impresionaron en aquella época los poemas al vino de Omar Kayyam, muchos de los cuales aún recuerdo:

"¿Cómo podrán interpretar

Pesas y medidas,

Axiomas y razonamientos,

El tema inmenso de la Creación,

Este nuestro inconmensurable Universo?

¿Enfilando leyendas?

¿Imaginando fantasmas?"

Nuestras discusiones, prolongadas hasta la madrugada, me parecen ahora contenidas en esos versos, como si fueran a desenrollarse y a desprenderse una vez más del pasado, embalsamados en los olores, la humedad, el humo, las voces, las risas de aquellos días.

Mi padre reapareció cuando menos lo esperaba, esta vez con un negocio de ropas.

Yo había decidido dejar los estudios y establecerme por mi cuenta con el poco dinero que me quedaba y con otro tanto que pediría prestado. Por entonces empezaban a ponerse de moda los créditos a los jóvenes por los que las Cajas de Ahorros recibían casi tantos beneficios fiscales y subvenciones como por las Fundaciones y las Obras Sociales. Estaba ya bastante avanzado en estas gestiones cuando un día, de buenas a primeras, apareció mi padre. Como siempre.

Radiante, rebosante de satisfacción y de confianza, como si acabáramos de vernos la víspera, me abrazó con un cuidado exquisito de no herirme, de no tratarme ya como a un muchacho sino como a un hombre. Su igual. Me ofreció un cigarro y me convidó a un café en una terraza vecina. Hacia ya un tiempo casi de primavera. Muy reservado como de costumbre, no habló del pasado, sólo del futuro. A los cinco minutos yo ya había olvidado todos mis resquemores y todos mis proyectos y ya estabámos casi de acuerdo en asociarnos en un nuevo negocio: ropas de importación. Marcas chinas.

—Verás, me explicó con calma: dentro de poco estas ropas de marca caras van a caer en picado, por la mano de obra asiática, ¡China!

—Lo único es almacenarla y esperar el momento oportuno.

—Pero si bajan los precios...

—Vamos a la baja, ¡claro, los buenos negocios siempre a la baja!

Poco le faltó para pellizcarme en los mofletes. Yo, amoscado por esta interrupción y porque no me permitiese meter baza y demostrarle que ya entendía, me propuse llevarle la contraria:

—Siempre que bajen para nosotros.

—¿Cómo? Por cierto, ¿y tu amigo...?

—¿Cándido?

—Sí, cuento con él, desde luego.

—Ya tiene trabajo, sonreí.

—Yo, nosotros, se corrigió, le pagaremos el doble.

—Pero ya tiene trabajo...

—Necesitamos para las cuentas alguien de confianza.

Sorbió ruidosamente de su taza. El cigarrillo agonizaba en el platillo manchado.

—¿Se lo dices tú?

—Claro.

—Otra cosa: empezamos mañana, a las ocho.

No me dio tiempo a replicar. Iba a rechazarle el dinero. Ya eres mayor de edad, me dijo, tómalo como anticipo. También me dio la tarjeta donde figuraba la dirección de la empresa y un número de teléfono, bajo sus iniciales:

—¡Hasta mañana!

Así empezó mi carrera de empresario.

Aquella misma tarde fuí a ver a Cándido. Parecía atrincherado entre papeles, encajonado entre la mesa y la pared. En todos aquellos meses sólo había ido a verle dos o tres veces. Lo encontré triste y agobiado. Con una voz descolorida, monótona, que no parecía suya, me pidió que lo esperara unos minutos. Ahí hay revistas, no tardo. Cuando te dicen eso ya te puedes armar de paciencia.

La oficina parecía cargada de electricidad. Humo. La calefacción estaba demasiado fuerte, creaba un ambiente sofocante. Las paredes parecían amarillas por la penumbra. Todo estaba decorado con un gusto infame, funcional y cursi. Un asco. Por si fuera poco, todas las miradas se clavaban en mí. Aquella gente nunca me había inspirado confianza. No me extraña que se haya vuelto tan lúgubre, pensé.

Al poco salió, la chaqueta desgastada y pasada de moda encajada de cualquier modo, me sonrió:

—¡Vamos!

En el club le expliqué la propuesta de mi padre. No podía darle detalles pues yo mismo los desconocía. A fuerza de trabajar con aquel hombre, las cosas concretas, los números, las cuentas, etc, perdían toda importancia y solidez, y sólo contaba la Idea, la concepción global del negocio: en este caso se trataba de comprar ropa barata, asiática, de imitación, almacenarla y venderla después con discrección.

Cándido suspiró:

—¿Tu padre no había desaparecido?

—Ha vuelto.

—¡Bueno, qué dices?

Suspiró otra vez.

—¡Dime claramente que no te fías, si es eso!

—Oye, insistí: ¿tú crees que soy tonto o que estoy loco? Se trata de ahorrar algo y establecerte por tu cuenta. ¡Es mi padre!

—Déjame pensarlo.

—Como quieras. Pero empezamos mañana.

Para desagraviarme me invitó a un tanque de tequila. Una pantera rosa. Hicimos el recorrido de siempre por la Plaza de Gracia. De pronto recordé que al día siguiente tenía que madrugar. No se puede llegar tarde el primer día. Cándido al fin, aceptó. Le di la dirección, le di un abrazo y nos separamos como camaradas de aventuras.

Cuando me presenté pocas horas después en las naves, en la portería indicada en la dirección, Cándido ya andaba revisando papeles. Había escogido una mesa cerca de la puerta principal del almacén, al parecer el lugar ideal, tranquilo, para sus cuentas. El encargado me miró con suspicacia. Cuando le dije quién era pareció comprender, como si de pronto alguna piececilla desencajada casara allá en las profundidades de su cerebro. El dueño acababa de irse, me informó.

Al cabo estábamos hablando como si nos conociéramos de toda la vida.

El calendario Pirelli y el diario As abierto por la página de automovilismo. El pitillo mordisqueado entre los dientes. ¿Qué quería? ¿Qué esperaba yo? ¡Nada! Al otro lado de la carretera había un bar. Gracias. Voy a echar un vistazo. Me volví irritado, divertido. No voy a llevarme nada. El hombre se sumergió en su diario, sin dignarse responderme.

—¿Qué se cree?

—Hola, ¿qué pasa?

—¿Y mi padre? Oye, es grande esto.

—¡¡¡Hola!!!

El portero, como ya lo llamaba, desvió la mirada. Ese tío es el colmo. ¿Qué haces?

—¿Sabes dónde guarda tu padre los papeles?

—No, acabo de llegar.

—Está todo patas arriba.

—Para eso te ha contratado.

—¡Veinte pares de zapatillas Adidas!

—Vamos a echar un vistazo.

Recorrieron la nave. Aparte de unos paquetes apilados en un rincón, no había nada más. Cándido señalaba con asombro, el mazo de facturas y de albaranes en una mano:

—¡Nada, subrayó, ya te lo dije!

Se oyó irrumpir el ruido estrepitoso de un motor. Al momento dos hombres, el chófer y su ayudante, entraron con un pequeño remolcador cargado hasta los topes de cajas, en cuyos bordes había estampados caracteres chinos o japoneses. ¡Querían cobrar al contado la entrega antes de descargar nada más!

—¿Más qué?

El chófer se encogió de hombros.

—Y no aceptamos talones...

—¿Qué de talones?

—Lou, ¡vámonos!

—¡Espera, chino!

El portero extrajo de una enorme billetera un trozo de papel arrugado. Al instante, la expresión del chófer se relajó, incluso se dulcificó. Masculló algo y comenzó a descargar.

—¿Qué le ha enseñado?

—Es una nota de su padre.

Debía ser una Bula Papal. Entretanto, Cándido había vuelto sigilosamente a su improvisado escritorio. Aquello era lo más fantástico que había visto nunca. Increíble. Había decidido levantarse, salir y no volver más, pero aquel lío lo mantenía fascinado. Había pasado ya buena parte de la mañana y seguía enfrascado en sus papeles, sin entender nada. A cada rato aparecía uno nuevo para enredar aún más la madeja.

El motor del camión volvió a gruñir, sobresaltándole. Entonces alguien lo llamó desde la caja, agitando un brazo:

—¡Voy a la ciudad, dile a mi padre que vuelvo en una hora...!

El resto de la frase se perdió alegremente entre el estrépito del camión.

Al poco apareció otro, y un tercero. La misma escena se repitió cada vez, toda la mañana y toda la tarde, y durante los días siguientes. Una procesión. El portero mostraba siempre el mismo trozo de papel, semejante a un talismán de inexplicables poderes, y los camioneros cedían y empezaban a descargar, con resoplidos apaciguados.

Así, en unas horas, poco a poco, el almacén se llenó con aquellas cajas estampadas con signos chinos o japoneses, apiladas hasta el techo. Cándido se quedó hasta que oscureció.

Al día siguiente, aprovechando un momento en que estaba solo en el almacén, Cándido se encaramó a un taburete y bajó una de las cajas, la que le pareció más pequeña de aquel montón. La abrió a la luz con la misma excitación con que hubiese abierto el cofre de un tesoro. Al instante apareció ante él algo elástico, que se estiró con un chirrido. Lo acercó más a la luz y vio que se trataba de una muñeca.

Las demás cajas que examinó aquel día contenían mercancías por el estilo: juegos de té; raquetas; rompecabezas y diábolos; mantones de imitación de Manila; relojes de cuco; ¡incluso libros! Estampas. Sólo algunas contenían ropa y zapatillas de deporte. Al final, tras cerrar cuidadosamente cada embalaje y devolverlo como pudo a su sitio, Cándido volvió a su escritorio despacio.

Intentó entonces serenarse y pidió por teléfono un café y un paquete de Fortuna. En portero hacía rato que lo contemplaba con curiosidad. Había vuelto sin que él se diese cuenta, e incluso le había ayudado a arreglar las cajas. Ahora estaban los dos solos, en silencio. El hombre le aceptó un café: —Bueno, suspiró al fin.

—Su amigo ha preguntado por usted.

Adriano j.r. no le caía simpático, por ser el hijo del dueño. En cambio aquel contable paliducho, impresionable, le parecía de su misma clase. Podía hablarle con franqueza:

—¿Qué clase de negocio es este?

Se arrellanó en el taburete:

—Compra y venta.

—¿De relojes de cuco?

El portero se encogió de hombros.

Cándido se quedó pensativo. Casi se quema la lengua con el café:

Aún no había visto un sólo camión cargando en el almacén, ni una simple furgoneta. Claro que sólo llevaba dos días.

—¡El jefe!

El portero corrió veloz a su puesto, escondió el As y se sumió aparentemente en graves reflexiones.

—¡Hola!, dijo una voz alegre. ¿Ha venido el chico?

—Aún no. Su expresión malévola pasó desapercibida.

—¡Cándido!, se acercó a su empleado. ¡Siéntate, que tenemos que hablar!

"¡Que tenemos que hablar de tantas cosas/compañero del alma, compañero!"

Adriano Senior vestía con estudiada, negligente elegancia. Miraba hacia la puerta por encima de él. ¡Dios mío! ¿Qué es verdad y qué es mentira?

—¿Cómo va todo?

El patrón miró orgulloso hacia el almacén en penumbra. Apartó las cuentas de Cándido hacia el borde de la mesa, atestada de papeles, y extrajo un sobre de su chaqueta como por acaso:

—Cuéntalo.

—No es necesario.

—Insisto. A ver si está todo.

En ese momento se oyó el ruido de un motor. Adriano Junior apareció en la puerta con un perro, un desgarbado pastor alemán que parecía recién sacado de las calles:

—¡Ya tenemos vigilante!, exclamó.

Su padre lo envolvió en una cálida sonrisa. Cándido contemplaba ya al uno, ya al otro, sin decidir cuál de los dos era más extravagante.

El animal corrió, veloz como un relámpago, hacia el almacén, y desapareció entre las cajas.

Muchas noches, como se ha dicho en otra parte, nos íbamos después del trabajo a tomar una copa. El jefe era un hombre de costumbres arraigadas: en medio del desorden aparente de su vida, conservaba ciertas manías y rutinas, ceremoniosamente. Y una de ellas era trasnochar, solo o acompañado.

Adriano Jr. y yo nos sentábamos a su derecha y su izquierda respectivamente, y empezábamos con sendas bebidas y un platito de almendras saladas. El jefe entonces, adoptando con naturalidad el papel del anfitrión, comenzaba resumiendo brevemente los asuntos más notables del día:

El proveedor que había fallado; la Letra girada, que había que rescatar a toda costa del protesto; el papel tomado en prenda del último crédito fallido y endosado al Banco en prenda; la Caja de Ahorros recalcitrante; los acreedores que, poco a poco, como las sombras hacia el final de la tarde, se iban apoderando de la escena. En fin, todo esto resultaba tan natural e inevitable, que no valía la pena preocuparse.

Cuando yo (y en cuanto le conocí un poco más, muy pronto, renuncié prudentemente a hacerlo), le hacía una pregunta o le planteaba alguna objeción, él miraba a su hijo como si no me hubiera comprendido y albergara la esperanza de que él le aclararía lo que yo quería decirle. No tenía importancia. Todo se reducía, en fin, a cuestiones puramente técnicas, a cambiar unas partidas por otras, a hacer lo blanco negro. Artimañas de contable.

La economía brindaba a la áspera ciencia de los números la posibilidad de elevarse hasta el terreno del arte. Era un arte. ¿Por qué constreñir la actividad empresarial a lo puramente material? Poco a poco sus propias palabras, (ayudadas por el ging tonic), lo iban enardeciendo: el verdadero bien económico, quizás el único activo real del que disponía toda empresa, era la confianza del público; mientras mis proveedores, mis clientes, mis bancos, mi Estado, confíen en mí, todo marchará sobre ruedas, a pedir de boca. Pero, objetaba yo, si no ven mercancías que puedan tocar, ni instalaciones ni tierras que puedan embargar, ni dinero, ni papel, ni nada que puedan liquidar en un momento determinado, ¿en qué van a basar esa confianza? El jefe, como si adivinara mis pensamientos, despachaba todas mis dudas juntas con una ancha sonrisa: si creen, verán; si no, ya se lo puedes poner delante de los ojos. No verán.

Por cierto, seguía yo, ¿qué clase de almacén...? Pero en este punto Adriano Jr. intercalaba una anécdota que casi nunca venía a cuento, y la conversación se deshacía, se desparramaba por otros derroteros.

Al día siguiente el portero me asediaba a preguntas. Sólo el fútbol le interesaba más que aquellas salidas nocturnas, de las que su clase y su condición de trabajador manual lo habían excluido por principio. Un principio injusto, por cierto. Una vez, para mi asombro, me enseñó un tomito destartalado, manoseado, como los que se ven en algunas librerías de viejo. Cuando quise darme cuenta, ya había arrimado su taburete a mi mesa y me leía con voz de maestro de escuela:

"Un día me he dicho: ¿Por qué tanto dolor y tanta miseria en la sociedad? ¿Debe ser el hombre eternamente desgraciado?..." Clavaba en mí sus ojos, turbios por las lentes y por la emoción, como si fuese a revelarme una Verdad que conmovería todos mis principios y cambiaría mi vida, y para hacerse el interesante cerraba estrepitosamente el folleto. No quiero entretenerle. Pero no se iba al momento. El "usted" le servía para recalcar su conciencia de clase.

Yo comprendía que la única manera de quitármelo de encima cuanto antes era contarle, con las convenientes lentes de aumento, nuestra última salida nocturna. Todas sus preguntas (su atención era como la de los niños muy pequeños ante los cuentos), se referían al jefe, por quien sentía una mezcla de aversión y veneración. Aquel hombre que casi nunca recalaba allí, explotador sin duda como el resto de los de su condición burguesa, le permitía no obstante leer el As y escuchar El Larguero y Gol a discrección.

En cambio por el hijo no sentía más que desprecio, una íntima y suave aversión, a pesar de que era un recién llegado, que le repugnaba. Era el típico parásito, de la peor especie, que cuando se quiere dar cuenta está tumbado sobre el lecho de Prosciuto. Reivindicaba para la clase obrera la lectura, el estudio de los clásicos.

Y se sabía de memoria versos deliciosos: golondrina, heraldo de la primavera...

Cuando aquel desgraciado apareció con un perro, ¡un perro guardián para el almacén!, su odio y su temor hacia él alcanzaron el cénit. Su voz temblaba en el paroxismo del rechazo. Si en aquel momento se hubiese dejado llevar por sus impulsos lo habría estrangulado allí mismo. ¡Puerco!

Sonrió. La venganza es un plato que se sirve frío, dicen. Pero el animal debió de advertir algo porque corrió a esconderse en lo más profundo del almacén.

Aquella tarde y las siguientes, el portero esperó más de lo acostumbrado en su puesto. La chaqueta gruesa, de lana, pendía de un perchero tan chato como un clavo grueso, emborronando la pared junto al consabido almanaque Pirelli.

Cuando salió al fin Cándido, el aire ausente, el abrigo puesto de cualquier manera, y se despidió sin verlo, esperó aún cinco minutos; y todavía se cercioró de que estaba solo y de que no se oía a nadie; ningún motor resonó en muchos metros a la redonda. Entonces dio la luz del almacén y cerró la puerta.

Buscó al perro con la minuciosidad escrupulosa con que hubiera rastrillado la cabeza de un niño persiguiendo piojos. En la mano derecha un palo, y en la izquierda un periódico.

Conforme transcurrían infructuosamente los minutos, la cólera se iba apoderando de él: el ceño fruncido le daba a su expresión un aire de máscara demoníaca de marioneta oriental. El animal no aparecía. Entonces decidió cambiar de táctica.

Afuera empezaba a oscurecer sobre la vía de servicio desierta. Algunas gotas dispersas, jugosas, se estrellaban ya contra la mampara rota de la puerta. Ahora la cerró con llave. Atrancó la puerta interior del almacén, que no tenía cerradura.

Ningún perro iba a sustituirle. Bastante ignominioso era ya que los obreros compitieran entre sí por el trabajo para competir con perros. Era el absurdo de los tiempos: como si en la Antigüedad, en la época de Grecia o de Roma, los hombres hubiesen competido entre sí por ser esclavizados. Bastante vergonzoso era que, contra todos los pronósticos científicos, la clase obrera no hubiera alcanzado en los últimos cien años, a la par que el sistema capitalista se desarrollaba, la madurez psicológica suficiente para percatarse de que compartía los mismos intereses y los mismos fines, y de que su único rival era el capitalista, el parásito, el explotador, para que ahora también los animales entraran en la liza. No tenían bastante con las elecciones.

Mientras pensaba en esto empezó a golpear con todas sus fuerzas contra las cajas, formando todo el estrépito posible. Conectó el transistor a todo volumen. Una voz metálica, chillona, rebotó contra los muros ciegos. Entonces algo se movió rápidamente entre los bultos, un ratón. A los ratones les gusta la ropa y también, si están suficientemente blandas, las cajas. Se las comen.

Desilusionado, el portero se dejó caer en la silla de Cándido. Toda aquella noche y las siguientes las pasó en vela, malhumorado, buscando. Probó con el veneno. En cuanto el animal sentía llegar a Adriano Jr. salía de su escondite como una centella, para volver inmediatamente a él en cuanto aquél se iba. Debía conocer el ruido del motor del coche. Con el pretexto de los ratones, el portero llenó el almacén de venenos de todas clases. ¿No los oyen?, decía, ¿no oyen cómo corren por allí? A Adriano le hacía el efecto de un loco que se hubiera empeñado en fotografiar fantasmas, y siempre le daba la razón.

Los ratones corrían y chillaban, pulsa que pulsa, sobre las cuerdas musicales de su cerebro.

Un día, al volver de su desayuno, Cándido vio algo raro, desacostumbrado: una columna delgada de humo que se retorcía y flotaba sobre el tejado del almacén. De pronto se dio cuenta de que la nave estaba ardiendo. Corrió como si fuera su propia casa la que se quemaba, desconcertado por la inesperada intensidad de su interés.

¿A mí qué me importa?, estaba a punto de decirse. Pero ya cruzaba el umbral por donde descargaban los camiones. Entretanto, el portero golpeaba con una manta las brasas que todavía no llegaban a ser llamas. Junto a él, inútil, aguardaba un balde lleno de agua sucia.

—¡¡¡Cierra!!!, le gritó, ¡cierra la puerta!

En vez de apagar el fuego el hombre parecía empeñado en avivar el humo, en formar a su alrededor todo el humo posible controlando sólo las llamas. Y a tal efecto, recurría de cuando en cuando al agua sobre la que parecía haber vertido un detergente especial.

Cándido obedeció. Los brazos a lo largo del cuerpo, la mirada desplomada sobre la escena que se desarrollaba, absurda y vertiginosa, ante él.

Cuando el humo parecía decaer como consecuencia de sus maniobras, el portero le arrojaba, rencoroso, una página arrugada del As hasta que las llamitas volvían a reavivarse, a florecer. Como se arroja carnaza a una fiera desfalleciente. Así mantenía constante el humo que ya llenaba, emborronándolo, todo el almacén. Un humo blanco, limpio y espeso, ribeteado, que se retorcía buscando las grietas y las hendiduras del techo, y que se pegaba a la ropa, al paladar, a los ojos, a la nariz.

La expresión del portero se iluminó. Algo se había movido al fin, entre la humareda. Inmediatamente corrió hacia el bulto que se había acurrucado bajo la mesa.

Cándido, cegado y aturdido, sentía que se axfisiaba por momentos. Abrió la puerta. Una corriente de aire adensó aún más el humo, empujándolo hacia el interior de la nave, antes de comenzar a supcionarlo. De los rincones del almacén llegaban ecos de ratones y como aletazos de murciélago: grititos y carreras de pánico.

El portero ocupaba ahora el único taburete: los brazos apoyados en las piernas, los ojos aún llorosos por el humo, fijos como los de un loco sobre el animal muerto.

Adrián abrió los ojos y ante él apareció, como una visión, su ciudad.

Procedente de Jaén, la vista que se le ofrecía parecía sacada directamente de una postal: su Alhambra encaramada a una montaña bajo las nubes. La montaña, pesada y oscura aún por la lluvia de la noche y los días anteriores, parecía a punto de desvanecerse en su belleza.

Había maldormido. No obstante la incomodidad y el traqueteo del autobús, se había ido deslizando entre sueños hacia el pasado. Vuelto a la realidad, ahora sentía su cuerpo extraño, pesado, entumecido. Ajeno a lo que le rodeaba de momento, no intentaba apresar su significado. Recordó las cartas y los papeles que le había dado su padre la víspera, sin apartar la vista del paisaje adormilado.

SEIS

Un día buscaba un regalo para el cumpleaños de Lea. Después de recorrer todas las tiendas de ropa de la calle Mesones, alguna joyería y alguna tienda de regalos, llegué a la calle Zacatín. Estaba distraído, embelesado ante el escaparate de un anticuario, en realidad sin mirar nada, cuando una sombra, una imagen, se movió dentro de la tienda. ¡Adrián! Al reconocerlo me miró y corrió hacia la puerta, haciéndome gestos para que entrara.

La cosa había ocurrido así: tras su último fiasco en el negocio de ropas, su padre le recomendó a aquel empresario de antigüedades. El pobre, me confesó Adrián mientras hacía café en el pequeño infiernillo de la trastienda, admiraba las antigüedades pero nunca se atrevió con ellas. Cuando le pregunté por qué, mi amigo me señaló en torno nuestro, como si se tratase de algo obvio y yo fuese un niño: por las falsificaciones, naturalmente.

Cuando volvió de Barcelona se encontró entre los papeles que le había dado su padre con aquella carta de recomendación, y como no tenía nada mejor a la vista, decidió probar suerte. Claro que él no sabía nada de antigüedades, como le hizo notar enseguida su nuevo patrón, ya en su primera entrevista, pero no importaba en principio si estaba dispuesto a trabajar y a aprender. Todo requiere paciencia. Las compras de género y la asistencia a las subastas vendrían en uno o dos años a lo sumo, cuando supiese distinguir y calibrar bien el género. Era un mundo escurridizo. Un resbalón te arruinaba. De momento, se ocuparía de mantener limpios la tienda y el almacén, y de atender a los clientes que entrasen, ocasionales, que no buscasen algo específico. Cuando te familiarices con esto, le prometió su jefe, te dejaré que me ayudes también con las cuentas. ¡Al tiempo! ¡Estudia los catálogos, abre bien los ojos, y pronto, antes de lo que te imaginas, podrás participar en el negocio!

Las compras o rebuscas eran entonces su meta: consistían, grosso modo, en acechar a herederos, ancianos, desahuciados, etc, que necesitaban deshacerse rápidamente de un comedor, de un cuadro, de un tapiz, de un jarrón de antigüedad y calidad dudosas, de un instrumento antiguo, archidesafinado, por los que se podía pagar fácilmente la décima parte de su valor, o incluso menos. Muchas veces se encontraba género hasta en la basura: cabeceros de cama, sillas desfondadas y carcomidas, juguetes decimonónicos, rotos, salidos de Dios sabe qué rincones y desvanes de ultratumba. Parecían cosas de muerto. Otra forma muy diferente de conseguir género a buen precio eran las subastas.

Enseguida comprendí que mi amigo soñaba, vivía cada minuto para ello, con el momento en que por fin viajaría a París, a Londres, ¡a Nueva York!, acreditado para una puja sensacional de Lloyds o de Christies. El dueño de la tienda era ya mayor para semejantes viajes, pero tenía dos hijos, ambos licenciados en Arte y en Restauración, que se pasaban la vida viajando por el mundo, a la caza de gangas y dándose la gran vida. Ese sueño lo mantenía vivo entre aquellos cachivaches polvorientos, desde hacía ya casi dos años.

Cómo pasa el tiempo.

Para más inri, aunque Adriano se hacía el propósito de estudiar todos los días, e incluso se había matriculado en la Facultad de Bellas Artes (sin asistir como es natural, a las clases, ¿cómo podía hacerlo con un horario de mañana y tarde?), a pesar de todas sus buenas intenciones, en cuanto tenía un momento libre se olvidaba de catálogos y libros y se engolfaba en su nueva pasión (la antigua, las chicas, la dejaba ahora sólo para los fines de semana): la restauración de muebles.

Se había alquilado un apartamento minúsculo, en un pasadizo de la Plaza Bibarrambla, y poco a poco lo iba llenando de trastos, barnices, pegamentos, trementina, pinturas...

A propósito, busqué a Cándido: mi padre me dio en Barcelona una carta para él; pero ya no para en su casa; su madre ni siquiera me abrió la puerta; hablamos medio minuto con la cadenilla puesta, ¡la muy bruja!; no me extraña que se haya ido; ¿tú sabes algo de él?

No. Quizás siga en su antiguo trabajo.

Me sentí culpable.

Pero Adrián no podía ir allí. Algunos clientes de la gestoría eran acreedores de su padre.

Bueno, le escribí. Mi padre estaba preocupado por ciertos papeles, pero a estas alturas supongo que ya debe darle lo mismo.

El café borboteó un momento, esparciendo un olor exquisito por la tienda. En ese instante sonó la campanilla de la puerta. Tuve que bebérmelo solo.

Cómo era posible, pensaba, que en todos aquellos meses no se me hubiera ocurrido ir ni una sola vez a ver a mi amigo. De inmediato recordé el regalo de Lea. Definitivamente, la vida nos había separado.

Siempre es bueno tener a alguien o algo a quien echarle la culpa de nuestras faltas.

El café estaba delicioso. En la tienda había una única estufa eléctrica, disimulada bajo el mostrador, por ahorro y por no deteriorar la mercancía, supongo. Así que me supo doblemente bueno.

Cuando Adriano volvió, su taza estaba fría. Preparó otra cafetera y retomó tranquilamente el hilo de la conversación.

Él ignoraba los motivos de su padre para buscar a Cándido. De hecho, la empresa de ropas ya había sido intervenida y embargada. Todas las instalaciones estaban precintadas, todas las cuentas bloqueadas. ¿Para qué quería su padre contactar con el antiguo contable? Sólo se le ocurría el motivo sentimental, o quizás aquel aventurero, azuzado por los remordimientos, consideraba que le debía algo al muchacho, aunque sólo fuera una explicación.

Mientras hablaba y servía más, volvió a oírse la campanilla. Pero esta vez Adriano sorbió rápidamente de su vaso, como si no lo hubiese oído. Yo tenía que irme. Espera, quiero enseñarte una cosa, un momento, me retuvo.

Entonces me di cuenta de que estaba rodeado de acuarelas y de grabados: una docena de cuadros, algunos de ellos diminutos, cubrían las paredes de la trastienda; temas granadinos, el Albayzin y la Alhambra de los románticos; la inevitable cacerola con su ristra de ajos y sus cebollas, brillantes como pelotas de oro; un gitanazo vestido a lo goyesco; una sultana gruesa, de mirada malévola y tez nórdica; instrumentos musicales desperdigados contra un tapiz moruno, castañuelas y ¡una balalaika! Bostecé.

Iba a mirar por enésima vez el reloj cuando, en la pared del fondo, justo ante la puerta, me llamó la atención un retrato al óleo de mediano tamaño que representaba a un hombre de cuerpo entero, en medio de lo que parecía una barbería de teatro. Casi se me cae el vaso de las manos cuando reconocí al padre de Zampo Más.

—Omnia arte ubique est, chapurreó mi amigo, ¿te gusta?

—¿Dónde...?

—El arte está en todas partes. Fue poco después de entrar a trabajar yo aquí, en una heladería (si el bueno de don Matías hubiese oído llamar heladería a su establecimiento, el pobre). No es muy bueno.

—¿Qué fue del modelo?

—Murió, o se fue a una residencia, no me acuerdo, ¿por qué?

—Conocí a su hijo.

—Ahora que lo dices, sí, había un jigantón, un chiflado.

—¡Zampo!

Mi amigo jugaba ensimismado con el vaso ya vacío. El pobre hombre estaba desquiciado: todos los días abría, puntual, su negocio, no entraba nadie, el final te lo puedes imaginar.

El hijo, se anticipó a mi pregunta reclinándose ligeramente en el taburete, estaba aún peor que el padre. Aquí no se debería fumar, pero la historia lo merece.

Me ofreció un Dunhils, con gran misterio, y prosiguió en voz baja sin poder disimular su placer:

—Los dos hijos de mi jefe estaban de viaje, como de costumbre, comenzó. Así que fuí yo a negociar la compra. Las instrucciones eran precisas, tajantes: nada de lo que había allí tenía el más mínimo valor artístico, y como antigüedad era más bien mediocre. Sólo un valor sentimental. O ni eso. Sin embargo algo podía sacarse siempre que el precio fuese de ganga. ¿Ves el cuadro?

En sí mismo no vale ni la pintura con la que está hecho. Es una auténtica birria. Sin embargo, el marco es de París, del siglo XIX. ¿Cómo llegaría a parar allí?

Aún no has oído lo mejor. Cuando tras mucho regatear, nos hicimos con el mocho, tu amigo...

—Zampo

...Zampo, se me acerca misteriosamente y me dice, ¡agárrate!

"Tengo una antigüedad"

Yo ya estaba sobre aviso, a los locos hay que seguirles siempre la corriente, es la única forma de manejarlos. Así es que me mostré dispuesto a verla.

Llevaba el paquete en el bolsillo del abrigo ya preparado: lo desenvolvió como si se tratara del ala de una mariposa, con mucho cuidado. Lento, exquisito. Espera un momento.

Al cabo de un minuto volvió con el objeto en cuestión. Se lo compré, por supuesto. Él pedía una cantidad absurda. Aseguraba que era un códice medieval, concretamente bizantino, concretamente del siglo VIII. Yo, por pena, le ofrezco un precio simbólico. Esa misma noche me voy a mis catálogos y compruebo que ¡en el siglo VIII el Imperio Bizantino, influido por ideas de oriente, persas, ¿islámicas?, proscribió la producción de imágenes religiosas!

Sigo. El hombre titubea. Al fin, accede. Se guarda el dinero y se larga sin despedirse.

Adónde irás tú.

Yo no salía de mi asombro. El supuesto códice, del tamaño de un libro de bolsillo, estaba escrito sobre una especie de imitación de pergamino, al parecer en griego. En la cabecera aparecía el retrato de su supuesto autor, el apostol Tomás, rodeado por una orla formada por dos serpientes que se mordían respectivamente la cola, entre las letras alfa y omega. El principio y el fin. En el interior había otras muchas imágenes, la mayoría ya muy descoloridas, algunas casi borradas, que representaban escenas de la vida de Cristo y de la Virgen, en el estilo tosco y lineal del arte bizantino altomedieval. Naturalmente, ni se me ocurrió que pudiese ser auténtico, pero me intrigaba su procedencia y la extraordinaria casualidad de que yo lo hubiese encontrado precisamente allí.

Es un apócrifo de Tomás...

Cuando le pedí a tu amigo, para cubrir las apariencias, algún certificado que probara su autenticidad, me confesó que lo había "sustraído" en la Facultad de Derecho, en la Biblioteca.

Si no es muy caro.

¿Cuánto ofreces? Bromas aparte, me costó el dinero del regalo de Lea. Para celebrarlo, encendimos otro Dunhill y dejamos que nuestra conversación divagara aún otra hora. Cuando salí ya era mediodía. El frío flotaba atemperado entre las caras, y la gente se movía con rigidez y preocupación, con precaución de autómatas. Tenía una hora para encontrar algo para Lea antes de que cerraran las tiendas, y aún debía sacar dinero, pero torcí hacia la calle Mesones, y la rebasé apresurado. En el bolsillo, bajo mi mano (o mejor dicho, bajo el guante), esperaba el códice de Tomás impaciente.

La persiana estaba echada. Un cartel anunciaba el traspaso del establecimiento, cerrado a cal y canto. A un lado se leían los horarios de la heladería y los precios por género junto al dibujo tosco, emblemático, de unas ruedas y un cucurucho. Yo recordaba vagamente la calle: las moreras exhuberantes de mi memoria formaban una fila desvalida de árboles que se diría, habían sido saqueados de sus hojas. Apunté el número de teléfono y la dirección, que no quedaba lejos de allí, y me fuí a indagar.

El corredor de la inmobiliaria, a punto de cerrar, me atendió con desgana. Cuando le dije que no me interesaba el local, que no quería verlo, sino sólo saber el paradero de su dueño, suspiró aliviado, obsequioso.

Llamé. Al otro lado resonó la voz de una mujer.

—¿Quién es?

—¿Podría hablar con Zampo Más?

—¡Oiga, no soy la chica de los recados!

—¡Es urgente, por favor!

La risotada degeneró en un grito exasperado.

—¿Quién es?, repitió, y colgó.

La pensión quedaba cerca de la calle Cruellas, tras el Palacio de los Condes de Gabia. Un barrio inmundo, desolado, que además recibía, en una placita cuyo nombre no recuerdo, a todos los indigentes de un albergue comedor próximo.

Cuando llegué ya estaba formándose la deshilachada fila de borrachos y colgados ante la puerta del antiguo hospital barroco. Dos monjas supervisaban a los aspirantes. A los que estaban demasiado zumbados los apartaban de la cola sin contemplaciones, entre gritos, protestas e insultos, que ellas soportaban estoicamente, impasibles. Por si acaso el portero que hacía las veces de vigilante jurado, grueso y apacible, miraba hacia atrás, al patio de refulgente azulejería.

La patrona de la pensión era peor aún de lo que yo había imaginado. Zampo tenía una antigua deuda con ella pero, ¿no lo sabía?, ella no podía echarlo ni cobrarla hasta que muriera su padre. Ya lo había puesto dos veces en la calle y, en el último momento, él la había embaucado, tocándole el corazón, la patata. Le tenía prohibido hablar en su casa, y le retenía el equipaje. Cuando volvía de la plaza, (ella también, ¿a qué negarlo? había ido a veces a oírle, sólo por curiosidad, por el gusto de ver las caras de aquellos pamemas, de las monjas), lo encerraba como a un niño. ¡Ala, a dormir!. Gesticulaba, hablaba haciendo aspavientos con los brazos, el balancín de la papada, la vista fija como si repasara en la memoria, engolosinada.

Como me resultaba repugnante y por otro lado, me parecía salida directamente de un folletín, me tragué mi curiosidad y me fui a ver por mí mismo.

Yo ya había oído historias. Alguna vez nos hemos cruzado con Alicia y con su madre, semejante a una réplica de lo que ella será dentro de veinte años. Ambas seguras y felices, paseando como si el pasado no existiera o pudiera rehacerse de acuerdo con la Razón.

La cola desapareció rápidamente y me quedé solo en la plaza, mirando embobado hacia el hospicio que las monjas y el portero cerraban en ese preciso momento. Embebido, me entretuve con el códice griego en uno de los pocos bancos donde aún daba el sol. La tarde caía rápida. Los pájaros, escondidos en los árboles, lanzaban albórbolas a la plaza.

De pronto sonaron las campanas de Santo Domingo. Empezaron a salir en grupos o desperdigados, cada uno en una dirección distinta, por una puerta más pequeña tras la que vislumbré un instante la caseta de la portería rodeada de macetas, macetones de azaleas, de sombra.

Zampo Más apareció inconfundible, como siempre rodeado de mirones. Se acercó a mí como si me hubiera reconocido, aunque lo dudo, mientras sus compañeros parecían dudar si seguirle o no. Y pasó de largo.

La plaza se animó de repente. Los pájaros enmudecieron, incluso el viento pareció detenerse un momento, indeciso.

Durante cerca de una hora seguí a mi amigo, sin un propósito claro. A veces su espalda de jigante desaparecía entre los peatones para reaparecer unos metros más allá, como un extravagante islote en movimiento. Caminaba solo, el paso rápido, nervioso, pero sin vacilar. No se detenía ni miraba a derecha ni a izquierda, siguiendo siempre al mismo ritmo acompasado y monótono, como un autómata.

De pronto, cuando parecía que iba retroceder sobre sus pasos, cambiaba de acera como si quisiera despistarme, y apretaba el paso.

Cruzó el primer patio y el segundo, y penetró, al fin, en el de los naranjos.

La estatua de Cesar Beccaria lo esperaba en la oscuridad. La voz de mi amigo, aquella voz que antaño nos magnetizaba y nos divertía, resonó otra vez ininteligible, como velada por las lágrimas.

***

Salgo de mis tinieblas poco a poco, conforme la luz del nuevo día entra en el suelo de la habitación. Los humanos duermen y ni siquiera en sueños tienen paz. Tal vez remordimientos, planes, precauciones, pero nunca paz.

Toda la casa es, pues, mía entre las siete, en que empieza a vislumbrarse el día del que hablo, y las siete y media, cuando se levantará mi amo. Éste no duerme, se remueve entre las sábanas, estira ya un brazo ya otro, como si estuviera aprendiendo a nadar. Pues es esclavo del despertador.

Doy gracias a Dios por haberme hecho gato y no humano. He observado que ningún ser humano es feliz, al menos no lo es por mucho tiempo. No saben apreciar la vida: van constantemente de un lugar a otro en perpetua incomodidad; les angustia el futuro, el fracaso y la muerte; les agobia la soledad, ¡como si uno pudiera estar solo en este mundo! No saben apreciar el calor de un rayo de sol sobre una baldosa; el perfume de una olla a través de una ventana; el tacto mullido de un tejado; el escalofrío repentino de una corriente de aire tras una puerta. Doy gracias a Dios por haberme hecho gato, ¡sí señor!

Si hubiera de enumerar todas las ventajas y las excelencias de la condición gatuna, no acabaría nunca: vivimos siete veces otras tantas vidas, todas ellas grandes; jamás reflexionamos ni nos entregamos a la angustia ni a la desesperación; nuestro caminar es suave, almohadillado, sobre silencio; estamos capacitados para ver en la oscuridad, para palpar en la distancia el bulto más pequeño y escurridizo; nuestra pupila alcanza el tamaño y el brillo de una moneda, o el de la punta de una aguja; traemos buena suerte y felicidad; vislumbramos el futuro, como una melodía extraña; y aunque pasamos la mayor parte del tiempo durmiendo, no se nos escapa el revoloteo de un hilo.

Percibimos mucho antes y mucho mejor que los humanos el amanecer; la oscuridad aún no ha empezado a retirarse, cuando ya palidece el firmamento; una brisa leve recorre entonces los tejados; el ruido amortiguado de la noche, como si las cosas cayeran sobre terciopelo, empieza a volverse metálico y sonoro; restallan los árboles; se remueven en sueños; un olor marino invade las calles, procedente de invisibles escolleras...

Para cuando los humanos más receptivos perciben una brizna de oro en el cielo, el gorjeo perdido de un pájaro, nosotros ya estamos en lo más profundo de las casas, acuciados por el hambre, el sueño, y el frío.

Me levanto con suavidad. Nada puede rozarme. El pelo electrizado, mullido, recubre como un pañuelo mis movimientos. Un fino, arraigado, sentido de la orientación, me hace dirigirme a la ventana y mirar el interior de la estancia.

Aunque la persiana está cerrada, rota, deja abierto un resquicio entre el alféizar y el cristal. Lo suficiente para echar un vistazo. Inmediatamente mis pupilas dilatadas registran el bulto doloroso de mi amo bajo las mantas.

Inmóvil parece aún más desvalido e indefenso. Mi amo es un hombre acosado, infeliz, que huye y que se extravía. Empujo prudentemente el cristal, que no cede. Las estrellas hace rato que han empezado a palidecer. De la calle llega el ruido del carrito del basurero.

Hay un ventanuco que da a la escalera, pero allí hace más frío aún que en los tejados. El helor cae del techo como el aliento pegajoso de un enfermo. Es peor que el aire que recorre las alturas, heraldo del día, cargado de olores, de ruidos incipientes y prometedores.

Me gustaría entrar, enroscarme y dormir calentito hasta bien entrada la mañana. La vida es un túnel donde a veces se oyen, al fondo, las albórbolas de los pájaros.

En cuanto mi amo se despierte me abrirá. Al fin y al cabo, soy su única compañía. Los pocos humanos que lo visitan ocupan su cerebro en buscar una excusa para levantarse y marcharse; no apartan la vista de la puerta en todo el tiempo, mientras están aquí.

Un día soñé que me perdía en la calle: un laberinto de zapatos de todos los colores y tamaños me acuciaba. La calle mojada reflejaba escorzos de espejo. Nosotros, los gatos, vemos de abajo arriba: juzgamos por los movimientos de los pies los movimientos del alma.

Oriente, pozo del día.

SIETE

Pronto hará veinte años desde que empecé a trabajar. Durante este tiempo han ocurrido muchas cosas, verdaderos acontecimientos mundiales, junto a mi propia vida: la invasión soviética de Afganistán; la tercera Conferencia de Desarme de Ginebra; la caída del Muro de Berlín; el atentado contra Karol Woijtilla; el atentado contra Ronald Reegan (recientemente fallecido y expuesto ante el Congreso de los EE. UU.); el asesinato de John Lenon, que me conmovió allá en mi infancia; y más recientemente, el atentado contra las Torres Gemelas de Nueva York, la invasión de Irak, o el atentado contra la Estación de Atocha de Madrid...

Difuntos ilustres que ya han pasado a la gran Historia: Brezniev; Chernienko; Nixon; Juan Pablo I; Juan Pablo II; Lady Di; el susodicho Reegan; y un ilustre superviviente, Fidel Castro, que rozara al ángel de el Che. También ha muerto.

En estos veinte años han ocurrido asimismo, cosas más cercanas:

—Intento de Golpe de Estado de Armada y Tejero.

—Gobierno de Calvo Sotelo.

—Primer, segundo, tercer...etc gobierno del P.S.O.E.

—Ley del Aborto.

—Ingreso de España en la O.T.A.N.

—Tres Huelgas Generales.

—Acuerdo Hassan II/Fdez Ordóñez de 3 de febrero de 1989.

—Victoria de Fraga en Galicia.

—Dimisión de Alfonso Guerra (12 de Enero de 1991).

—Celebración de la Conferencia de Madrid de Paz para Oriente Medio (30 de octubre de 1991).

—XXV Juegos Olímpicos, de Barcelona.

—EXPO UNIVERSAL de Sevilla de 1992.

(¡Para el noveinta y dos, dónde coño estaré yo!).

—Tratado de Maastricht.

—Fallecimiento, en Pamplona, de don Juan de Borbón y Parma.

—Muerte de soldados españoles en Bosnia-Herzegovina.

—Escándalo Banesto.

—Victoria del P.P. en las Elecciones Europeas (12 de junio de 1994).

—Captura del pesquero español "Estay" por Canadá, en aguas de Terranova.

—Victoria del P.P. en las elecciones Municipales y Autonómicas (en 13 Autonomías), el 28 de mayo de 1995.

—Primera visita a España del Presidente Bill Clinton.

—Triunfo del P.P. en las Elecciones Generales (3 de mayo de 1996): primer gobierno Aznar.

—Sustitución de la peseta por el euro.

—Naufragio del Prestige. Chapapote.

—Reunión de las Azores y segunda Guerra de Irak.

—Beatificación de Teresa de Calcuta y de Escribá de Balaguer, y visita de su Santidad Juan Pablo II a España.

Y un largo etcétera...

Y la izquierda wooke.

Entretanto, ¿qué ha sido de mi vida?

Retomo mi diario-testamento sin la menor intención de rellenar, siquiera sumariamente, esa laguna que abarcaría aproximadamente la mitad de este período desde la última vez que escribí en él. Paso por alto, pues, unos diez años. Diez años en los que cada día se parece al anterior y al siguiente, hasta el punto de confundirse en una larga jornada sin fin.

A menudo se ha dicho que hay insectos que viven uno, dos, tres días a lo sumo: mariposas cuyo colorido revoloteo por el jardín casi abarca desde su nacimiento a su muerte. Los seres humanos, en cambio, hemos nacido para trabajar, y nuestra vida es una larga jornada interrumpida periódicamente por el sueño, la comida, el amor, entre otras necesidades.

La respuesta a la pregunta anterior es, pues, muy sencilla: trabajé.

En estos veinte años he reunido, como una hormiguita, un pequeño capital, y me he convertido en el propietario de la casa donde mis padres y nosotros vivimos siempre como inquilinos. Gentes de paso.

Antes de explicar esto pormenorizadamente quiero poner en antecedentes al lector sobre otros hechos importantes:

1 no me he casado, lo cual no quiere decir que no vaya o que no quiera hacerlo.

2 El último "novio" de mi madre murió repentinamente, precisamente en la antigua farmacia de nuestra calle, (donde mi padre pasara tantas agradables veladas antes de que yo naciera). Desde entonces mi madre vivió, hasta el fin, encerrada entre el comedor y su habitación sin ver más mundo que la placita que se alcanza desde nuestra ventana. Yo fui su huésped y su enfermero, aunque ella diría su "carcelero".

3 El pobre Capablanca murió hace ya años, mucho antes de que me mudara definitivamente a esta casa. Por fortuna, a diferencia de los dos Imbert, murió en paz, plácidamente, de vejez.

4 Desde el funeral de nuestro tío Ernesto hasta el de nuestra madre, habré visto a mi hermana en tres o cuatro ocasiones, siempre de paso.

5 Hace tres años ascendí en la empresa a jefe de contabilidad. Por unas cosas y por otras me he convertido en el empleado más antiguo, experimentado y valorado de la gestoría, donde trabajo desde la era de las Olivetti, allá en mi pubertad. Mis relaciones con mis compañeros siguen siendo igual de malas que entonces, aunque ahora me guardan más el aire.

6 Rosa, una compañera de trabajo que durante un tiempo me pretendió, me regaló hará un año —no sé cómo se enteró de la muerte de Capablanca—, un gato, que ella aseguraba era de raza persa, aunque yo tengo mis dudas. Le llamé Omar en honor al poeta y astrónomo persa, autor estre otros, de estos versos

"No he hecho nada

para vivir sometido a los hipócritas,

esclavizado a los demagogos,

sujeto a los empresarios de fantasmas..."

Rosa se casó poco después, ya no trabaja con nosotros.

A diferencia de los dos Imbert y de Capablanca, Omar es increíblemente despegado (incluso para ser un gato): orgulloso, soberbio, de una independencia y de una vanidad insufribles.

8. Mi amigo Carlos, a quien no veo desde hace años, tuvo un hijo: según mis últimas noticias trabaja en un pueblo de Córdoba como profesor de instituto.

En el fondo todo sigue igual que antes. Toda vida es el despliegue de un carácter que, a su vez, resulta modelado por ella. Sólo rara veces se rompe esta regla aristotélica.

Mis relaciones con el mundo no han cambiado. Mi posición es un poco mejor en lo material pero ha declinado algo en lo físico. ¿Compensación? Ahora uso un tinte tan negro como el carbón mineral. Cuando le da el sol, reververa azul como el ala de un pájaro. La barriga, puntiaguda y discreta, me distrae al caminar, (sigo dedicando casi todo el tiempo libre a vagar por estas calles que conozco tan bien que casi podría recorrer dormido, me pregunto si no voy dormido, a fuerza de costumbre). Y leo cada día, bien de mañana y antes de acostarme, el Siddartha que me regaló Carlos hace años, que ya casi me sé de memoria:

"Mucho tiempo permaneció meditando acerca del cambio que se había producido en su ser. Escuchó al pájaro que trinaba alegre. ¿No había muerto el pájaro en su interior, no había sufrido su muerte? No; en Siddharta había muerto algo muy distinto, que desde hacía tiempo deseaba sucumbir..."

De Adrián y de su padre hablaré más adelante, en su momento. Ahora quiero sobre todo explicar por qué y cómo me he convertido, casi como un ladrón, en el propietario de mi casa, de la casa que fuera de mis padres y de mi hermana y donde yo nací y me transformé en un ser extraño.

Si mi madre no hubiese enfermado tras la muerte repentina de su último compañero, probablemente yo nunca hubiera vuelto a esta casa, no ya con la idea de comprarla (que en esa época ni se me pasaba por la cabeza), sino ni siquiera para volver a vivir aquí. Ya he descrito con suficiente detalle, grosso modo, cómo transcurrieron mi infancia y mi primera adolescencia entre estas paredes. No fui muy feliz. Piénsese lo que se quiera. Y aunque es probable que mi madre y yo, andando el tiempo, hubiésemos terminado haciendo las paces, incluso sin la muerte de aquel hombre a quien yo no llegué a conocer, con todo no es muy probable que hubiese ido a vivir con mi madre de no darse tales circustancias extraordinarias.

Entre sus proyectos, que no entro a juzgar, estaba el casarse con ese hombre.

Esto merece una aclaración previa: creo que no soy el típico hijo celoso, guardián del recuerdo paterno, que rechaza uno tras otro a todos los pretendientes de su pobre madre viuda. Sencillamente creo que aquel hombre, como todos los que le precedieron y a los que tampoco traté porque yo ya no vivía aquí, ¿qué derecho tenía para ocuparme de ellos?, no me hubiera gustado de todas formas, en absoluto; la sola idea de que algún día alguien pudiese ocupar el puesto de mi padre en mi casa, arrastrar sus zapatillas por las habitaciones, afeitarse en su baño, ante su espejo; o dormir en su cama y vestirse ante su armario; o sentarse en el balconcito que da a la plaza escondida, sobre el adorno de estuco donde antaño jugábamos nuestras partidas de ajedrez, las tardes de verano o de invierno, la sola posibilidad me exasperaba. El sólo hecho de imaginarme tal secuencia digna de una película, me ponía enfermo. Pero pienso que yo no era tan egoísta ni tan niño que no me diera cuenta de que mi madre era adulta, dueña y señora de sus decisiones, y necesitaba un hombre, alguien sobre quien volcar todas sus frustraciones y ejercer su tiranía femenina. ¿Rescoldos del patriarcado? Al fin y al cabo aún no era una anciana, y tarde o temprano ocurriría, y habría que aceptarlo.

Vistas las cosas retrospectivamente así, podría parecer que yo lo tenía planeado todo esto desde hacía mucho tiempo: ¿por qué no? Como el afán de ahorrar, que me obsesionó prácticamente desde el primer día en que empecé a trabajar ¿Por qué no formé una familia? Puestos a pensar mal, podría creerse que yo he hecho todo esto para vengarme: que he comprado la casa donde nací, donde pasé una infancia triste y una adolescencia aún peor, como un indeseable marginado, encerrado en su dormitorio; donde fui menospreciado, ¿enloquecí?, como un bicho raro entre mi propia familia, por un único y exclusivo afán de revancha.

Cuánto más fácil me hubiera sido justificarme, si es que necesito alguna justificación, aduciendo motivos sentimentales: como el recuerdo de mi padre; o el hecho de ser actualmente el único vecino de todo el bloque que ha nacido en la casa; el único, por lo tanto, que salvado el intervalo de independencia en que he vivido solo en el cuchitril de la calle Molinos, ha pasado aquí todos y cada uno de los días de su vida.

No he actuado pues, hasta donde yo me conozco, ni por motivos sentimentales, ni por un burdo cálculo o un deseo de venganza, como el preso que compra la casa de su carcelero. Sencillamente la casa era una buena inversión.

Primero: he ahorrado durante todos estos años de trabajo sin un propósito concreto, sin perspectiva alguna a largo plazo. El ahorro me ha venido casi sin yo quererlo ni buscarlo, como consecuencia de mi forma de vida; de mi carácter solitario y hosco; de mis costumbres frugales; sin que en ello haya tenido ninguna importancia tal virtud, si es una virtud.

Ya he dicho que, durante muchos años (a excepción de los meses en que trabajé con el padre de Adrián), mi salario fue exiguo, hasta el extremo de no poder cubrir mis necesidades básicas con holgura. Me he visto muchas veces sin dinero a una semana de acabar el mes. Una vez incluso pensé en vender al pobre Capablanca, desesperado, para ir al súper. Con todo, incluso en los primeros años, que han sido los más difíciles con diferencia, he llegado a veces a fin de mes con un pequeño superávit, pequeñas cantidades desde el punto de vista monetario, pero enormes desde la perspectiva de la supervivencia.

Así, poquito a poquito, este remanente de los tiempos de escasez se ha ido engrosando, casi sin que yo me diera cuenta, en el Banco Popular. Después, cuando mis ingresos ya me permitían llevar una vida desahogada, no he sabido o no he querido vivir de otra manera. Tal es la fuerza de la costumbre.

Durante los meses en que trabajé con el padre de Adrián mis ingresos fueron tales que, después, cuando se desveló la estafa y la empresa quebró, pude vivir de ellos durante muchos meses, sin prácticamente recurrir a mis ahorros hasta el último momento. Ya describí cómo entonces me planteé una meta demasiado alta y cómo al final hube de agachar la cabeza y volver al trabajo.

En esta ocasión las cosas se me pusieron aún más difíciles que la primera vez, tras mi fallida liberación: entre compañeros y jefes estuvieron a punto de hundirme; ha de tenerse en cuenta que, después de haber apuntado tan alto (como Siddharta), y de haber fracasado estrepitosamente, mi autoestima estaba por los suelos; nunca cruzaría la corriente del Samsara; mi situación era muy difícil; los obstáculos que se me pusieron y las trampas que se me tendían a diario, por unos y por otros, eran casi insuperables; todo el mundo sabía que yo había "colaborado" en una estafa, y prácticamente desde el instante en que fui readmitido contra todo pronóstico, como por milagro, mis jefes se arrepintieron. ¿Pensaron en recular? Por supuesto, hube de aceptar las peores condiciones y toda clase de humillaciones, y aún mostrarme agradecido de que se me diese una última oportunidad. Al fin y al cabo, con ser extraña o incluso extraordinaria esta decisión patronal, no dejaba de estar justificada, (y digo esto sin asomo de falsa modestia): yo seguía teniendo una rara pericia de contable, habilidad para los números, buena cabeza, imaginación empresarial y, ahora también, experiencia.

Con todo, no deja de ser extraordinario que me readmitiesen. ¿Adónde llegaríamos, impulsados por nuestra naturaleza, si supiéramos que siempre vamos a ser perdonados, hagamos lo que hagamos, sea cual sea nuestro delito?

Aparte de la cuestión moral había otra, de índole práctica: una Empresa que se apoya en la confianza de sus clientes no puede permitirse tener empleados que no inspiren absoluta confianza. La cartera de clientes es tan volátil como la nitroglicerina o como ciertos valores de la Bolsa. ¿Qué harían con su dinero y con sus contratos si, de la noche a la mañana, se enteraran de que la Casa donde los tienen colocados emplea a antiguos estafadores o monederos falsos?

Tal Empresa vive y depende del rumor y en él se apoya como en una entelequia indispensable.

¿Quién es dueño del rumor?

El dueño del viento.

Mis queridos compañeros, a diferencia de mis jefes, pusieron de inmediato en circulación la especie de que yo era prácticamente un delincuente confeso, bajo fianza, y tal rumor llegó de inmediato a todos.

Puede figurarse el efecto que esto produjo. En unos pocos días, en cuestión de horas, una empresa de más de treinta años de antigüeda iba a irse al traste, a pique ¡por el rumor sobre la vida y las prácticas contables dudosas de un empleado!

Mis queridos compañeros fueron infieles y desleales con tal empresa,que les daba de comer. Ignoro si incosciente o premeditadamente, pusieron en riesgo su propio sustento y su puesto de trabajo, sólo para hundirme a mí. Y estuvieron dispuestos a destruirla con tal de arrastrarme a mí en la caída, la desconfianza y el descrédito. ¿Pensaron en algún momento en todas las consecuencias de sus actos?

Actuaban movidos por la pasión.

Al hacer circular y alimentar tal rumor sobre mi persona, tiraban piedras sobre su propio tejado, pero no les importaba, hasta tal punto es insondable e irracional la naturaleza humana, la trastienda donde se cuecen nuestras acciones y pensamientos.

Yo era a sus ojos, un estafador, un prófugo de la Justicia, poco menos que un asesino, una especie de violador a cargo de un colegio de señoritas. La cosa se puso pronto muy fea, muy muy fea.

Algunos clientes se fueron sin esperar las explicaciones. Otros, afortunadamente los más, esperaron, pues el rumor era tan extraordinario e insólito que les costaba trabajo creerlo. Y las explicaciones finalmente llegaron. Y fueron satisfactorias.

La empresa comunicó a todos sus clientes y a sus empleados, por escrito, un desmentido formal, absoluto y rotundo, de aquellos "infundios", sobre cuyos instigadores como es natural, nunca se supo ni (aparentemente) se indagó demasiado. Al igual que la histeria, el rumor está íntimamente emparentado con la amnesia y con la eternidad: quien primero lo difunde es quien primero cree haberlo escuchado ya a alguien, en otro momento y en otra parte, de modo que es inútil indagar sobre su origen.

Para reforzar su circular, la empresa no sólo me ratificaba en mi puesto y mis funciones, contables y fiscales, sino que encomiaba mis cualidades, mi experiencia y mis servicios para la casa y anunciaba mi inmediato ascenso a tareas de aún mayor responsabilidad que las que hasta ahora yo había asumido. Se reservaba, asimismo, el derecho de querellarse y de apoyarme en cualquier acción particular que yo emprendiera, a la que me animaba, por difamación y daño a mi honorabilidad, contra los promotores de aquellos bulos, en el caso de que finalmente fueran identificados y denunciados como correspondía.

Transcribo casi la comunicación.

Tanta rotundidad obedecía, sin duda, a motivos complejos: furia ante la deslealtad; cálculo; miedo; y un indudable esfuerzo de autoconvencimiento; pues ellos sabían de la quiebra fraudulenta en la que yo, sin ser el monstruo que en el rumor se pintaba, había, aunque fuera indirectamente, participado, puesto mi granito de arena.

Jamás fui un estafador ni me movió el ánimo de lucrarme engañando a otros. Yo era un artista de los números.

Tal aclaración no sólo satisfizo a los clientes sino que hizo volver a algunos que ya se habían marchado. Por mi parte, la cosa no podía haber resultado mejor: inesperadamente, cuando todo parecía perdido, confabulado contra mí y yo al borde la picota, me veía elevado a las alturas como los héroes en los cuentos infantiles.

No soy un santo. Durante muchos días acaricié un secreto deseo de venganza. Pero finalmente me di por satisfecho, pensando en la la amarga contrariedad de mis excompañeros, y ahora subordinados, ante todo lo sucedido.

En resumen: a los pocos meses me sobraba casi la mitad del sueldo. Mi cuenta de ahorro en el Banco Popular creció vertiginosamente en apenas un año. Pronto me vi en la necesidad de administrarlo, colocándolo aquí y allá en los diversos fondos que el Banco me ofrecía, algunos seguros, otros muy rentables, otros, en fin, muy ventajosos fiscalmente.

Yo era un contable de enjundia.

Como mis costumbres seguían siendo las mismas, vivía en el mismo apartamento baratucho de la calle Molinos; comía de menú barato, eligiendo siempre, no por mezquindad sino por costumbre ancestral, los platos más económicos de la carta; fumaba y bebía más bien poco; no tenía vicios excesivamente caros; no andaba enredado con mujeres (ni con hombres, ¡viva la perspectiva de género!); apenas si utilizaba el coche; no viajaba, ni me iba de vacaciones aunque hubiera podido hacerlo, etc, etc. Así, el dinero se acumulaba en mi cuenta y no cesaba de producir, mes a mes, casi día a día, sin que yo me percatara de ello.

En definitiva: yo no planeé comprar mi casa ni en aquel entonces ni antes, como no había planeado ascender en la empresa ni ahorrar nada.

Segundo: yo no me he quedado soltero (por ahora) deliberadamente, por un motivo concreto, obedeciendo a un plan preciso y deliberado. Sencillamente, no se me ha presentado la ocasión del matrimonio civil. Quizás sólo nos ocurren aquellas cosas a las que estamos predispuestos por nuestro carácter, que diría el gran Aristóteles. Sea como sea, yo no he buscado porque no he encontrado qué buscar, y soy feliz y estoy muy bien solo, me las apaño francamente bien, estoy muy contento con mi vida, y prefiero pasar de puntillas y correr un discreto velo sobre todo este asunto, al menos por ahora.

Bastantes meses después de mi ascenso, un día recibí una llamada de mi hermana. Creo que era la primera vez en nuestra vida que nos llamábamos. Yo acababa de hacerme instalar el teléfono, un modelo tosco, sencillo y antiguo, en plena ola de prosperidad, de modo que debió averiguar mi número en la centralita, pues aún no aparecía en la guía. Cuando sonó el timbre, (yo utilizaba el teléfono casi exclusivamente para llamar a casas de comidas rápidas y cosas así), me quedé un momento pensativo, dubitativo, perplejo, sin saber qué hacer. Omar también se sobresaltó en su rincón: de todos los gatos que he tenido, dicho sea de paso, era el más perezoso e indolente, el más parecido a una estatua, fue este Omar.

Al fin, descolgué. La voz atiplada, chillona y desagradable de mi hermana, (la reconocí al punto, como si no hubieran pasado los años sino sólo unos pocos días), me arrancó de mi ensimismamiento.

¿Qué quería? Tardé aún un buen rato en comprender. Entretanto, acariciaba a Omar que se había pegado a mis rodillas y que también parecía intrigado.

En resumen, venía a decirme lo siguiente: mamá estaba enferma, estaba muy mala; ella había encontrado mi teléfono como yo supuse; no fue fácil; no quería resucitar el pasado, nuestras viejas rencillas, pues el pasado estaba muerto (entonces, ¿cómo hubiera podido resucitarlo?); con todo, debía informarme de algo sobre lo que "tal vez", sólo tan vez, (aquí no pudo disimular cierto retintín), yo no estaba aún al corriente; lo repitió varias, como para asegurarse de que yo lo captaba; así pues, ella no había cambiado.

Mientras hablaba yo acariciaba a Omar, que arqueaba el lomo gustoso. Concluyendo, ella no podía ocuparse de mamá porque vivía y trabajaba en otra ciudad. Ella suponía que yo no me había casado ni tenía obligaciones familiares, así que podría hacerlo. Al fin y al cabo, era nuestra madre.

Se hizo un silencio.

¿Podía trasladarme temporalmente a vivir con mamá?

Siquiera, hasta que superase su bache sentimental.

De pronto me sorprendí asintiendo. ¿De dónde me viene tanto regocijo?

La voz de mi hermana, como vuelta del túnel del tiempo, recobró su antiguo aplomo. Comenzó a darme instrucciones. Subía, bajaba y volvía a subir, colmada de seguridad, con un vuelo bajo de gallinácea, inflándose y desinflándose en un ramillete de vanos fuegos de artificio.

Al cabo de unos minutos, ya solo en la habitación tomada por la penumbra, tuve conciencia de lo que había hecho: acababa de poner fin a mi independencia personal.

¿Cómo sería mi madre ahora? Hacía años, prácticamente desde su desafortunada (primera y única) visita al hospital, que no la había visto más de unos minutos. En alguna ocasión creí distinguirla por la calle, a lo lejos, entre la gente y los coches. Nunca hice el menor esfuerzo por ir a verla ni por abordarla. No me sentía culpable.

Traté de imaginármela, ayudado en mi concentración por la oscuridad casi completa que ahora me envolvía. Pero su imagen se me escapaba, escurridiza, como un espejismo fugitivo.

Yo sencillamente, en aquellos años, me había olvidado de la existencia de mi madre.

En alguna parte, recordé, guardaba, o mejor dicho había escondido una fotografía de mi padre donde también aparecía ella, una foto de estudio hecha treinta o cuarenta años atrás. Nunca he sabido, porque tampoco me ha interesado francamente saberlo, la edad, siquiera aproximada, de mi madre. Aunque era bastante más joven que mi padre y aunque éste ya estaba enfermo cuando yo nací, me resultaba imposible imaginármela aún joven. Busqué, pues, la fotografía en cuestión. Cuando la encontré ya era era de noche. La calle empezaba a apaciguarse.

La visión de mi padre vestido de oscuro, enchaquetado, demacrado y ojeroso, me emocionó al instante. Junto a él estaba ella, pequeñita y descontenta, como sacudida por la impaciencia: el gesto ensombrecido (pero tal vez exagero) por la amargura y la resignación.

Al dorso se leía: "2 de mayo de 1970". Mi infancia.

Al día siguiente, nada más salir del trabajo, recogería mis cosas y me iría a vivir con aquella mujer que más que nunca, me parecía ahora una desconocida.

¿Me reconocería ella a mí?

Tal vez, incluso si no estaba loca, ni siquiera me abriese la puerta. Demencia senil, demencia por amor. Tras más de diez años de ausencia, ¿qué podía esperarse, después de todo?

Ya me la imaginaba espiando por la mirilla de la puerta, hacia el oscuro corredor; hacia el lóbrego vestíbulo; el antepecho de la escalera y más allá; hacia el hueco voraz, lleno de humedades y desconchones, que debía de haber ocupado el ascensor, en vez de una pintura antigua; caprichos del tiempo; escalera amplia, señorial y majestuosa, pero poco práctica. Húmeda e incómoda. Me la imaginaba conteniendo fanáticamente la respiración, pero sin apartar el ojo de la mirilla que, al descorrerse, haría un clik delator inconfundible. ¡Mi madre! Me la imaginaba al otro lado de la puerta, parapetada; tan frágil, que no hubiera resistido la patada de un niño; bajo el techo alto cubierto de manchurrones, del pasillo; sin saber qué hacer. Agobiada por la curiosidad, el fastidio, el temor; preguntándose quién era aquel joven que llamaba a su puerta al final de la tarde, cuando ya no recordaba si acababa de levantarse o de acostarse: qué clase de delincuente, de vendedor de vaya usted a saber qué, de violador de niñas; y buscaría en sus manos, y después tras él, los bultos delatores de la mercancía; la maleta del pánico; al pedigüeño. Quién era el que tocaba tan insistentemente a su puerta al final de una tarde.

Claro que, lo lógico, demencia y amor aparte, era que su hermana ya la hubiera puesto al corriente, en antecedentes, en un sentido desfavorable, para alertarla sobre su llegada. O que nada de aquello ocurriera realmente. Aún así, la idea de que su propia madre no lo reconocería y por lo tanto no le abriría la puerta, con ser bastante razonable, irritó a Cándido.

Me hizo sentir mal. ¡A estas alturas!

¡Aún no había vuelto allí y ya era menospreciado otra vez! ¡Otra vez adolescente, pajillero granujiento! Insufrible. ¿Acaso no había afectado toda aquella primera parte de su vida a su imagen de sí mismo y a su propia autoestima? ¿No soy yo raro porque me han tratado como a un fenómeno de feria?

Cándido hizo un esfuerzo por ser objetivo: Cándido soy yo y a la vez, no soy yo, como diría Siddharta.

Omar, puntual como un reloj, empezó a maullar hambriento. Incluso en su reclamo era quisquilloso y delicado. Mientras le llenaba el cuenco digno de un bey, decidí que yo no podía haber cambiado tanto como para que mi madre no me reconociera. Para confirmarme en esto, hambriento yo también pero de certezas, busqué otra fotografía, esta vez mía. Durante unos minutos comparé a la luz de la lamparita la figura, el porte, el rostro de aquel adolescente con mi apariencia actual. Cerraba los ojos y trataba de verme mentalmente, de vernos el uno junto al otro en sendas orillas del tiempo. Luego los abría ante el espejo y ante el papel satinado de la kodak. No era para tanto.

Aquella noche sin embargo, dormí mal. Los sueños y las pesadillas, sucediéndose sin tregua, me asaltaban uno tras otro como oleadas tenebrosas. Me levanté varias veces buscando a tientas el vaso, la boca seca, sudoroso y como sonámbulo. Ambiguo territorio entre el sueño y la realidad. Cándido que soy y que no soy yo. Quién tuviera el sueño de los gatos, pensaba, pensábamos.

En todo el día siguiente no pude quitarme de la cabeza aquella situación absurda en que yo mismo me había puesto, accediendo a volver con mi madre. ¿No me había ganado el derecho a tener mi propia vida? Me sentía como ante la mesa de un trilero, perdiendo una y otra vez lo que era mío. Empujado por el demonio de mi hermana. Fantasmas.

Mi hermana la abnegada, la desprendida, la sublime. Todos los días durante años, luego lo supe, luego ya tarde, le dedicaba cinco minutos al teléfono. ¿Y yo? No tenía familia, correlatos del egoísmo. Cándido tomó a Omar en brazos, animal recortado contra un fondo de paisaje gris, y le contó de nuevo la historia de San Martín: cómo al salir de su castillo un día muy frío de noviembre, se quitó la capa para dársela a un mendigo, y cómo inmediatamente, salió el sol en el cielo invernal.

Nunca te hagas cristiano, Omar.

En cambio yo, que vivía tan ricamente entregado a mí mismo y cultivando rarezas de solterón, jardín de invernadero, piezas de puzle, fruslerías de solitario.

"Meditaba todas estas ideas, escuchaba sonriente su estómago y agradecía el zumbido de una abeja. Miraba con alegría la corriente del río: jamás un agua le había gustado tanto, jamás había percibido la voz y el ejemplo de la corriente con tanta fuerza. Le parecía que ese río poseía algo especial, algo que aún desconocía, pero que le esperaba. En ese río se había querido ahogar Siddharta, y en él había sucumbido el Siddharta viejo, cansado, desesperado. Sin embargo, el nuevo Siddharta sentía por esa corriente un profundo amor que le obligaba a no abandonarla con prisas..."

¿Y si le devolvía a mi hermana la llamada telefónica y volvía a poner la pelota en su tejado? ¿Acaso estaba en Guinea Ecuatorial?

En este punto, como suele ocurrir con las grandes decisiones, Cándido tropezó con un obstáculo tan ridículo como insalvable: no sólo no tenía, naturalmente, el teléfono de su hermana, sino que además tampoco sabía dónde vivía. ¿Cuántos pueblos hay en España? ¿Cuántos era capaz de memorizar? Nonadas, peldaños de la desesperación.

Así que aquella noche recogí todas mis cosas, lo más imprescindible. A por el resto volvería después: la ropa, los papeles, el Siddharta, las rubayyats... y envolví a Omar en una manta de viaje (había estado lloviendo toda la mañana y hacía frío y Omar era Persa además de un aristócrata delicado); y me fui por el mismo camino que había recorrido, justo en sentido contrario, más de diez años atrás. Como una cinta transportadora es el tiempo.

Sueño que estrangulo a mi madre... Mejor aún, la ahogo, la asfixio con una almohada mientras duerme plácidamente.

Al advertir que le falta el aire, o quizás bajo el peso y la fuerza que hago sobre ella para ahogarla, ella abre de repente los ojos, y me reconoce espantada. Sus ojos, su mirada, se me clavan llenos de odio y de cólera. Es una mirada fría, desesperada, que nunca he visto antes y que nunca volveré a ver mientras viva. Por un momento dudo: ¿qué estoy haciendo? Retrocedo espantado a mi vez, cedo un instante unos milímetros, y el aire parece, al volver a circular aunque sea apenas como un hilo por su cuerpo, por su organismo exausto, parece devolverle por un momento la calma y cierta apariencia humana.

En esa fracción de segundo me siento bien: ya no soy el asesino, el parricida, sino el benefactor; soy otra vez un chico bueno, con todas las virtudes y todos los defectos de los chicos buenos.

Entonces, como a una llamada del diablo, acuden en tropel todos los menosprecios, todas las burlas, todas las humillaciones acumulados durante años: la infancia; la adolescencia; la pubertad; agravios; risas; insultos; carcajadas; incluso golpes y empujones; se suceden atropelladamente en mi cabeza, en un vertiginoso e insoportable flash-back. Aparece mi hermana flaca, granujienta, rebosante de mala leche, gritándome; mi padre gimotea e intenta poner paz sin mucho éxito, sin ninguna convicción, entre tos y tos, desde su cuarto; mi madre, furiosa, me persigue como una loca por el pasillo, escupiéndome los peores insultos, empuñando una sartén. Mi vida, todos mis recuerdos enterrados, me empujan hacia mi madre, que parece advertirlo y se revuelve como una fiera de nuevo acorralada, con todas las fuerzas de que es capaz. Por un momento su reacción tiene éxito, y está punto de derribarme y de escabullirse de la cama, de la habitación, pero enseguida recobro el equilibrio y vuelvo, con una frialdad metódica, que no me asombra, a inmovilizarla bajo la almohada. Otra vez soy dueño de la situación. Esta vez sí. Con no mirarla a la cara, me imagino que estoy ahogando a un perro.

La primera impresión que me produjo mi casa fue de desorden y suciedad: las paredes de la fachada y la escalera estaban literalmente cubiertas de desconchados, de manchones de humedad; de mierda; el pasamanos de la escalera, remate de la barandilla de cobre, aparecía desgastado por el uso y el abandono; guirnaldas, olas, mariposas y flores de gusto modernista, languidecían pacientemente bajo la herrumbre invasora; las puertas de los sucesivos pisos, pulidas por la vejez, lucían su respectivo número sobre el alto estuche de cerámica, como si en muchos años a nadie se le hubiese ocurrido pasar un paño húmedo por la oscura madera; todo parecía muerto y estancado, fatal, definitivo. "Todo se quedó quieto, fatal, definitivo". ¿Había sido siempre así? Bombillas tapizadas de suciedad que apenas parpadeaban, trampas de mosquitos y de pequeñas mariposas; interruptores de cerámica negra, blanca, perpetuamente encasquillados; y un olor a moho como de basura escondida...

Todo aquello deprimió a Cándido, me deprimió, aún antes de llamar a nuestra puerta. Y lo que me esperaba allí era aún peor, difícil de describir.

Mi madre no vaciló en abrirme, (aunque sentí cómo descorría suave, rápidamente, la mirilla de cobre para observarme). Me franqueó el paso de inmediato mientras me ofrecía su mejilla ajada como si tal cosa.

Estaba mucho peor de lo que yo podía haberme imaginado: en vez de diez años parecía haber pasado por ella un cuarto de siglo. Arrastraba los pies como por gusto, encorvada bajo un lío de ropas puestas sin ton ni son sobre su cuerpo contrahecho, como para un siniestro carnaval. Del pelo, dislocado bajo las disparatadas horquillas, mal sujeto y peor peinado, le caían en todas direcciones grasientas greñas amarillentas amazacotadas. Toda su persona desprendía un olor dulzón y característico, a juego con el tono cetrino y macilento de su piel, de las personas que viven encerradas entre medicinas, como de colonia de bebé corrompida y pañales sucios. De hecho, parecía tocada ya por la corrupción.

Las cuencas de los ojos, que amenazaban con llegar al cogote, albergaban semejantes a dos piedrecillas caídas en una telaraña los ojos, a la vez llameantes y mortecinos, marcados con el estigma de la obsesión, la neurosis, ¿la locura?

Me franqueó el paso, como digo, sin darle a la luz del vestíbulo, oscuro y tétrico. Así atravesamos prácticamente a tientas el pasillo. Cruzamos ante el haz de luz del televisor del comedor, las tinieblas del pasillo, entre voces y ruidos que semejaban escapar hacia el balconcito abierto, por donde se colaba el helor de la calle. Apenas acerté a decirle "hola mamá", sin que ella, por supuesto, me respondiera, como si no me hubiese oído o como si, regresado a la infancia, yo acabase de cometer una fechoría incalificable. ¡Cuánto eché de menos, en mis días, los golpes y el áspero cariño de otros padres ante aquel silencio! Finalmente me abrió la puerta de mi cuarto como si me franquease el paso a una mansión, y me dio las buenas noches.

En el silencio y la oscuridad que se habían adueñado de toda la casa, la oí alejarse lentamente, arrastrando rítmicamente los pies, hacia el comedor donde el resplandor del televisor taladraba las tinieblas. Las voces, ininteligibles ahora, recordaban el anochecer en el campo. Ante mí estaba la cama revuelta, sucia, como si me acabase de levantar. Omar, liberado de la manta, jugaba perezosamente con las sábanas lanzando escurridizas miradas a la ventana, que seguía entreabierta junto a la misma farola. De pronto, con una rapidez y una agilidad que nunca le hubiera imaginado, se plantó en el alfeizar y tomó contacto con el mundo de los tejados y las azoteas que cambia cada noche. Sus pupilas encendidas.

Dejé la maleta sin más ánimo de explorar. Fui a la cocina. Inmediatamente, bajo el débil parpadeo del tubo fluorescente, brilló una cucaracha y luego otra, y una tercera... Aparecían por todas partes y desaparecían como un ensueño entre la basura, los cacharros, los restos innombrables. Todo mezclado en abigarrado desorden parecía sumido en una espera perpleja, aureolado de dudosa resignación.

Descubrí que la nevera coja, desequilibrada, no cerraba bien y desprendía un olor a comida descompuesta. Corrupción. Todo estaba en mal estado, echado irremediablemente a perder. Recuerdo que temí que las cucarachas sólo fuesen una avanzadilla y que, tras ellas, estuviesen las ratas agazapadas en sus escondrijos, en sus rincones, aguardando entre los frascos y las latas caducadas que abarrotaban el desorden de las estanterías, atiborradas de porquería; en la alacena donde otrora se guardaban las legumbres, la leche pasteurizada y toda clase de conservas. Sentí que decenas, centenares de ojillos brillantes, me espiaban.

Ya en mi cuarto, hice como pude la cama llena de lamparones, de protuberancias, de durezas sospechosas, como si acabase de servir de lecho a un enorme jorobado, con un juego de sábanas que encontré por casualidad en el armario. Me tumbé sin hambre, la luz apagada, la ventana (que no cerraba bien), atrancada apenas con un trapo. El frío, la obscuridad.

Al menos, como en los viejos tiempos, llegaba del comedor el ruido desagradable e inconfundible del televisor al que no hacía eco ninguna voz humana. La tiniebla se agolpaba densa, semejante a un pesado terciopelo, contra la puerta.

Aunque mi primera intención fue reflexionar, tranquilizarme poco a poco mientras acariciaba a Omar entre las orejas, (el pobre debía estar tan asustado y desorientado como yo), enseguida me di cuenta de que en realidad estaba furioso. No podía ocultármelo a mí mismo, pues yo era el objeto y la razón de mi mal humor.

Mi madre me esperaba esta misma noche, pensé. ¿Cómo sabía que yo iba a venir finalmente? Porque mi hermana se lo había dicho. Luego, mi hermana había dado por supuesto que yo vendría sin más dilación. Esto, el haber corroborado una vez más sus previsiones, sus ideas preconcebidas sobre mí, era lo que me sacaba de quicio. Pero tal vez ella, ellas dos, tenían razón, y yo era tal y como me imaginaban y me veían: un niño egocéntrico y raro, que actúa a impulsos de los otros, carente en absoluto de personalidad, cuya única cualidad especial es la buena memoria y el juego del ajedrez.

En aquel momento, tendido impotente en la oscuridad, me hubiera dado de caramonazos contra el tabique. Omar debió advertir mi agitación, mi creciente nerviosismo, porque se retiró escurriéndose entre mis dedos hacia la penumbra.

No tenía que haber venido, no tenía que haber venido, no tenía que haber venido, no tenía que haber venido, no tenía que haber venido...

Mi madre me había abierto la puerta sin más, tras una rápida inspección por la mirilla (más un gesto maquinal que deliberado), prácticamente a vuela-timbre, porque me esperaba, seguramente me había estado esperando toda aquella tarde, y me había franqueado el paso.

De pronto me imaginé que los acontecimientos habían tomado otro rumbo. Mi madre me esperaba con la seguridad absoluta con que se espera la madrugada, la salida del sol. Pero he aquí que yo no venía. A la media noche, finalmente, llamaba a mi hermana. Tu hermano no ha venido, le decía, furiosa. la voz le temblaba de rencor. Mi hermana, incrédula, miraba su reloj y no acertaba a responder. Qué raro. No ha venido, no ha venido, no ha venido, el catoblepas. ¡Memo!

Y todo su mundo de certidumbres se venía abajo.

De inmediato aquel placer delicioso se desvanecía ante la cruda realidad: yo era verdaderamente un memo.

Por si fuera poco, mi hermana (¡cómo la odiaba entonces en medio de mis reflexiones y mi insomnio!), debía conocer perfectamente el estado deplorable en que vivía nuestra madre: aquel abandono, aquella suciedad, aquella cochambre, aquel ensimismamiento de sonámbulo con que atravesaba arrastrando los pies y moviendo los labios, la casa, aquel estercolero, sin mirar a derecha ni a izquierda. Yo.

Lo sabía, por eso me había llamado a mí.

Así pues seguía considerándome un idiota, un medio retrasado, lelo, como cuando me llamaba papagayo y loro sin cerebro.

Recordé cuántas veces y con qué intensidad había deseado en otros tiempos su muerte.

¿Estaría en aquel momento celebrando su triunfo sobre mí?

Por otra parte, ya no servía de nada pensar en eso. Recriminaciones. Yo había actuado con nobleza. ¿En este mundo desquiciado sólo es inteligente quien actúa por interés?

Me desnudé y me metí entre las sábanas, ásperas como lijas. Y de nuevo sentí a Omar, caliente y peludo, junto a mí. La habitación había desaparecido en la oscuridad y el televisor, al fin apagado, había dejado la casa en completo silencio.

No quise mirar el reloj para no desvelarme. De fuera llegaban señales, ruidos confusos. Durante cerca de una hora aún estuve dándole vueltas a lo mismo, pero cada vez más apaciguado, como si en realidad todo aquello le estuviese ocurriendo a otra persona y no a mí mismo. Un débil haz de luz, lo único visible, procedente de la farola, penetraba por la persiana desencajada.

Omar dormía ya el sueño perpetuo e intranquilo de los gatos, enroscado entre mis pies. La habitación se enfriaba por momentos, preludiando el amanecer.

Al cabo, yo también me quedé dormido, envuelto en aquella especie de sudario pegajoso.

Poco a poco el ruido de la calle, el frío, el recuerdo del bisbiseo del televisor, se apagaron y confundieron en mi conciencia. Lo último que pensé, en el atolondrado curso de mi conciencia, ya al borde del sueño, fue que Omar se despertaba y huía y que, finalmente, nos atacaban las ratas.

Avanzada la noche me despierto con un escalofrío. Omar, el bueno de Omar, ha multiplicado por diez su tamaño y ahora es una especie de tigre prehistórico, como esos tigres reliquia de dientes de sable, que apenas cabe en la habitación. Contemplo por un momento las paredes, primero aturdido y luego aterrado: esas manchas rojas esparcidas por todas partes (las hay incluso en el techo), tan graciosas, tan originales ellas como dibujos, como borrones infantiles, son en realidad manchas de sangre, más líquida aquí, hecha grumos allá. Omar me mira como si adivinara mis pensamientos: ahora relájate, pálpate bien el cuerpo, parece decirme, todo tu cuerpo de arriba a abajo, por si te falta algo. Parece estar a punto de echarse a reír. En efecto, la sangre no procede de mí. ¡Mamá! Salto de la cama, corro a la habitación contigua, la de mi madre, empujo la puerta atrancada. Pero dentro, arropada en la oscuridad, ella duerme tranquilamente. Mientras me recobro de la impresión, Omar se restriega contra mis pies, malévolo; da un salto y desaparece en el pasillo dorado.

El despertador sonó puntual. Me vestí sin examinar más dónde estaba, o mejor dicho me embutí en la ropa, me calcé, busqué una chaqueta que no estuviera demasiado arrugada, y salí a la calle.

Al pasar ante la puerta del comedor, junto al vestíbulo que ahora emergía en la claridad del día, me di cuenta de que la televisión aún seguía encendida, aunque sin voz. No me sorprendí. La apagué con un vago sentimiento humanitario. Tal vez mi madre tenía miedo de quedarse sola toda la noche, sin la compañía de aquella especie de run run, de tótem electrónico.

De todas formas, de haber sospechado lo furiosa que iba a ponerla mi iniciativa, me hubiera abstenido de desconectarla.

De momento desayuné reconfortado y satisfecho, (satisfecho por una vez del mundo y de mi propia persona); rodeado, envuelto literalmente por el calor y por voces verdaderamente humanas; como un hombre vuelto a la vida. Aquella mañana, como digo, saboreé con entusiasmo infantil mi café con leche y mis tostadas en el bar Sota, que está justo debajo de nuestra casa en Santa Escolástica.

Incluso, contraviniendo mi costumbre (pues prefiero los estancos, más limpios y económicos), saqué de la máquina expendedora, decorada con un desnudo de la Schifert, ¡ah, el feliz patriarcado!, un paquete de Pall-Mall, para celebrar mi Resurrección fumándome un cigarrillo.

Pasé todo aquel día con una sensación contradictoria de libertad recobrada y de malestar, difícil de definir.

Al regresar por la tarde me topé con un recibimiento inesperado. Mi madre esta vez no me ofreció su mejilla, sino que me condujo directamente a mi cuarto. Por el temblor de sus párpados y de sus labios, cerrados en un rictus de máscara, temblor de malhumor inhabitual incluso en ella, me temí lo peor o mejor dicho, debí temérmelo pues aún seguía perdido en los recuerdos del día.

El televisor seguía apagado; la casa abandonada a un silencio extraño, acusador; como en los últimos tiempos de la enfermedad de mi padre.

Ya en mi cuarto, sin dignarse a mirarme, me indicó con un gesto un cartel: una hoja de tamaño cuartilla, clavada con chinchetas en mi puerta, por dentro, completamente rellena con una letra menuda y nerviosa, en mayúsculas, que quería ser firme pero que apenas si resultaba legible. Lo leí sin decir nada, moviendo maquinalmente los labios. Al poco rato volvió a oírse, lejano y familiar, el sonido del televisor. El cartel advertía de lo siguiente:

NORMAS DE ESTA CASA

1 SE COME A LAS DOS Y MEDIA EN PUNTO Y SE CENA LAS DIEZ, EN VERANO Y EN INVIERNO.

2 DESPUÉS DE LAS ONCE DE LA NOCHE LA PUERTA DE LA CALLE PERMANECERÁ INVARÍABLEMENTE CERRADA, HASTA LAS SIETE DE LA MAÑANA DEL DÍA SIGUIENTE.

3 NO SE PUEDE FUMAR EN NINGÚN CUARTO NI A NINGUNA HORA DEL DÍA NI DE LA NOCHE EN ESTA CASA, SALVO EN EL COMEDOR Y SÓLO UN CIGARRILLO DESPUÉS DE LAS COMIDAS Y OTRO DESPUÉS DE LAS CENAS. IGUALMENTE, ESTÁ TERMINANTEMENTE PROHIBIDO BEBER, EN CUALESQUIERA CIRCUNSTANCIAS, EN ESTA CASA BEBIDAS ALCOHÓLICAS.

4 PROHIBIDO TRAER MUJERES Y PERSONAS EXTRAÑAS A ESTA CASA.

5 LAS ZONAS DE USO COMÚN SON LAS SIGUIENTES: EL COMEDOR; EL CUARTO DE BAÑO; LA COCINA; EL PASILLO; Y EL VESTÍBULO. EL RESTO SON DE USO EXCLUSIVAMENTE PARTICULAR.

6 EL USO DEL TELEVISOR Y DEL TELÉFONO QUEDA SUJETO AL LIBRE ARBITRIO Y A LA DISPOSICIÓN EXCLUSIVA DE LA DUEÑA DE ESTA CASA.

7 QUEDA TERMINANTEMENTE PROHIBIDO CUALQUIER CAMBIO O ALTERACIÓN EN LA DISPOSICIÓN DE LOS MUEBLES, LOS CUADROS Y OTROS ADORNOS, LOS ELECTRODOMÉSTICOS ASÍ COMO DEL RESTO DE LOS ELEMENTOS QUE COMPONEN ESTA VIVIENDA, SALVO CON EL PERMISO EXPRESO DE LA DUEÑA DE ESTA CASA.

8 TODOS LOS ANIMALES QUE VIVEN ACTUALMENTE EN ESTA CASA SE CONSIDERAN EN PERÍODO DE PRUEBA.

9 LA DUEÑA DE LA CASA SE RESERVA EL DERECHO EXCLUSIVO DE INVITAR Y DE ADMITIR A QUIEN QUIERA.

10 LA RESIDENCIA TEMPORAL O PERMANENTE EN ESTA VIVIENDA IMPLICA INEXCUSBLEMENTE LA ACEPTACIÓN SIN RESERVAS DE TODAS ESTAS NORMAS.
FIRMADO: LA DUEÑA, etc, etc, etc.

Aquella noche me armé de valor y fui al comedor. Mi madre estaba sentada como de costumbre, ante el televisor, y no hizo el menor movimiento ni el menor gesto cuando entré. Permaneció imperturbable. Ante ella, en una mesita algo baja cubierta con un mantel lleno de manchas, descansaban los restos de la cena: latas a medio abrir que despedían un olor ácido, trozos de pan duro manchados de aceite; en un vaso, restos de café migado; por último, un cubierto intacto, pero pegajoso por estar mal lavado y aclarado, me esperaba ante ella. Me senté pues y empecé a comer, sin hambre y sin decir nada.

Además del plato, el tenedor y el vaso, había un vaso, una jarra de agua a medio llenar, y un trozo de queso dudoso.

Del televisor salía, a ratos, la voz chillona de una presentadora de moda de programas del corazón. Los contertulios, sentados alrededor de una mesa con forma de media luna, profusamente engalanada con flores, se disputaban la palabra, se interrumpían y se insultaban sin el menor pudor ni vergüenza. El amor a la cámara y a la popularidad los volvía soeces. Mi madre lo tenía puesto, como de costumbre, a todo volumen, y lo escuchaba con una atención tranquila y profunda.

El balconcito donde yo jugaba en los lejanos días de calor con mi padre, estaba abierto de par en par y dejaba entrar el rumor y el frío de la noche.

Eché un vistazo rápido a la habitación, sumida en penumbras. Los cuadros y los demás adornos, con raras excepciones, eran los mismos que yo recordaba de siempre: la eterna escena de caza; el reloj pretencioso (siempre estropeado); el almanaque de la fábrica Singer; el jarrón de color leche corrompida. Los muebles cubiertos de polvo, arañados y con aspecto desvencijado, eran también los mismos. Tiempo partero del polvo. Sólamente del televisor, señor y rey, había desaparecido la antigua fotografía de boda de mis padres, sustituida ahora por una astrosa rosa roja de tela, como las que se ven en algunas tumbas poco frecuentadas.

Omar se restregaba contra los bajos de mis pantalones, salpicados de barro seco. Le susurré "luego", apartándolo suavemente de mí.

—Mamá, dije por fin.

—¿Qué?

—¿Te molesta que haya venido?

—¿Quieres fumar un cigarrillo?, dijo con voz conciliadora.

—Bueno.

—Sólo uno, advirtió.

Recordé que mi hermana me había dicho: "mamá está enferma":

—¿No tomas ninguna medicina?, le pregunté.

—Ocúpate de tus asuntos.

Ya no logré reanudar la conversación. Los frágiles puentes que, por un instante, nos habían unido desaparecieron con la misma rapidez con que se habían desplegado. Mi madre apagó la luz de la lamparita que tenía a su derecha para aíslarse mejor en la oscuridad, y ya no apartó la mirada dura del televisor ni masculló una palabra. Yo, por mi parte, me resigné, suspiré, me reproché mi torpeza, mi nula mundología; y, al cabo, me dije que si ella no quería hablar yo tampoco lo deseaba. Ninguna fuerza en el mundo podía cambiar esto, hacerla cambiar de parecer, así que, ¿para qué desesperarse? Prendí, pues, mi cigarrillo y traté a mi vez de ensimismarme y de no tomármelo como algo personal. Con el tiempo las personas nos hacemos más tolerantes, no sólo con los defectos y los inconvenientes derivados de nuestros semejantes, sino con los que enraizan en nosotros mismos.

El sabor del tabaco áspero, fuerte, me rascaba la garganta. En otro tiempo me hubiera sentido atacado en lo más íntimo, humillado, menospreciado, vejado, ridículo: pero ¿de qué servirían la vida, la experiencia, los años, si uno no aprendiera a sobrellevar estos contratiempos y a prescindir de su ego de vez en cuando? Sobrevivir.

Iba a marcharme, ya tranquilizado, cuando sonó el teléfono, como en los días lúgubres y felices de mi adolescencia. Sonreí para mis adentros como quien se sabe, se siente, poseedor de un secreto que, de todas formas, como todo lo que es auténtica y realmente valioso, resulta incomunicable, intransferible.

Mi madre, arrancada súbitamente de su ensueño, se incorporó (aún está ágil la vieja, pensé). Antes de la tercera llamada ya había descolgado:

—Sí, está aquí.

— (...)

—Ahora no puedo...

— (...)

—Después te llamo.

La ocasión la pintan calva. Salí sigilosamente con Omar pegado a mis pies. En la cocina volvieron a aparecer las cucarachas. Cucarachones. Como no había nada fresco comestible, ni siquiera para un gato hambriento, le abrí la primera lata que encontré en la alacena. En aquella cocina se almacenaban los comestibles más variopintos, todos ellos caducados, como si fuese a estallar de modo inminente una guerra nuclear. Pero, ¿cuándo fue mamá cocinera?

Omar, sin embargo, se lanzó con instinto cazador hacia las cucarachas que brillaban con destellos de azabache. Atrapó una enorme y le fue arrancando una a una, con paciencia metódica, golosamente, las patas y las antenas, para dejarla finalmente abandonada entre los desperdicios. Sentí una mezcla de alegría y náuseas.

Ya eran casi las once, la hora del toque de queda. Nuestra casa está enclavada en el Realejo Bajo rodeado de iglesias y conventos. Así que pronto sonarían las horas intemporales de los campanarios, invisibles entre los edificios. Después de los olores, los sonidos son lo más primitivo que tenemos a nuestro alcance.

Me apresuré sin encender la luz del pasillo, tanteando las paredes, hacia mi cuarto donde me esperaba la luz de la luna, que aquella noche era llena. Luna de cuento de lobos.

La mayoría de los movimientos de nuestra alma se pierden en la más completa oscuridad.

Al menos aquella noche, mi segunda noche allí, dormiría en una cama bien hecha con sábanas nuevas y limpias. Incluso había logrado atrancar la ventana, salvo el resquicio irreductible generado por el abombamiento de la madera. Pero la persiana seguía atrancada junto a la caja adornada con viñas y angelotes. Hay cosas a las que uno debe aprender a renunciar.

La luz de la luna reverberaba en la habitación dándole un aspecto de... ¿de qué?

El ruido de la noche, tan diferente y opuesto al del día, acaba sosegándome, y por un momento tengo la ilusión de haber vuelto realmente a casa. El Siddharta en mi mesita de noche:

"Acostumbrado al bosque, salió del parque por encima del seto, sin hacer ruido. Alegre regresó a la ciudad, con la túnica bajo el brazo. En un albergue frecuentado por viajeros, se colocó a un lado de la puerta y pidió comida con un gesto; recibió un trozo de pastel de arroz. "Quizás mañana ya no tenga que pedir más comida", se dijo..."

A Omar le gusta que le lea en voz alta. Como los niños muy pequeños es muy sensible a la voz, a los gestos, a los cambios en el tono y en la mirada del narrador, en suma a todo lo que supone el lenguaje no verbal. El ronroneo de mi propia voz acabó por adormecerme.

Al día siguiente aún me esperaba otra sorpresa. Como era sábado me levanté más tarde, casi a las diez. Entre las siete y esa hora estuve escuchando la radio, haraganeando, jugando con Omar, a quien había preparado un mullido rincón lejos de la ventana. Al menos las ratas no habían hecho su aparición allí. Empecé a dudar que realmente hubiera ratas. Tal vez en los pisos más bajos del edificio, incluso en la escalera. Pero aquello me hizo dudar, con un íntimo resquemor. Omar no se movía, no se apartaba de mi lado, como si presintiera los ojillos acerados, duros, de aquellos demonios acechándonos.

¿Qué te pasa? Lo empujé sin consideración y saltó al suelo. Luego me arrepentí. Todo estaba sumido en el silencio típico de los días festivos. Cuando finalmente salí, apagada ya la radio, el comedor y el pasillo parecían los de una casa desierta. Tal vez mi madre padeciera insomnio, quién sabe si de terrores nocturnos, ¿no vuelven a la infancia algunos locos?, y los ansiolíticos la harían dormir durante toda la mañana.

De todas formas, me deslicé lo más silenciosamente que pude hacia la puerta. Odio las puertas que chirrían y en aquella casa chirriaban todas, quejumbrosas y acusadoras. No obstante, conseguí salir a la escalera y rápidamente a la calle, sin hacer demasiado ruido.

Al poco volví con tabaco y café, dispuesto a violar todas las prohibiciones existentes en aquel cuartel-dispensario, alegre de disponer durante unas horas, o por lo menos por unos minutos, de toda la casa para mí solo, para recorrerla y registrarla a mi gusto.

¿Qué podía encontrar allí interesante? No había terminado de hacerme esta pregunta cuando vi, sobre la mesa donde habíamos cenado la noche anterior, un pequeño fajo de cartas sujeto con una goma. Lo primero que pensé fue que mi madre se entregaba a la nostalgia de releer viejas cartas y mirar fotografías antiguas. Mi primer impulso fue pasar de largo, pero cuando me acerqué descubrí que eran para mí.

El mazo reposaba silencioso, cerrado, tranquilo, como una incógnita entre las migajas y las latas, vivo y burlón.

Aparté sin pudor las que remitían Bancos y Casas Comerciales y me quedé sólo con las cuatro personales, entre las cuales la más reciente había sido matasellada hacía más de dos años. Mi madre, incapaz de desprenderse de nada que considerase suyo, las había guardado primorosamente, sin abrir, anteponiendo su educación antigua a su curiosidad.

El resto, hasta completar las cuatro, tenían el matasellos (casi borrado en algún caso), de fecha más antigua.

Todas eran de Adrián.

Abrí la más reciente, que también era la más corta. Las manos me temblaban como si fuese a recibir un golpe:

"Querido Cándido:

Mi padre acaba de volver del extranjero después de casi tres años. ¿Quién se acuerda ya de él? El bendito olvido del mundo ha vuelto a darle seguridad e incluso deseos de emprender nuevos negocios. Me ha escrito. Tal vez te llame.

(Sonreí).

Supongo que ya no vives allí pero también que, como buen hijo que eres, te pasarás de vez en cuando a ver a tu madre anciana. En cualquier caso, no tengo otra dirección donde escribirte. ¡De modo que, al final, todos mis vaticinios sobre tí han fracasado, y el hijo pródigo, ávido de perdón, de carantoñas, no ha vuelto a casa!

¡Bien por Cándido!

¿Te acuerdas, al menos, de nuestras aventuras? El hecho de saber, de intuir, que lo más probable es que nunca llegues a leer esta carta, (no, al menos, con el sobre cerrado), me envalentona a la hora de decirte lo que pretendo. Me infunde una libertad y una extraña (¿extravagante?) sensación de paz, como si compusiera un monólogo.

(Retórica, pensé, carraspeé defraudado).

La carta terminaba brusca, inesperadamente:

Cuídate. Yo tampoco me he casado.

Tu amigo, Adrián.

En una de las esquinas inferiores había dibujado un gato.

Tiré la publicidad y las cartas de los Bancos y me guardé las otras con íntima satisfacción, para leerlas más tarde, a mi gusto. Sensación de regocijo y de triunfo anticipado, como quien al fin se burla del destino y del tiempo.

Antes de que se levantara mi madre, tras hervir un poco de café y fumar un cigarrillo, (sin molestarme en abrir las ventanas, pese a todas sus prohibiciones), me abrigué y salí. Terminé de desayunar en el bar Sota las consabidas tostadas. Como además de sábado era festivo, la ciudad, a pesar de ser ya casi las once, estaba aún medio desierta.

En el portal de San Jerónimo (un remanso de paz, de verde, de pájaros), leí el periódico Ideal del día, sentado en los escalones. Lejano y difuso, pero creciente, llegaba el sonido de la mañana.

De repente empezó a hacer calor. Poco a poco iban apareciendo visitantes desperdigados que se detenían ante la portada de la iglesia con idéntica sorpresa. Justo detrás había una calle que, a determinadas horas, se llenaba de tráfico; comercios; terrazas; un ambulatorio público; pequeñas plazas íntimas y recoletas.

Aquel rincón, separado apenas por una tapia del resto, no era nada comparado con el interior fresco y oscuro del monasterio, con el claustro apretujado y delirante de verdor.

Me refugié del sol en ascenso bajo un saledizo, justo donde la sombra se recortaba en el escalón, y abrí la segunda carta de Adrián, matasellada siete años atrás. Islotes del tiempo. Leí:

"Querido Cándido: con lo que me ha dejado mi padre he pensado comprar nuestra casa (¿era casualidad, destino?). Tú, que eres el contable, el experto en finanzas e inversiones de todo tipo, quizás podrías aconsejarme al respecto, si es que estás por ahí. Me han dicho que en unos años el precio del suelo se va a disparar, va a ponerse por las nubes. Figúrate que ya empiezo a sentir nostalgia por nuestras viejas pesetas. Y yo ahora tengo un trabajo medianamente estable. Cándido: ¿qué harías tú en mi lugar? Este dinero de mi padre, inesperado, me ha producido más perplejidad que otra cosa. Porque de pronto me veo en la necesidad de tomar una decisión, cuando todo, mi vida, empezaba a discurrir tranquilamente y sin problemas. Mi problema es que estoy cambiando continuamente de trabajo, de vida, de amor. ¿Qué harías tú en mi lugar?

¿No has considerado aún lo deprisa que pasa el tiempo? (¡Dios mío, la filosofía!). Me siento como un madero en la corriente (como un majadero), como si alguien hubiese destapado el desague del embudo de mi vida (etc, etc, etc). ¡Todo se acelera, Cándido! ¿Sigues leyendo aún Siddharta? No sacarás nada en claro de él, desde ahora te lo digo: yo un día, picado por la curiosidad y el amor propio, lo leí de un tirón y no saqué nada.

No estamos en la India ni vamos vestidos con taparrabos. No podemos abrigarnos sólo con el cielo, con la tierra, con el sol. Las estrellas son cuerpos celestes muertos antes del comienzo de la historia de la humanidad. Tu Siddharta francamente me parece ancrónico e inútil.

¿Te acuerdas de nuestras partidas de cartas, de ajedrez, y de dados, hasta altas horas de la madrugada, cuando hablábamos de amor y de filosofía. Por cierto, ¿qué ha sido de Carlos?

Cuando trabajábamos con mi padre huido de la Justicia. Bienaventurado.

¡Cándido, no desperdicies ni un sólo minuto de tu existencia leyendo! ¡Mira y disfruta de todo lo que te rodea! Los gusanos no distinguen entre los sabios y los tontos. Somos estiércol, abono en proceso de maceración. Polvo anticipado.

Cuando cumpla los treintaicinco lo dejaré todo, bajaré al Genil en cueros y me sumergiré hasta las rodillas, como tu príncipe Siddharta. ¿Qué hemos hecho mal, qué va a ser de nosotros?

¡Oh, no creas que quiero comprar mi casa, donde ahora vivo prácticamente solo, pues mi madre, (¿te acuerdas de mi madre?), está siempre de viaje, desaparecida como ella dice; y mis hermanos, por su parte, se han casado, por un impulso sentimental! Yo no he nacido aquí ni tengo recuerdos especialmente felices o tristes que me aten a este sitio ni a ningún otro. Es simplemente una cuestión de dinero: si fuera más rentable comprar una granja de pollos, la compraría, no te quepa duda...

Cándido pensó, llegado a este punto, en su propia casa, como si acabasen de proyectar sobre él, cruelmente desde el pasado, un enorme e hiriente foco de luz artificial: su casa vetusta, manchada, quejumbrosa, como el cuerpo y el pellejo de un anciano, ("dentro de sus viejos cuerpos agotados/están las almas de los viejos"); el sitio donde había nacido y había sufrido, adonde había jurado no volver nunca más, mientras pudiera evitarlo, como a un lugar de desgracia, maldito, por el que finalmente había roto su juramento; oh, no podía culpar a su hermana ni a nadie por ello, en realidad había sido una decisión suya; respondía a algo mucho más personal, extravagante, íntimo, larvado, profundo; algo que había buscado, sin saberlo, durante todos aquellos años de ausencia, hasta que finalmente, como si el mundo respondiera verdaderamente a la magia, osea a nuestra voluntad, había ocurrido.

...La compraré, si finalmente me decido a ello, sólo y exclusivamente por un motivo práctico, antes de que el pequeño e inesperado capital que me ha dejado mi padre y he ahorrado se evapore, se esfume, por ejemplo porque él se arrepienta y vuelva para pedírmelo: dinero de un origen oscuro y de un destino no menos oscuro e incierto.

No te aburro más con mis problemas. Me hace falta de verdad saber tu parecer. Me siento como un náufrago enviando mensajes al océano, ansioso de ecos.

Otra cosa: deja pronto ese trabajo de covachuela al que has vuelto (¿por qué?), y donde corres el peligro de desaparecer para siempre, entre tripa y años.

Consejos no pedidos, no fan de ser seguidos.

Un abrazo de tu amigo, Adrián.

Cándido dobló el diario, guardó la carta y se encaminó a grandes zancadas hacia la calle Buensuceso. En menos de cinco minutos ya estaba frente al portal de la casa de la que hablaba Adrián. Pero ésta, con sus graciosos balcones volados, de estilo modernista, bajo toldos nuevos a rayas blancas y negras, que él recordaba perfectamente, ya no existía. En su lugar había ahora un solar desierto convertido ocasionalmente en escombrera.

Así pues, siete años la habían hecho desaparecer, tal vez menos. Todo parece tan sólido, sin embargo. Cándido examinó el solar y reconstruyó mentalmente la casa de su amigo, víctima de la especulación de sus propietarios. (¿Estaría Adrián entre ellos?). Pensó que él mismo, llegado el caso, no tendría inconveniente en hacer lo propio.

Lo más probable era, con todo, que su amigo no la hubiese comprado. De dos o tres años a esta parte el precio del suelo se había disparado efectivamente, como aquél decía. Había que reconocerle a aquella, al menos, el mérito de la profecía.

Cándido volvió a pensar en su casa: se la imaginó transcurridos cinco, diez años, convertida en un solar, como si sobre ella y sobre todos ellos (el niño, el púber, el adolescente, el joven), hubiese caído una bomba devastadora. El tiempo me pareció entonces una trampa cuyos bordes extremos eran el instante y la eternidad.

¿No es lo mismo?

Seguí, siguió caminando, perdido en estas y otras reflexiones.

Todo lo que hacemos (y también lo que no hacemos, que es gigantesco incluso para el más pequeño e insignificante ser humano), proyecta su sombra sobre el futuro.

¿Qué consecuencias tendrá el día de hoy, este paseo, esta carta?

De súbito el silencio intermitente, el verde de los árboles, y los pájaros, ya habían sido engullidos por los ruidos normales de una jornada de sábado que se apresuraba, con su ajetreo mínimo, hacia el mediodía.

Es mejor no leer cartas viejas, dejar el pasado en paz, pensó. Y le vinieron a la mente los versos de las rubbayyats:

"En los refinamientos de mi sensibilidad,

estas incomparables horas de placer,

transforman en harapos

aquellas graves vestimentas

pacientemente urdidas

por la resignación..."

Se imaginó sentado a la puesta de sol, ligeramente ebrio tras un día infernal, guardado por una cerca en medio de frutales, rosaledas, fuentes y frescor de muros y de pájaros. Allá el desierto. De pronto aparecía su amigo, líder de la siniestra secta de los asesinos, antiguo compañero de juegos y de madrasa, se le venía encima y luego se alejaba en medio de una risotada.

El mundo se agolpaba al borde de su túnica hecha de una paño ligero, flotante.

Cándido, que ya de por sí tenía el paso vivo y nervioso, se apresuró para llegar a su casa a la hora de comer. De pronto le pareció estar entre dos mundos, sin saber cuál de los dos era más valioso. Lo que bullía dentro de él necesitaba tanto de lo que había a su alrededor, aquel ajetreo de la mañana de sábado, como la rosa del gusano que la corroe.

Cruzado el umbral, tras hundir el botón del porterillo, ascendió por la arruinada y majestuosa escalera sin ascensor, que antaño luciera en las paredes y en el techo frescos ya irreconocibles: amorcillos, caracolas, y ramilletes... Escuchó los pasos, las voces, y los carraspeos de todos los que lo había precedido en aquel ascenso: años y días. Y el olor a cerrado, a humedad y a cochambre le emocionó.

No había que trasladarse hasta la Persia medieval para experimentar la belleza de las cosas. Las cosas y los seres en los que duerme el barro del más humilde cuenco del último de los mendigos. Cada época tiene su propia forma de muerte.

Hablar y escribir de rosas, de vino, de mujeres, divagaba.

Mientras, sin darse cuenta, ya había entrado, había atravesado el vestíbulo y el pasillo, y esperaba en su habitación.

Aquella tarde, tras una comida más que frugal, deslucida, se encontró a sí mismo tumbado en la cama bajo la ventana rota. Se colaba un sol pálido, indeciso, ya primaveral. De cuando en cuando, distraídamente, acariciaba al pobre Omar cuya suerte ya no envidiaba, y cuyas costillas ya comenzaban a dibujarse bajo una pelambrera electrizada. Considerando la posibilidad de la reencarnación, ya no tenía tan claras sus preferencias: ¿sería un gato hambriento, permanentemente al acecho de todo lo menudo y lo grande, siempre a merced de los caprichos de un dueño? ¿Otra vez un hombre? ¿Un pez en su mundo silencioso?

Se vio de pronto haciendo cálculos, imaginando desembolsos e intereses, anticipando las ventajas y los inconvenientes, los pros y los contras de comprar aquella casa. El lugar era inmejorable: de hecho, en los últimos años la ciudad, al crecer por aquel sector hacia la vega, mucho más allá del río Genil, había consolidado la posición central de aquel barrio que en su niñez no había dejado de ser eso, un barrio algo más antiguo y menos periférico que los otros; al peatonalizar el centro, los accesos en automóvil hacia aquel sector de la ciudad se habían vuelto poco menos que imposibles; éste era el principal inconveniente, y quizás el único (aparte de la antigüedad del edificio, que podía ser remozada y vencida), que le encontraba a aquella inversión. ¿Pero, acaso no se respetaban los derechos de acceso y estacionamiento de los residentes en toda la ciudad?

Otros inconvenientes, secundarios en su opinión, eran que: a) la casa, por ser muy antigua, no contaba con cochera; b) que, por el mismo motivo, de momento carecía de ascensor; y d) que, en fechas señaladas (Semana Santa, Feria), era demasiado bulliciosa, incluso ruidosa. Pero los dos primeros inconvenientes se podían y se habían de subsanar; en cuanto al último, lo que para unos era molesto para otros podría ser, simplemente, festivo.

Cuanto más lo pensaba, más acertado le parecía comprar.

La casa, necesitada indudablemente de ciertas reformas, un remozamiento a fondo; contaba con más de ciento cincuenta metros útiles, buena parte de ellos exteriores; es verdad, como decimos, que las instalaciones básicas (cocinas, baños, techos, suelos, cableado eléctrico y telefónico, canalizaciones de agua...), exigían una revisión en toda regla. Pero no era menos cierto que, una vez hecha esta, y una vez remozadas las áreas comunes de escaleras, fachada y patio, aparte de instalado el ascensor, toda la finca se revalorizaría sin duda considerablemente. ¿Qué inversión y qué tiempo exigiría todo esto?, esta era la cuestión. En cualquier caso, siempre que la inversión y el tiempo no fuesen desorbitados, la revalorización de la casa compensaría con creces cualquier desembolso, de este modo asumible.

Por ejemplo, el suelo del pasillo, donde antaño jugaba histéricos y solitarios partidos de fútbol, y donde ahora bailaban las baldosas descabaladas que nadie había cambiado ni asegurado desde los tiempos de Matusalén, desde la enfermedad de su padre. Sus padres, al ser inquilinos, naturalmente nunca habían hecho obra en la casa y los sucesivos propietarios se habían ido desentendiendo de sus demandas al respecto, pues no cobraban la suficiente renta ni tenían, con la Ley del Suelo en la mano, posibilidad alguna de desahuciar a sus arrendatarios. De este modo, por unos y por otros, la casa se había ido hundiendo en una languidez sin esperanza. A los dueños el hecho de que la vivienda se desmoronara poco a poco, se cayera literalmente a pedazos, les beneficiaba porque abrigaban la esperanza de recuperar así el inmueble y revalorizar el solar para una posible construcción. En cuanto a sus padres, nunca se les pasó por la cabeza la posibilidad de convertirse en propietarios: allí vivían, sencillamente, desde hacía muchos años; y allí morirían D.M. ¿No los convertía eso ya, en dueños de hecho?

Hacía años que el Ayuntamiento prohibía cualquier remodelación de planta y de fachada en las casas de más de cien años del Realejo alto y bajo, aquel barrio, ni siquiera previa declaración de ruina. Aunque la estructura estuviese dañada, cualquier obra debía estar orientada hacia la restauración del inmueble original, a efectos visuales, urbanísticos, naturalmente con las correspondientes supervisiones y ayudas públicas.

Tal vez por esto, y por ciertos problemas de herencia, los actuales propietarios estaban dispuestos e incluso apremiados, a vender.

Por una insólita asociación de ideas volvió a mi mente la idea de la reencarnación, tumbado bajo el sol que entraba desde la plaza.

El televisor volvió a atronar en el comedor. Mientras su madre, fascinada, contemplaba la pantalla rodeada de penumbra, Cándido recorrió, (violando así las normas recién establecidas por aquella), habitación por habitación, haciendo un cálculo rápido de los tiempos y de los costes de una reforma. Algunas cosas parecían en excelente estado; otras, por el contrario, desvelaban sin tapujos su deterioro.

Que él recordara, la casa nunca había sido remozadas: ni un albañil, ni un pintor, ni un electricista, aparecían en sus evocaciones de aquel sitio lúgubre. Tal vez fue objeto de alguna chapuza, de algún retoque puntual, aparte de las revisiones obligatorias del gas, la luz y el agua. Pero nada más.

Recorrió complacido y a la vez temeroso, con actitud ya de propietario, las distintas dependencias. La habitación de su hermana, más grande, luminosa y aireada que la suya, parecía intacta aunque ya nadie la limpiaba: todo seguía en su sitio, inmemorial; el papel pintado de las paredes, de moda veinte años atras, casi de la era pop, reverberaba con un brillo mate y gastado donde se ahumaban los antiguos reflejos; el armario de caoba seguía impertérrito, cerrado, ajeno al paso del tiempo y al uso. Cándido recorrió con una rápida ojeada el tramo de pasillo que arrancaba desde allí hacia la última habitación, un cuartucho interior convertido en tiempos en almacén improvisado de conservas, leche, aceite, verduras secas, ahora completamente abandonado. Comprobó, con íntimo regocijo, cómo el polvo y las telarañas se habían apoderado también de las esquinas y del techo del cuarto de su hermana. Escribió sobre la pátina de polvo su nombre, la fecha y, con letras mayúsculas, como en los retretes de las estaciones y de algunas escuelas públicas, la palabra: "PUTA".

La habitación de sus padres también estaba como él la recordaba. Se limitó a mirar desde la puerta.

Los baños, otrora lujosos y agradables, lucían claramente anticuados y al igual que la cocina, si bien algo más limpios, parecían amenazar inminente ruina. Por último, la sala de estar de su infancia, el vestíbulo, donde aprendió las primeras letras, las operaciones aritméticas básicas, los ríos, el catecismo Ripalda, las reglas básicas del ajedrez, era ahora un almacén, casi un basurero, sustito del cuartito más pequeño y sin ventanas del fondo, que permanecía cerrado y sin luz eléctrica.

De cuando en cuando, a lo largo de esta exploración, tropezaba con alguna baldosa suelta o con un mueble arrumbado,imprevisto, inútil, desahuciado en alguna esquina (como si alguien, tras arrastrarlo penosamente hasta allí, hubiera decidido abandonarlo para siempre a su suerte). Las baldosas en damero, blancas y negras, que en invierno le helaban y en verano le quemaban los pies, obligándole a ir siempre en zapatillas; antiguas, bruñidas y desgastadas primorosamente por los pasos, eran de las pocas cosas de allí que parecían conservar un perenne brillo, un destello como en los cuadros de Vermeer que le explicaba su amigo Carlos.

La burguesía holandesa.

La pared se perdía hacia la penumbra del techo alto, desconchada, dispareja y teñida de humedades: soltaba un polvillo blanco, menudo, que se iba acumulando al pie.

Terminó la inspección (incluidos su cuarto y la cocina, pero no el comedor), ya casi denoche. Su madre seguía pasmada ante el televisor, que ya no cambiaba de canal, con una fatalidad resignada. Omar, que lo había seguido al principio, se había tumbado con pereza gatuna en la cama, junto a la fresca pared, engolosinado con algo que parecía escurrírsele.

A la hora de la cena el silencio no los envolvió, sumidos como estaban en sus respectivos pensamientos. Otra vez latas pasadas de fecha. El mismo pan duro, seco y propenso a descascarillarse. Lo aceptaba resignado, casi con gusto, como parte del orden natural y habitual de la casa.

Sentado a fondo en la silla endeble y demasiado baja (o tal vez la mesa era demasíado alta), engullía sin pensar ni decir palabra. Con el último trozo en la boca, se retiró a su habitación sin dar las buenas noches.

Qué bien podría vivir si me dejaran en paz.

Omar había cazado una cucaracha.

Mentalmente repasaba los objetos que podían servirle, llegado el caso: un almirez; un reloj; una cafetera o una tetera; una radio; una lata sin abrir; un paraguas; incluso un libro, si era lo bastante grueso y pesado para golpear...

Asustado, intentó apartar de sí estos pensamientos dándose la vuelta en la cama. Trató de dormir un poco. Omar, sobresaltado, se agitaba a sus pies como en una pesadilla.

Al día siguiente era Domingo. Cándido encontró el ajedrez en el que jugaba con su padre de niño. El descolorido y desvencijado Stawton de madera cuyas piezas, descabezadas, pasaban de un bando a otro llenando los bordes del tablero. La caja, desvencijada, se había atrancado como si protegiese aquellas reliquias de la exhumación.

Cuando lo tuve en mi mano lloré.

Vi a mi padre sentado otra vez frente a mí, junto al balconcito, ansioso de aire sobre la plaza donde el verano se desplegaba sombra a sombra. Lo escuché presa de un ataque de tos, con el mismo temor a que se desbaratara de golpe que ya tenía entonces. Solemne, grave, en medio del resol que se colaba por todas partes a pesar del toldo y los árboles; las rodillas cubiertas por una manta de viaje porque le daban a veces escalofríos, como si entre el mundo y su cuerpo se hubiesen empezado a romper los puentes. La cara apoyada en las manos huesudas, sumida en la reflexión. Pero en el pensamiento no se puede querer, tocar.

Papá, le digo, le dice el niño que nunca fui.

¿Qué?

No quiero ser mayor.

Juega.

Cándido acaricia una a una las piezas, que tiemblan en sus manos como reflejos en el agua. Uno de los caballos del negro está decapitado; a otro le faltan las orejas.

No te preocupes.

Entretanto, su madre y su hermana vuelven a reñir en la cocina. O tal vez es algo que pasa en un programa de televisión. Su hermana juega muy mal pero sabe fastidiar. Incordia de lo lindo. Es ella quien, frustrada, ha roto las piezas y ha rayado el tablero.

La partida termina con un triunfo rotundo. Su padre, lejos de enfadarse, se enorgullece de él. Sólo tiene seis años, siete años, ocho años, nueve años, diez... Un niño tan pequeño. Se conmueve, en realidad está intrigado.

Más vale que cerréis el balcón.

¡Ahora que entra el fresco!

Los árboles repletos de pájaros son castaños.

El Cándido niño que nunca fui.

Mi padre es la única persona que me ha querido en el mundo.

Guardo el juego y prosigo mi búsqueda por los armarios, las cómodas, los rincones, sin dejar un recoveco virgen.

Lo primero que encuentro, entre cajas de zapatos y revistas viejas (Triunfo, La Codorniz...), son mis preciosos trofeos de ajedrez. Oropeles. El orín y el óxido les dan un aspecto aún mayor de tesoro arqueológico, de botín sumergido. En algunas de las cajas desbaratadas hay fotografías.

Cartas de los padres, de la época en que aún se escribían con la familia de Barcelona, antes de que yo naciera, semejantes a ejercicios de caligrafía: la letra de mi madre, menuda y picuda, apretada, hostil; la de mi padre ancha, despreocupada, inflada sobre el papel.

Encuentro una muñeca cubierta de harapos del tipo Mariquita Pérez, que ya sólo abre uno de los ojos; un Atlas de Europa cubierto de países desaparecidos, con la rosa de los vientos pintada en un ángulo del océano; un viejo diapasón; un ramo de flores secas (vestigios perdidos de un día de campo, de aspecto inconsistente de mariposa); botones de madera, de nácar, de hilo, de hueso, de cobre; un sobre repleto de antiguos billetes de cien, de quinientas, de mil pesetas (Manuel de Falla, Franco, Juan Ramón Jiménez, Cristóbal Colón); acciones de la Telefónica y cupones del Estado, con la efigie juvenil del Generalísimo estampada en una aguada descolorida...

Al día siguiente cuando rebusco en el armario algo que ponerme me topo con otro sobre: esta vez son euros. Una sospecha me atraviesa como un relámpago. Hay más, no los cuento, disimulados entre la ropa, los bolsillos, los cajones.

Los reuno uno a uno. Mi madre está loca.

Por primera vez desde que llegué me doy cuenta de que mi madre va de luto. Las tinieblas y la luz luchan en su mente, ¿y dónde no?

Sólo habla por teléfono con mi hermana, que yo sepa: invariablemente los mismos monosílabos, las mismas palabras en ciernes, truncadas, mutiladas. Los mismos gestos.

Cuando murió mi padre sólo le guardó luto una semana. ¿Se puede perdonar la ingratitud, la falta de amor, a un loco?

He decidido volver a poner los sobres en su sitio. No preguntar, ¿de qué serviría? Seguramente ya los ha olvidado y, en cualquier caso, no son míos. No son nuestros, papá.

Omar ha aprendido a tumbarse en el alféizar de mi ventana. Los días de lluvia, de viento, o que hace demasíado frío, se cuela en mi habitación; pero cuando da el sol allí se tiende indolente, despreocupado de todo. Puede permanecer inmóvil durante horas. En cambio yo no hago más que agitarme de un lado a otro. Haga lo que haga siento en mí la misma desazón:

Un chat errant

dort sur le toit

pluie de printemps.

¿El silencio forma parte de la culpa?

Mi primera intención (la primera intención es siempre la más razonable, la más reflexiva), es preguntarle por los sobres con pequeñas cantidades de dinero que han empezado a aparecer por toda la casa. Ahora ni siquiera hay que buscarlos, están por todas partes. ¿Qué significan? Se supone que mi madre cobra todos los meses su pensión, retira el dinero del Banco y lo distribuye por armarios y cajones. El hecho de que algunos sobres contengan pesetas indica que la costumbre, la manía, es ya antigua. Me planto en el comedor con una media docena de ellos, decidido a resolver el enigma.

Pero justo en el momento en que voy a preguntarle se levanta, apaga el televisor y se va. Al poco la oígo encerrarse en su cuarto.

En uno de sus paseos, sin una idea clara, como jugando, recogió una piedra del tamaño aproximado de su mano: un trozo de cemento con incrustaciones de ladrillo y cristal. La guardó en el bolsillo de su chaqueta y la olvidó. Hasta que, al desvestirse aquella noche, advirtió el peso inusual y, pensativo, la estuvo contemplando largamente como quien estudia un mapa o un geroglífico inédito. Era una piedra excelente, magnífica, sin duda la piedra ideal para asestarle a alguien un buen golpe en la nuca o en la cabeza mientras duerme.

Qué cosas se me ocurren.

"Querido Carlos:

Dondequiera que estés, seguro que ya no te acuerdas de tu amigo.

Nuestras conversaciones sobre Dios y sobre el mundo, ¡qué ingenuas y qué necesarias me parecen ahora!

He leído (no sé dónde, la memoria afortunadamente empieza a darme una tregua), que en Sevilla, en Cádiz, en Huelva, adornan las calles con filas de naranjos y limoneros. ¿Es verdad?

Pero tal vez tú estés en un pueblecito del interior, rodeado de riscos y de águilas, y por las noches oirás las lechuzas y el viento, ¿es así? ¿Sigues haciendo aquellos sonetos como los que me leías, te acuerdas?

¿Te acuerdas cuando creíamos que cada acontecimiento se correspondía con un número, y que el conjunto de éstos se ordenaba en cifras recurrentes y armoniosas, eternamente, como las notas de una partitura? Para una mentalidad científica esto es absurdo, el mundo deriva hacia el caos. Pero nosotros entonces, afortunadamente, aún teníamos una mentalidad mágica.

Ojalá pudiéramos volver a hablar y volver a vernos aunque sólo fuera un momento, tal y como éramos. Tal y como los vivos deben ver a los muertos. Sus muertos.

Mi cariño por ti es como un ser que vive/ mi nostalgia, como si ya estuvieras muerto.

Adiós, cuídate mucho amigo: Cándido C.”

Al día siguiente viene el notario. La Ley exige que mi madre, inquilina subrogada del piso, sea la primera en hacer una oferta de compra. Pero el administrador, a petición mía, se las arregla para que no aparezca mi nombre. Si ella sospechara que el aspirante a propietario soy yo, vendería su alma con tal de impedirlo. Pero cualquier otro le da igual: para ella la casa donde vive desde hace más de cuarenta años, sencillamente “es suya”. Así que, ¿para qué comprarla? El notario se sonríe. Firme aquí. Cuando sale, envuelto en una aureola risueña, mi madre se encoge de hombros y me lanza un guiño de complicidad.

¿Qué voy a hacer con ella? Mientras arreglan la casa se quedará en su habitación, como una niña buena. ¿Pero, y después? Habría que llevarla a alguna parte, distraerla de lo que se le viene encima. Ahora que por fin puedo hablar con ella, le diré, le exigiré que se prepare para un largo viaje. Si hace falta, la llevaré yo mismo, personalmente. Antes de que empiece a hacer calor, cuando todo haya ya terminado. Antes de que empiece a oler.

“Ya verás qué bonito va a quedar todo, mamá”.

Mi madre está muy mala, está muy mala.

“Querido papá:

Pienso que hiciste bien en morirte. Te ahorraste así mucha tristeza, mucha amargura. Las personas deberían vivir sólo mientras duran sus ilusiones. ¿No es la vida una ilusión?

Tú estabas convencido de que yo llegaría a ser algo en el mundo. Pero ya ves. Siempre he llevado sobre mí el peso de esa responsabilidad. ¿Por qué tenía yo que cargar con ella? ¿Será que no he sabido quererte?

Cada uno debería cargar con sus sueños, papá.

Estoy muy triste, todos los días me acuerdo de ti y pienso que, en el fondo, te he defraudado. ¿Pero acaso te prometí yo alguna cosa?

En cambio ni se me pasa por la cabeza que tú hayas podido defraudarme. Eres perfecto, muerto, como una obra de arte realizada por la muerte. Impecable.

El otro día me encontré por casualidad el ajedrez con el que jugábamos cuando era niño, ¿te acuerdas?, y por poco me pongo a llorar. Omar, mi gato pseudopersa, se pegó contra mis pies. Ya no quiero ser santo, papá, ¿por qué tendría que aceptar yo algo que no he hecho, las culpas del mundo? Prefiero renegar de todo.

¿Dónde estás, papá? Yo he vuelto a casa, un lugar quizás más frío que tu tumba. Siempre estoy haciendo cosas que me perjudican, que no me convienen, no me preguntes por qué. Quizás mi propia vida ha dejado de concernirme hace tiempo. Es extraño: el pasillo donde jugaba al fútbol y hacía rabiar a mamá y a mi hermana (¿te acuerdas de ella? ¿se acordará ella de tí?); el comedor donde pasé tantas horas solo, rodeado de mi familia; el cuarto donde me refugiaba de vosotros, (de todos menos de tí, papá); el balconcito donde jugábamos al ajedrez y donde, quizás, he pasado los momentos mejores, más felices de mi vida; nada de eso existe ya, todo se lo ha llevado el tiempo, el tiempo papá.

Hace años que no veo a mi hermana y a veces me parece que se va a borrar definitivamente de mi memoria, de la vida. Papá, lo que tú creías mi talento era sólo memoria memorieta.

Cómo me gustaría olvidar todo, ser una persona corriente.

Si existe la eternidad debes estar muy triste viéndome desde allí, viendo desde allí lo que queda, (quizás nunca hubo más), de tu familia. Mamá nunca me ha querido y tal vez eso es lo que me ha convertido en un fracasado. No la falta de talento sino de amor.

"...Lentamente, sin que se notara en el continuo ritmo de las cosechas y estaciones de lluvia, su ironía se había cansado, su superioridad había conseguido calmarse. Y despacio, en medio de su riqueza creciente, Siddharta se había adaptado un poco a las maneras de los pueriles seres humanos, a su candidez, a sus temores..."

Ojalá pudiera calentarte aunque sólo fuera un poco, papá. Las manos, el cuerpo.

En nuestra perpetua lucha familiar, ¿eras consciente de hasta qué punto nos odiábamos unos a otros? Mamá siempre se ponía de parte de mi hermana, pero tú procurabas querernos a los dos por igual, aunque esto sea matemáticamente imposible. Pero tú eras tan bueno, papá, (¡qué egocéntrica y qué dañina puede llegar a ser la bondad!), que procurabas querernos a los dos al mismo tiempo, como comerse dos bocadillos de jamón a la vez. Y los dos lo notábamos y eso hacía que nos odiásemos aún más el uno al otro: nos culpábamos respectivamente de tu incapacidad para multiplicarte.

Pienso que la muerte es el único consuelo que nos queda, lo único que permanece intacto, puro, después de nuestras ilusiones. Quizás sea lo único justo que tenemos, el mejor invento de la humanidad.

He comprado nuestro piso y he empezado a hacerle las reformas que necesitaba. La verdad es que estaba hecho un asco, papá. Nunca lo arreglasteis como es debido. No se remoza un campo de batalla. Tal vez cuando los techos, el suelo, y las paredes entre los que vivimos desaparezcan, me sentiré por fin libre y con fuerzas para empezar de nuevo, una nueva vida.

Te quiero mucho, papá. Quiéreme tú también, aunque sólo sea un poco. Creo que ha llegado mi turno. Hazme una señal, olvídate por un momento de que somos dos hijos y de que eres nuestro padre o lo fuiste. Quizás estemos en deuda mutuamente, el uno con el otro. Lánzame un guiño en cualquier caso desde la eternidad. Pero sólo a mí.

Muchos besos de tu hijo, Cándido."

Al día siguiente mi madre empeoró. Le subió la fiebre. La sacudían periódicos escalofríos. Por la tarde yacía inmóvil, las manos yertas se le transparentaban sobre las sábanas. Como si ya sólo esperase ser enterrada.

Afuera el ruido era insoportable. Los albañiles estaban terminando de ensolar y llevaban trabajando desde las ocho de la mañana sin apenas interrupción, dando sordos porrazos con sus martillos de goma sobre las baldosas. Pero mi madre no parecía oírlos ya.

El intenso calor de junio había empezado pronto aquel día y ya abrazaba a toda la casa.

Mi madre se estaba muriendo y yo no lograba sentir nada por ella.

De pronto me parece ver la casa llena de gente:

Mi hermana grita como una energúmena, mientras tratan de sujetarla dos hombres armados. Alguien me habla suavemente, casi en un susurro, y me dice que no me preocupe, mientras otro sujeto, algo más alejado, toma notas o hace dibujos en un cuaderno y me sonríe.

Es por mi madre.

Al parecer, ha muerto.

Yo estoy de cuclillas junto al hombre que intenta calmarme quizás para sacarme de allí, o quizás para evitar que me escape. Estoy entre la puerta y la cama, debajo de una litografía horrible del Corazón de Jesús. ¿Qué ha pasado? El alboroto inicial parece apagarse, alejarse hacia el pasillo, hacia la puerta de la calle. Consiguen arrastrar a mi hermana hasta las escaleras. Mi hermana grita como una loca.

Entonces, de pronto, alguien me arranca de mi rincón y me lleva hasta la cama donde yace mi madre. Quieren que la vea antes de llevársela. Mi primera intención es resistirme con todas mis fuerzas, cerrar los ojos, pero no puedo evitar mirarla. Le han desfigurado la cara pero aún así, conserva la expresión, la sonrisa sardónica, como helada en ella. Por alguna razón quieren que la vea por última vez.

Ayer me encontré con Carlos, el profesor. Estaba de vacaciones con su mujer y su hijo pequeño. Me alegró verle y creo que la alegría fue mutua. No obstante, a pesar de mi propósito ya antiguo de huir de toda hipocresía, no logré que fuese una alegría completamente natural. Él también pareció turbarse.

Después de un rato de bromear y de hablar del pasado sin aludir a nada en concreto, me dijo que Adrián se había ido a trabajar a Barcelona. Al parecer quería hacerse empresario como su padre. Lo último que sabía de él era que cambiaba constantemente de trabajo, mientras sí mientras no, tratando de reunir el suficiente capital para empezar y establecerse por su cuenta. De su padre no sabía nada.

Le conté lo de las cartas y pareció divertido con la casualidad. Nunca compró su casa. Aquel dinero debió gastarlo casi sin darse cuenta en sus proyectos.

Al saber que había vuelto a vivir con mi madre, su expresión se volvió burlona. Le expliqué que estaba muy enferma. Y la conversación cambió al tema de la casa.

Mi madre no sabía que yo era el nuevo propietario. Desde que empecé con las reformas se había encerrado en su habitación y ahora estaba muriéndose allí.

La mujer y el niño parecían ya impacientes. Carlos llevaba en su cartera de profesor, que ahora en vacaciones usaba para sus libros, un tomo de Arte Antiguo: al oír que yo estaba reformando mi casa me lo enseñó: mosaicos de la antigua Mesopotamia (las hermosas Puertas de Istar); frescos funerarios del Egipto Faraónico (¡un estallido de color, de pájaros, de peces, de niños y mujeres, de cañaverales y de cielo, destinados a decorar una oscura tumba, mamá!); deliciosos frescos de los palacios de Cnossos, de Faistos, con escenas de marinos y delfines... Etruscos. El niño intentaba encaramarse al puente para ver el río seco. Nos separamos.

Pero antes me hizo una pregunta extraña: ¿por qué lo has hecho?

¿Hacer qué?

La gente nos arrastra a cada uno hacia un lado de la habitación.

Me informo sobre la vida de Omar Kayyam: nació en 1040 ó 1062 (¡) cerca de la ciudad de Nisapur; vivió ochenta y cinco años, muriendo en su ciudad natal; su padre era fabricante de tiendas de lona (como el padre del apóstol Pablo), se llamaba Ibrahim el Khaiani; así, Omar Kayyam resulta que significa Omar, hijo de Abraham (o Ibrahim) el fabricante de tiendas; desde muy joven se interesó por el estudio de las ciencias; fue matemático y astrónomo, y llegó a adquirir conocimientos de medicina, de alquimia, de ciencias naturales, de metafísica... Fue nombrado director del observatorio de Merv y participó en la reforma, basada en la observación astronómica, del antiguo calendario lunar de los musulmanes; también participó en el diseño y la construcción de fortificaciones; conocía el griego y la filosofía clásicos; pero ha pasado a la posteridad sobre todo por sus rubbayyats, pequeños poemas a la vida y al vino, considerados en su día blasfemos.

¿Qué he hecho yo, qué he hecho con mi existencia, mamá?

Entretanto las obras avanzan. Cada día, cuando regreso del trabajo, me encuentro con una casa nueva: enciendo todas las luces para ver bien, y recorro una a una todas las habitaciones recién remozadas; el aire, quieto, flota impregnado de un olor a barniz, a pegamento, a pintura, a tabaco, a sudor y a trementina; van a quitar los moldes; la luz alborota a los habitantes de las alturas, pequeñas polillas, diminutas arañas e incipientes enjambres de mosquitos nacidos del calor; la inspección me satisface.

Ayer colocaron el mosaico del cuarto de baño principal; he cambiado la bañera por un plato de ducha, pensando en mi madre; el mosaico, que ocupa toda una parte de la pared rodeando el ventanuco, figura un cañaveral del Nilo repleto de juncos, lirios, lotos y papiros, recorridos por una abigarrada fauna de pájaros y peces: las siluetas y las formas estilizadas, exquisitas, son dignas del período de Tell el Amarna. Ha quedado precioso.

Conforme van terminando de enlosar y de revocar las habitaciones, las pintan o las empapelan. Los muebles, envueltos en grandes hojas de periódico, parecen extrañados, fuera de sitio, semejantes a un estrambótico embalaje de teatro. La idea (en la que coincidí con los albañiles), en principio era ir habilitando poco a poco, habitación por habitación, los cuartos esenciales de la casa para reanudar cuanto antes en ellos nuestra vida normal. ¿Pero cuándo hemos tenido nosotros una vida normal? Ahora que mi madre se niega rotundamente a salir y se obstina en no saber nada de lo que ocurre a su alrededor, me sonrío de mis buenas intenciones. Bondad nunca pedida y siempre ineficaz.

Mi madre hace sus necesidades en un viejo orinal de porcelana, que impregna su cuarto de un olor a cementerio. Ha renunciado también a ver la televisión. Cuando suena el teléfono, siempre a la misma hora al final de la tarde, los albañiles avisados no lo descuelgan nunca, y ella lo ignora como si fuese un ruido más de la calle. Me deleita pensar en la cara contrariada que pondrá entonces mi hermana, que ha tenido por fin que venir a visitarnos con todo lo que eso supone. La única distracción de nuestra madre es leer sus revistas, que guarda amontonadas, como todo lo que considera suyo, desde los tiempos de Sara Montiel y de Lola Flores.

Un día el administrador de la finca se vio en la obligación de hablar con ella de las obras comunitarias. He hecho coincidir nuestras reformas con las del resto del bloque para así aprovechar los andamios y los contenedores comunes. Naturalmente, el buen hombre no tuvo más remedio que entrar en su cuarto. Mi madre estaba acostada, mal cubierto por un lío de sábanas le asomaba el camisón lleno de lamparones; las greñas, de un color indescriptible, pegajosas y enredadas, le caían sobre la cara marchita. Daba miedo verla, en suma. Por si fuera poco, a los malos olores que ya he mencionado se sumaba el calor y el tufo de las medicinas derramadas desde la mesita de noche.

El administrador, no obstante, se sentó y le soltó su discurso, con toda la cortesía y la claridad de las que era capaz. Mientras hablaba no podía evitar que sus ojos, inquietos y azorados, curioseasen y revoloteasen por la habitación como los de un antropólogo, escandalizado. Puede que, además, se diese cuenta de que mi madre, aunque le miraba con aparente atención, no entendía una palabra de lo que le decía y no lo hubiese entendido de todos modos, aunque se lo hubiese repetido mil veces: demacrada e hinchada a la vez, incapaz de seguir el hilo de una conversación normal, mi madre lo escuchaba con toda corrección recostada entre los almohadones recién mullidos. Ni siquiera pareció inmutarse cuando el administrador, tras sabios pero inútiles rodeos, le reveló la cruda y sorprendente verdad: que yo era el nuevo propietario del piso y que, por lo tanto, ella era ahora mi inquilina. Pareció, al menos esa es la impresión que yo tuve entonces, extrañada de oír mi nombre en la conversación; en cualquier caso, no le importaba mucho cómo se llamase el nuevo propietario ya que se consideraba la auténtica, la veradera dueña de facto, desde el punto de vista moral (siempre un peldaño por encima de las Leyes), del piso. No relacionó mi nombre conmigo, ya que era algo inconcebible. En algunos pasajes parecía evadirse hacia sus ensoñaciones, para volver enseguida con la turbación del niño que, acabada de cometer su fechoría, vuelve a sus juegos.

—Mamá, le dije, ¿entiendes lo que te dice este señor?

—Claro, claro, siga usted.

De pronto se había vuelto dócil, incluso dúctil, quizás porque ya nada le importaba. Ni siquiera mi hermana, preocupada sin duda por la herencia, lograba conmoverla con todas sus falsas atenciones. De nuevo al malo le tocaba hacer el papel de bueno y viceversa. ¿Pero quién entiende el mundo?

Cuando venía mi hermana yo procuraba desaparecer con cualquier excusa. En esos día llegué incluso a adivinar su presencia, desarrollé un sexto sentido, llámese intuición o como se quiera: no sé cómo explicarme, antes incluso de abrir la puerta, antes de subir las escaleras, antes de cruzar la calle, antes de salir de mi trabajo yo ya sabía que ella estaba allí, como los animales preven los terremotos y otras catástrofes, y entonces sencillamente daba media vuelta y no volvía hasta la noche.

Mi madre ya sólo hablaba, rompiendo repentinamente su silencio, para decir incoherencias.

Sólo, que yo recuerde ahora, una vez poco antes de morirse me confesó algo con lógica: que lo sabía todo. Tragué saliva. Según ella, mi padre le había explicado que yo les había robado finalmente la casa y que mi hermana ya no podría ir más a visitarla. También añadió que sólo le pesaba de mi robo (que, dicho sea de paso, confirmaba al final la clase de monstruo de hijo y de hermano que yo era), el hecho de no poder ya ser enterrada bajo el suelo de la cocina, como había sido siempre su deseo.

Pobre mujer.

Súbitamente, su rostro chupado por la enfermedad y la locura se congestionó de rabia:

—¡Quiero verla, ahora!

La ayudé a incorporarse. Parecía tan frágil como un pastel de hojaldre seco. Temblando, apoyada en mi brazo, recorrió por primera y última vez las habitaciones, ya completamente desconocidas para ella. No ocultaba su turbación, su expresión de embobado asombro infantil. Como si de pronto no supiera dónde estaba, se dejó caer en una silla de anea nueva, que yo acababa de comprar, en medio del comedor: éste, ahora alegremente empapelado de amarillo, lucía un impecable suelo de parqué en tarima flotante. El viejo televisor, mi antiguo potro de tortura, había sido sustituido por un aparato mucho más plano y pequeño, un receptor moderno; sobre él yo había puesto, jubilando a la rosa de cementerio, una fotografía de boda de mis padres restaurada.

Aturdida, llena de estupor, mi madre me hizo conducirla inmediatamente de vuelta a su dormitorio. Aquella tarde cuando vino mi hermana ya no la reconoció. Por primera vez, lo confieso, no me alegré de su contratiempo.

Omar: ya sólo quedamos tú y yo en el mundo; cada uno recorre por sus pasos los pocos o los muchos años que tiene, hasta que un día ya no reconoce las caras, las calles, los lugares donde fue niño, joven y donde envejeció sin percatarse de lo que perdía.

Todo fluctúa sin cesar.

Mi madre decidió parar aquel día el curso de su vida.

"Alcanzado su interior por una flecha divina cuya herida es dulce, encantado y roto su corazón…, Govinda permaneció todavía un tiempo inclinado sobre el rostro bronceado de Siddharta, el que besara hacía un momento".

Lloré.

Yo mismo la había ayudado a cruzar la corriente. No me arrepiento, al contrario, me siento orgulloso de haberlo hecho, aunque haya sido de una forma tan poco refinada.

El despacho del administrador consta de su mesa, un sillón, tres taburetes giratorios, un diván con aspecto desvencijado, y un fichero atiborrado de copias de facturas y contratos. "Aún no me he rendido al ordenador", dice con orgullo. ¡Tiempo de las olivetti que nunca volverá! En la pared, en otro tiempo empapelada con motivos de florecillas, justamente sobre su cabeza, hay un cuadro horrible y solemne que representa la llegada de un velero a América. Habla tan bajito que tengo que inclinarme para escucharle algo. De cuando en cuando, entre una frase y otra, se le escapa un resoplido, como un hilillo de risa.

Necesito bolígrafo y papel, por favor.

Para volcar todo lo que tengo dentro de mí.

Es urgente.

Urgente, urgente, urgente, urgente, urgente...

Omar ha aprendido, por fin, a vagar entre los tejados. En cuanto aparecen los albañiles desaparece él. Ha perdido parte del pelo, otrora lustroso y señorial, y empieza a criar legañas en torno a la mirada dura de descuartizador de alimañas. En el fondo, no hace más que dejar emerger el gato callejero que lleva en la sangre. ¿Hay algo más natural?

El centelleo dorado de sus pupilas.

Algunas noches vuelve como para hacerme un favor, hambriento o indiferente. Entonces le recito como antaño mis rubbayats:

"¡Sé discreto,

Y no divulgues este secreto:

Una vez marchitada,

No reabrirá la flor sus pétalos,

Nunca más!"

Lo que hice con los sobres escondidos de mi madre: cambié los billetes pequeños en grandes y le abrí una cuenta de Ahorro, ella misma firmó sin saberlo. ¡Mamá! Que cada cual piense lo que quiera. Cada uno.

Su amor venía todas las tardes. Nunca se quedó a dormir. En cuanto empezaba el telediario de las nueve, repitiendo el mismo gesto perfectamente convenido, se levantaba, le daba un beso y se iba. Hasta el día siguiente.

Se llamaba Enrique. De pronto dudo de su historia. Tal vez en su confusión mental, mi madre mezcla la realidad con la fantasía. Sea como sea, me resulta raro, insólito, que me hable de estas cosas. En cambio delante de mi hermana (¿cómo lo sé?), nunca menciona el tema de sus escarceos.

Un amor senil.

Enrique: sin ser ya un muchacho, tenía buena planta; bondad en los ojos y sobre todo, en las manos; necesidad de ser tocado, de acariciar; capacidad para escuchar a una mujer que ha vivido emparedada y muda, y que no tiene gran cosa que contar; o tal vez cálculo de enamorado, buenas dósis de paciencia, simple bonhomía de oficio, experiencia de galán, etc, etc, etcétera.

Algo más alto que ella, debió ser corpulento en otra época: el antiguo peso de su espalda tendía a hacerlo encorvarse ahora, inclinarse como una casa en ruinas. Los ojos pequeños se clavaban en una mirada fija, tímida, rayana en lo obsesivo, en medio de una cara grande y tostada por décadas de trabajo al aire libre. Usaba una colonia fuerte, indistinguible de la loción de afeitar. Cada día aparecía con un rasguño nuevo de rasurarse. Mientras la esperaba en el comedor, le gustaba silbar una y otra vez el mismo fragmento de zarzuela o de bolero.

Aunque era un hombre de campo, en el sentido antiguo de la palabra, le gustaba el arte, la ciudad, el teatro. Su familia procedía de Loja pero él vivía en Granada desde que se casó, allá en los años de las posguerra. Tras la muerte de su mujer, vivía con sus hijos turnándose, yendo de una casa a otra, trasladándose cada vez que, en su aguzada susceptibilidad, percibía el más mínimo indicio de cansancio o de fastidio en ellos, en sus nueras, o en sus nietos (aún muy pequeños). Así, cuando la conoció vivía a caballo entre Loja y Granada.

La relación entre ambos era por otra parte, muy sencilla: todos los días a la misma hora, él venía a verla: a veces salían a alguna terraza, y entonces se sentaban y pasaban largas horas, toda la tarde, ante sus consumiciones, casi sin hablar; otras veces preferían quedarse viendo la televisión; lo único que cambiaba era el escenario de aquella pareja silenciosa, extrañamente compenetrada en su incomunicación.

Con todo, su Enrique era muy optimista y hablador, cuando cogía la hebra y el el tono. Era incluso alegre. Le gustaba sobre todo contar chistes malos y verla reír; criticar todo lo criticable, desde el fútbol hasta la política. En suma, resultaba un hombre bastante normal y único a su manera. Valioso.

No bebía, y fumaba muy poco. Como él nunca hablaba de su mujer, ella nunca le hablaba tampoco de nuestro padre.

La voz de mi madre, algo alterada, se apaga poco a poco. Júbilo de pájaros al final de la tarde. Grita, cuando me oye acercarme en la penumbra. La raya de luz de la puerta centellea en el vestíbulo desierto. Ahora nadie la oirá, nadie vendrá en su auxilio. Soy su hijo, ¿no es suficiente? Los seres humanos somos sorprendentes en nuestras reacciones. Al verme aquel día, tras las horas sofocantes de calor, avanzar hacia ella en silencio (en vez de abrirme paso con el consabido, con el tímido, inmemorial: "¿mamá, estás despierta?"), al oírme acercarme a su cama despacio pero decidido, hace un gesto desesperado por incorporarse; me parece que trata de taparse la cara con la almohada, pero está demasíado oscuro para asegurar nada; un grito congelado se le queda en los ojos fijos sobre mí por el espanto; soy yo, mamá, tu hijo; no voy a hacerte nada; entonces, como yo me temía, grita el nombre del maldito, del último hombre que sustituyó a mi padre y con el que muy pronto va a reunirse.

¿Qué explicaciones les dará a unos y a otros allá abajo?

Lo siento mamá.

Desde el atardecer tumbado con Omar bajo mi ventana, me aturde el griterío de las golondrinas y los vencejos. Este año el calor se ha adelantado y casi ni respeta las horas de la noche. Calor que llama a las pesadillas. De vez en cuando un coche perdido atraviesa la plaza haciendo vibrar los cristales soñolientos. Los castaños se van llenando de sombras. Voces desganadas que se pierden, sin eco, en la estrechez de las calles. Por fin la penumbra asalta las casas obligando a encender las luces cuyo parpadeo atrae a los mosquitos.

Desde que mi madre enfermó y está encerrada en su habitación, hay un silencio exasperante, premonitorio, siniestro, en la casa. Estoy por encender el televisor. Omar salta a la ventana con agilidad de equilibrista y desaparece entre los tejados.

La última pesadilla: estoy en un parque exuberante donde hace mucho calor; una lluvia fina, espesa, se desgrana entre los árboles; de pronto aparece un hombre vestido con un túnica de color azafrán, descalzo, y me sonríe como si yo lo esperara: soy Siddartha, me informa, ya es hora de que vengas conmigo; y menudo y frágil, me sonríe mientras saca como un mago, un mazo de cartas y se sienta en el suelo, bajo un enorme plátano; tras él murmura el Ganges sagrado lleno de peregrinos.

Me gustaría que nada de esto hubiera ocurrido. A veces, por un instante, soy consciente de lo que he hecho. Consciente, claro está, sólo hasta cierto punto. Es como si en torno mío el mundo, hasta este momento normal, se hubiese dislocado. La mayor parte del tiempo, tumbado en mi nueva habitación, contemplo el cielo desnudo y frío entre los barrotes de la ventana. Alguien me pregunta por qué lo he hecho. ¿El qué? En plena noche el novio de mi madre, muerto hace muchos meses, se acerca a mí con cara de preocupación, con gesto de perplejidad: ¿qué ha pasado, dónde está tu madre?, me pregunta. Yo le señalo los barrotes. El gesto del hombre muerto se aclara en una sonrisa.

Entretanto aquello se deforma: cada día, cada minuto que pasa, lo recubre una capa nueva de niebla un poco más espesa que la anterior, como una mancha de orín, de herrumbre, al modo de una excrecencia calcárea. Es más fácil enterrar un cadáver que enterrar una culpa, con todo no es imposible. Necesidad de reescribir el pasado hasta volverlo habitable.

Tras enlosar el vestíbulo y el pasillo, le llega el turno a las paredes de los cuartos de baño, renegridas de humedad y abandono: las del resto de la casa ya están pintadas de tonos beiges y azules, desenfadados y relajantes; aquí, sin embargo, harán falta baldosas; al igual que en la cocina; baldosas regulares y bien dispuestas, en forma de mosaico, que representen a ser posible, el agua y la vegetación del Nilo: un río bordeado de jardines, de juncos, de pájaros exóticos, de peces y de flores mecidas por la corriente. Para una tumba.

Adrián se ha ido a Barcelona.

—Estoy bien.
—¿Por qué no sales?
—Me duelen los pies.
—Razón de más. Te haría bien salir.
—(...)
—¿Y mi hermano?
—En su cuarto.
—Bueno, hasta mañana.
—Hasta mañana. Estoy muerta.

A veces, cuando las circustancias se lo permiten, Cándido se refugia en una IGLESIA. El fresco de las paredes, la penumbra, la floración movediza de las vidrieras, el olor a incienso... todo parece empañado, como envuelto en seda. Remansos del tiempo.

"Siddharta parecía estar a veces cerca del mundo celeste, pero jamás lo había alcanzado completamente, jamás había saciado la última sed..."

Nunca reza. En su pesadilla el monje se convierte en un tigre de ojos llameantes. Entonces es él.

Un día al volver del trabajo Cándido escuchó la voz de su madre. Los albañiles ya se habían ido. La oyó antes incluso de entrar en el piso, como si hablara con alguien en su habitación. El tono era reposado. Se acercó sigilosamente hasta la puerta. Pero no le hizo falta asomarse para comprender que su madre hablaba sola: su interlocutor imaginario era Enrique, su último amor. La pobre mujer le preguntaba sobre las cosas más diversas y triviales y, sin esperar sus respuestas, hilvanaba sus extravagantes explicaciones y fantasías. No obstante, él no diría que deliraba: su discurso tenía una rara y tranquila coherencia, como una confesión apresurada, lúcida. Cándido permaneció aún un buen rato junto a la puerta, con una sensación extraña y opresiva en el pecho. Hubiera preferido que delirase, lo hubiera preferido, mejor que aquella tranquila locura.

Al verlo entrar, Enrique corrió hacia la ventana. ¿Qué llevas ahí? ¿Ahí, dónde? ¡En la mano!. La esponja. La piedra, con incrustaciones de vidrio y cemento, oscila blandamente en su mano. El don Juan corre hacia la ventana, ya está encaramado en el alfeizar. Tal vez si le arrojo la piedra, eche a volar y no vuelva más.

Cándido sueña con su infancia. La falta de comunicación con otros seres humanos hace que se agolpen en su cerebro las frases, las exclamaciones, los gestos y las palabras que no produce durante el día y que le brotan durante la noche.

Frecuentemente se trata de sueños comunes: cae a un pozo; corre por un campo; espera un tren o un autobús; espera; camina bajo la lluvia... En otras ocasiones son sueños más originales, como largamente refinados y retorcidos en su interior: un rosal que habla; una nube que súbitamente adopta la forma de un rostro; un acantilado donde resuenan, confundidas con el oleaje, las voces de los ahogados... Pero lo más frecuente es que se mezclen ambos tipos de sueños, convencionales y extraordinarios: cae a un pozo cada vez más estrecho que de pronto se abre en forma de embudo; corre por un campo estrellado que resulta ser el lomo de una quimera; espera un tren o un autobús que viaja lleno de muertos, de vuelta al cementerio; por último, camina bajo la lluvia con los zapatos vueltos al revés o hacia atrás...¿Por qué?

Todos los sueños se refieren en el fondo a la muerte.

"¡O bien amada!

Secreto,

Y de los más grandes,

Quiero transmitirte.

Verdad

De las más trascendentales,

Que prefiero

Resumir en dos palabras:

Con tu amor

Entraré en el barro,

Y, con tu amor,

Del barro saldré".

Y en todos ellos aparece su madre.

Adrián se ha ido a Barcelona.

En alguna ocasión, aunque afortunadamente rara vez, lo ha obsesionado una visión especial, tan nítida y definida que se le ha quedado indeleblemente grabada: está sentado bajo un árbol, solo, en medio del campo, con un antiguo instrumento musical en las manos, una especie de arpa pequeña; al tocarla delicadamente, se van expandiendo por los árboles y por la hierba pequeñas gotas de sangre; o bien camina por una ciudad tratando de abrirse paso hasta que se percata de que todos, excepto él, van caminando de espaldas. El arpa es una piedra y golpea, golpea, golpea...

Leo que hay ahora mismo más personas vivas que en todos los siglos pasados de la historia de la humanidad: vivimos pues una época única e irrepetible de esa historia: Buda codeándose con Hitler en el metro; Cristo junto a Jack el destripador en un burger; Leonardo con Napoleón en el parque del barrio. La enorme papelera del tiempo repleta de proyectos fallidos.

Casualmente vivíamos en la misma ciudad: ella era alta, esbelta, femenina, deportista, joven; yo me había inventado mi aspecto y mi biografía. Quedamos un día al fin, tras fatigosas sesiones de fabulación, para conocernos. Media hora antes de la cita me aposté en un bar cercano con el absurdo temor (¿esperanza, vanidad?) de que me reconocería en cuanto me viera. Desde la ventana del bar podía ver todo a lo largo de la calle.
Al cabo de unos minutos la descubrí. Era como ella misma se había descrito. Inmediatamente me sentí avergonzado. Desde luego no salí a su encuentro. La chica estuvo esperándome un buen rato mientras yo la miraba, dando vueltas delante del hotel. En un momento determinado se volvió, miró hacia el bar donde yo estaba, pero naturalmente no me vio. Después durante muchos días recibí correos de Margarita que no respondí.
"¡Margarita, está linda la mar!"
Con el tiempo nos volvemos cada vez más opacos, herméticos para nosotros mismos, terra incógnita.

Ausculta por un momento el silencio que se va adensando, sumiendo en la oscuridad, atravesado por el ruido del televisor a lo lejos como un grifo que se hubiese olvidado abierto alguien.

"Pangur, mi gato, tiene un arte,
y yo poseo el mío.
Para cazar ratones él aguza su ingenio:
yo lo aguzo en mi oficio.
Cuando en la casa estamos los dos solos,
es una historia linda:
cada cual tiene juegos que no acaban,
algo que nos afina.
Él no aparta los ojos encendidos
del muro que nos guarda,
y yo fijo los míos, azules, pero débiles,
en la ciencia afilada.
Da brincos de alborozo
cuando un ratón se queda entre sus uñas finas,
y también yo me alegro
si aclaro alguna ley venerada y difícil.
Aunque jugamos siempre,
ninguno la labor del otro impide:
cada cual con su arte
y solo en sus delicias.

La ventana de mi cuarto marca ahora el límite entre nuestros dos mundos: los tejados y la casa. No dejo de pensar en Adrián.

Mi madre ha muerto.
Antes de morir, ha gritado algo: ha hecho un esfuerzo ímprobo por incorporarse, fijos los ojos en la puerta cerrada, como si estuviera esperando a alguien que al fin, no ha venido.
¿O sí ha venido?
El pelo enmarañado y amarillento, estofado bajo el cráneo; los dedos encrespados y rígidos; la altura huidiza y seca del pecho; las pupilas fijas, la expresión de demente... Me siento y considero con qué incredulidad se viven estas cosas, echo mano de mi magra reserva de emociones.

Hay horas en que pienso que uno necesitaba, de repente, despertar de alguna especie de encantamiento. ¡Las personas y las cosas no son de verdad! Y ¿de qué es de lo que, a menudo, advierte uno con ciertas añoranzas? ¿Será que, todos nosotros, ya hemos vendido nuestras almas? Yo mismo le he cerrado los ojos.

Luego he mirado a la ventana. Parecerá una locura, una estupidez, pero en ese momento se me ha ocurrido que alguien podía entrar volando por allí.

¡Oh, no es que el alma de mi madre pudiera escaparse a estas alturas, sino que alguien, por ejemplo mi hermana o su antiguo amor, o incluso mi padre, pudiese sorprenderme desde allí junto a mi madre muerta!

Mientras le limpio la sangre de la cara y trato de cerrarle los ojos que miran, delirantes y fijos, vacíos, al techo, no dejo de vigilar ese punto que de momento, queda vulnerable.

Luego, ¿cómo se saben estas cosas?, la noticia vuela no por la ventana sino por los pasillos, ¿a través de las paredes, de las puertas, de los suelos?, baja las escaleras a toda velocidad, cruza la plaza y la calle, apelmazada bajo un día descolorido, y por fin atrae a una improvisada muchedumbre que se agolpa en el portal de nuestra casa, entre rumores incrédulos en los que resalta la palabra "muerta".

Todo esto lo oígo, lo sé, gracias a la ventana que no he cerrado.

La sirena de la policía, del 091, irrumpe con estrépito en medio de la calle. Puedo imaginarme las caras del tendero, del farmacéutico, del camarero del Sota, de la vecina de mirada envidiosa y avinagrada que interrumpe su compra para chismorrear; puedo reconstruir sus frases, sus movimientos, sus gestos, que maldisimulan una intensa satisfacción. Aún tengo tiempo de adecentarla un poco. Sobre su cabeza descoyuntada como la de un títere cuelga, lleno de cagadas de moscas, el Sagrado Corazón de Jesús.

Sagrado Corazón de Jesús, en vos confío.

Pero lo que me preocupa no es la puerta, ¿qué puede entrar por ahí?, sino la ventana. Y mi preocupación no tarda en verse justificada:

En efecto, al cabo de pocos minutos mi hermana, liviana como una bruja, el gesto congestionado de ira, encrespada en una ráfaga furiosa, irrumpe por allí buscando desesperadamente con sus uñas mi rostro. ¡Asesino, puta, asesino, puta, asesino, puta, asesino, puta...! Rodamos junto a la cama, enzarzados a golpes, insultándonos. Entonces, y sólo entonces, la puerta de la calle, luego la puerta del dormitorio, se abren con sucesiva violencia; mientras un policía sujeta a mi hermana, otro se esfuerza en separarnos; un tercero corre hacia mi madre; en el umbral, paralizados por la escena, partícipes incrédulos, se agolpan los vecinos. Se oye una ambulancia.

Es de locos.

Qué bonito espectáculo. Sólo os falta cobrar entradas. Y tú, dirigiéndose a mí, deja ya a tu hermana, mamarracho. Te he dicho mil veces que vale mil veces más que tú, ¡mamarracho, mamarracho, mamarracho! Vete, ¡vete ya y no vuelvas!

Mi hermana se retuerce entre los brazos del policía, escupiendo, y qué se yo. Por mi parte, yo estoy tranquilo. Ahora ya pueden decir lo que quieran. Ya pueden hacer lo que quieran conmigo. Sólo he pedido un vaso de agua, a uno no se le muere su madre todos los días. El policía que me ha ayudado a salir de la habitación me lo trae, amablemente. Después me acompaña hacia las escaleras donde la muchedumbre, incapaz de romper el silencio, como hechizada, me mira como a una imagen en procesión. El diablo. Que os den por culo a todos, que os den por el mismo culo.

El jaleo y el estrépito de arriba se apagan poco a poco en la distancia, conforme nos alejamos hacia los coches. Ya ha llegado la ambulancia. Han encendido algunas luces en la calle.

Conforme pasan los días el tiempo se arremansa. ¿Qué voy a hacer? Qué solos se quedan quienes pierden a sus seres queridos, ¡pero más solos aún aquellos que pierden a quienes los odian! El odio es una fuerza formidable, casi tan formidable como la indiferencia, como el olvido, aunque te empuje finalmente hacia la muerte.

Mis paseos se hacen cada día más largos y absurdos, entre fantasmas, entre personas-sombras.

De pronto un día, una noche, me arrastran las voces y los empujones de la gente. Ha estallado un incendio en una edificio de diez plantas próximo al Hipercor. Supongo que estas cosas ocurren por algo, sin que nadie las planee ni las exija. Sin saber cómo, me veo en medio de los curiosos, arrastrado por la vieja excitación de la multitud ante el fuego y la muerte. La fascinación por la destrucción igualadora.

Permanezco durante un tiempo indefinible en primera fila, observando embriagado, anonadado, cómo crecen, mueren y vuelven a rebrotar y a retorcerse con más fuerza aún, en medio de una salva de explosiones y de cenizas, las llamas indescriptibles, taladrando literalmente la oscuridad.

Alguien me empuja unos metros hacia atrás. Sin darnos cuenta, nos hemos acercado demasiado al fuego que devora la fachada. La policía parece más preocupada por nosotros, los mirones, cuyo número crece aún más rápidamente que las llamas, que por el incendio mismo que ya está aparentemente controlado.

Antes de que la muchedumbre se disuelva, perdido repentinamente el interés, me abro paso fuera del férreo anillo, sonriendo con una expresión de locura en los ojos.

El fuego es Dios.

Al día siguiente sale publicado en los periódicos: un herido grave y una decena de heridos leves. Al parecer, el incendio sorprendió a la mayoría de los vecinos en los preparativos de la cena. Como empezó en el bajo y se extendió rápidamente por las escaleras y por el hueco del ascensor, todos hubieron de emprender una huida alocada y suicida hacia arriba y confiar en que serían rescatados allí. Cándido recordó las siluetas negras, borrosas, angustiosas, encrespadas en las ventanas y en la azotea. Lo peor, como suele ocurrir en estos casos, fue el humo. Entre los heridos hay dos niños pequeños, uno de ellos un bebé de dos meses.

Antes de que llegase, nadie vio a la bruja de su hermana que volaba sobre los tejados, escudriñando desde las alturas, casi tapada por las llamas y el humo, que parecían empeñados en enredársele en los pies, buscándole.

Ahora su corazón, que latiera furiosamente como una fiera enjaulada, era un pedazo de hielo, un bloque de granito helado y muerto para siempre.

En las últimas líneas, prudentemente y como de pasada, se informa de que el fuego ha sido intencionado.

El recuerdo reciente de las llamas me embriaga. Pienso, por ejemplo, en la absurda costumbre teñida de prejuicios religiosos, de la inhumación: madrecita, ¡si me hubieran dejado yo te habría incinerado y habría dispersado tus cenizas, y ahora serías al fin, libre!

Más duro e implacable que el odio, que el desprecio, es no tener a dónde ir: los puntos cardinales son idénticos, intercambiables. Recuerdo a un compañero de mi época de ajedrecista: vivía en un pueblo cerca de Granada, y todas las mañanas venía andando por la carretera y se pasaba el día deambulando hiciera el tiempo que hiciese; siempre en marcha, con el mismo paso, con la misma firme decisión de quien se dirige al trabajo, a su casa, a una cita, con un objetivo claro, razonable y concreto. Solo.

Los días que siguieron a la muerte de mi madre, entre los más difíciles de mi vida, me rondó la tentación de imitarle: de alquilar un cuartucho en cualquier barrio y pasarme el día dando vueltas; no pertenecer ya a nadie ni a nada, no ser de ningún lugar, ser libre y errante; vagar como el viento por el campo.

Como los antiguos cristianos, considerar como un lugar de paso todo.

¡Idiota! ¡Tú no vas a vagar ya por ninguna parte!

La última carta de Adrián que me faltaba por leer, la más antigua de las cuatro, decía así:

"Querido amigo:

Estoy muy preocupado por mi padre. Desde algún lugar que no puedo concretarte ahora, me pide su "Libro de Empresa". ¿Te acuerdas del cuaderno que siempre llevaba consigo, incluso cuando salíamos de copas? Según él, tú eres el único que sabe donde está su libreta. Tú lo sabías todo sobre su empresa, y ahora está convencido de que la guardaste para evitarle males mayores.

Yo ya le he dicho que son exageraciones suyas. Además, ¿qué importancia tiene ya? Le he sugerido que rebusque entre sus papeles, que seguro que está allí y la encuentra. Pero insiste en que te pida cuanto antes el dichoso cuaderno ¡a buenas horas mangas verdes! Perdona.

¿No te parece el argumento de una película, de una novela de espías?

Cándido trató de recordar. Desde luego, él no guardaba aquel cuaderno. ¿Por qué iba a guardarlo? Recordaba haberlo visto muchas veces a su jefe, pero jamás lo examinó ni le preguntó sobre su importancia y su contenido. Siempre, (es decir, en las dos o tres ocasiones en que pensó sobre ello), consideró que allí apuntaba sus cuentas más urgentes, que allí anotaba sus compromisos, nombres, personas, fechas, cantidades, etc, más acuciantes. Lo inaplazable. Pero jamás lo tuvo en sus manos.

Era una libreta de tamaño cuartilla, forrada en piel o imitación de piel marrón oscura, con una hebilla de cobre o de un material parecido por todo adorno. Otra vez la memoria. Resultaba a la vez, pequeña y voluminosa. Pero nunca le picó la curiosidad, jamás pensó que tuviese ninguna importancia. Por otra parte, en cuanto supo del verdadero estado de quiebra de la empresa, se desligó material y espiritualmente de ella, no por cobardía sino por higiene mental y moral. Lo último que en aquellas circustancias se le hubiese ocurrido hubiese sido buscar la libreta, de la que además el hombre nunca se separaba. ¿Para qué?

En suma, la carta era absurda.

Ya sé que es descabellado, sobre todo después de tanto tiempo, pedirte cuentas, y más aún esperar que conserves en tu poder un viejo cuaderno que además no era tuyo ni tenía nada que ver contigo, con las cuentas oficiales de la empresa. Ignoro qué valor material o sentimental tendrá para mi padre, o mejor dicho, ignoro el contenido concreto de dicho valor, pues él no deja de insistirme en que se lo recupere. Por favor, si sabes algo dímelo cuanto antes y si no sabes nada, también. Dímelo. Te parecerá sentimental e infantil pero me da un poco de pena y además, ¿por qué no reconocerlo?, ha logrado despertarme, intencionadamente o no, cierta intriga por todo este asunto.

Me encantaría saber qué contiene ese cuaderno que tan importante es para él. ¿A tí no?

Cándido se sonrió, me sonreí.

"A mí también", pensó. Y guardó la carta.

Antes de acostarse la había examinado dos, tres veces. Dormía profundamente. Apagada la luz de su lamparita de mesa, rodeada de estampas de vírgenes, de santos, de beatas (como Fray Leopoldo), de los que era muy devota, se fue a dormir a su vez. Pero cayó en un sueño ligero y recurrente, que lo mantuvo en duermevela toda la noche. Al día siguiente parecía un muñeco. Estaba exhausto, como si hubiera recorrido toda la ciudad en sueños. Desayunó en el Sota como todas las mañanas. En la página de sucesos volvía a hablarse de un nuevo incendio provocado, no lejos del primero.

Pero de la bruja no se decía nada.

Una idea brillante cruzó entonces por su mente: ¡la próxima vez iría armado de una cámara fotográfica para captarla!

Tal vez las brujas no se dejasen fotografiar. Seres de otro mundo, de otra substancia, quizás repelente a toda huella. Cándido se la imaginó ya, mientras sorbía el café demasiado caliente, cruzando el cielo otoñal, ribeteado de nubarrones. De todas formas él la aguardaría agazapado cerca del fuego (a las brujas siempre les había atraído el fuego, lo había leído en alguna parte; el fuego símbolo del Infierno, del Aquelarre que lo anticipa); sea como fuere, él la esperaría oculto entre la muchedumbre, dispuesto con su cámara lista, disimulada bajo la chaqueta.

Su hermana aparecería.

Una segunda idea lo aterró, lo dejó helado: ella permanecía vigilante, esperando su muerte para llevárselo, aún caliente en el ataúd, al Infierno. De repente los terrores de su infancia adquirieron una forma y una cadencia concretas: un enorme demonio, alertado por su hermana, entraba en su habitación en cuanto él exhalaba su último suspiro, y lo arrastraba por la ventana hacia las nubes despojado de toda esperanza, en un vuelo glacial entre bandadas de ánades muertos.

Tarde o temprano tendría que aceptar lo solo que estaba en el mundo.

Cuando semanas después del funeral, Cándido enseñaba su casa para venderla, le producía una lógica extrañeza ver aquel cuarto tapizado de imaginería religiosa, el único en que los albañiles no habían entrado, como un rincón parado obstinadamente en el tiempo, cuyos suelos y paredes ya no parecían pertenecer a la misma casa, su casa. Por supuesto, él no decía que allí había muerto su madre por si las moscas. Los compradores quedaban intrigados antes y después de sus explicaciones. ¿Y esto? Oh, quería dejar algo del antiguo piso, un recordatorio de lo que fue. Pero la verdad era que la difunta parecía flotar allí a sus anchas.

Es sólo un muñeco, explicaba. Un muñeco, uñeco, eco, co, o...

Al día siguiente, domingo, se despertó casi a las doce de la mañana. Estaba a medio vestir. El sol ya entraba a raudales en el pequeño apartamento. Inmediatamente, con un gesto ya maquinal, puso la radio y comenzó a arreglarse a tientas en medio de la intensa claridad. Repasó sus mejillas ásperas bajo las bolsas violáceas de los ojos. En el fondo turbio, incierto, del espejo del baño su rostro le sonrió con una mueca.

Entonces cayó en la cuenta del intenso y peculiar olor que impregnaba la habitación, sus ropas, todo: gasolina. Mareaba. Procedía de un lío de trapos sucios, semejante a los que suelen verse en algunos talleres tirados por los rincones.

La cabeza le daba vueltas. Se sentó en la cama y trató de recordar.

No había bebido. No había hablado con nadie, salvo ella. En su interior ella tomaba proporciones gigantescas, absurdas. ¿Qué había hecho? Había cigarrillos y cerillas desperdigados por el suelo, por todas parte. Mamá. Puede que ahí estuviera la razón, la respuesta.

No recordaba nada. La piedra con incrustaciones de cemento y cristal, mostraba aún el arrebol de la sangre. Sangre seca semejante a una amapola aplastada en el camino, en el campo.

Mamá, he sido yo.

¿Qué has hecho?

Nunca me quisiste.

Acabáramos.

Dame un beso.

¿Qué es eso?

Adiós mamá.

El día de la mudanza no había encontrado a Omar. Escrutó los tejados desde la ventana de su habitación. ¿Cabría entre las rejas? Al cabo, sonreí pensando que había preferido quedarse con los otros gatos vagabundos a venirse conmigo. El último viaje. ¿Qué podía ofrecerle? No se lo reprochaba. Al contrario, le había deseado suerte. Siempre había sospechado que no era un auténtico gato persa.

En cuanto estuvo arreglado, cerró la puerta con llave y echó la persiana. Al sol intenso del mediodía sucedió la oscuridad y, de pronto, los ruidos de la calle. "Mañana es lunes", pensó. Apagó la radio y volvió a tenderse vestido sobre las sábanas. Hubiera dormido pero sus pensamientos agitados se lo impedían. Se guardó la piedra homicida en el bolsillo.

Afuera el cielo, blanco por el sol, se recortaba sobre la ciudad aplastada, ensangrentada por el crepúsculo..

OCHO

La primera vez que se sintió mal fue cerca del trabajo. Vagabundeaba por una de las callejuelas donde pensaba abrir el mejor restaurante de Barcelona. Aunque era mediodía el aire soplaba frío. Una fila escuálida de plátanos dejaba, indolente, balancear al viento sus hojas entre amarillentas y negras.

Fue justo en ese momento, en medio de la Rambla medio desierta aún, cuando sintió aquella punzada insólita en el costado, muy parecida al dolor de apendicitis o de flato.

Se detuvo, tomó aliento y esperó. De pronto, una sensación desagradable y extraña se apoderó de él: la gente lo miraba; a la vez, la calle se movía, comenzaba lentamente como un tío vivo y, poco a poco, iba tomando velocidad. Afortunadamente aquella sensación duró un momento. Al cabo el dolor también cesó.

Pero aquella noche, mientras soñaba con su Restaurante, volvió a atacarle otra vez la punzada, esta vez en el pecho, acompañada de claros síntomas de asfixia. El pequeño apartamento que ocupaba estaba helado pero Adrián parecía bañado en sudor. Alcanzó tambaleándose el cuarto de baño y vomitó. Aliviado, volvió a la cama.

Por la mañana llamó al trabajo para decir que se encontraba mal. La voz desagradable, de pito, le deseó un buen día. Se abrigó bien, el cielo aparecía completamente cubierto de nubarrones. Mientras esperaba el café echó una ojeada melancólica a la calle.

Como a muchas personas, a él le había asaltado de pronto la duda existencial. De ahí que la idea de abrir un Restaurante, acariciada en realidad desde hacía años, hubiese cobrado de pronto en su imaginación una apariencia de novedad.

La gente recorría febril las calles; emergía y desaparecía en el metro; bullía entre los kioskos. De pronto empezaron a caer unas gotas gruesas, desganadas, dispersas, que rápidamente se cerraron en una espesa trabazón. Los coches hacían sonar frenéticos sus claxons, los faros encendidos temblaban mientras los peatones, uno tras otro, iban abriendo sus paraguas.

Como cuando era un adolescente, Adrián tapaba su cigarrillo con una mano mientras la otra sujetaba la cartera contra el pecho, sin preocuparse de la lluvia. Le agradaba distinguirse de los demás también en aquella despreocupación, no exenta de pose, pero que le hacía sentirse plenamente a la intemperie y como desembarazado de sí mismo.

No obstante haber pasado muy mala noche, marchaba con paso vivo y juvenil. El café amargo, bebido apresuradamente a palo seco, le devolvía desde el estómago una vaharada intermitente y fuerte al paladar. Se apresuró con cierto temor. El autobús atestado lo estuvo zarandeando aún durante unos minutos, hasta que logró sentarse.

Entonces aparecieron las calles de los barrios altos, anchas y desmañadas. Adrián suspiró. Unos árboles ralos, desconocidos, reverberaban entre las farolas. Era cómico ir a Urgencias en autobús, pensó, casi como ir a la guerra en un carricoche.

Después la sala fría, sucia, atestada de enfermos "urgentes", lo deprimió aún más. Hojeó un periódico. Iba a abrir el mejor Restaurante andaluz de Barcelona. Tapas granadinas. Al cabo de un año acariciando y concretando aquel proyecto, ya tenía casi concedido el crédito y medio apalabrado el local. Cerró los ojos. Iba a ser el mejor Restaurante Andaluz no sólo por la comida sino por la disposición original que se le había ocurrido para la platea, donde sonaría siempre el piano, como en el carmen de don Manuel de Falla. En cuanto a las comidas, el secreto estaría en los ingredientes: en el mercado de Barcelona podían encontrarse las verduras, la fruta, el pescado y la carne más frescas del sur. Mientras acariciaba, casi tocaba estas cosas, oyó su nombre.

—Siéntese.

El médico visitante era aún más joven que él. Lo examinó con el protocolo habitual. Iba a despedirlo cuando, al comprobar ciertas durezas en el vientre, se detuvo y volvió a empezar de nuevo su exploración. Repitió la operación desde el principio, como si tratase de afinar un instrumento estropeado del que hubiese escapado una nota misteriosa. Por fin dijo:

—Voy a mandarle una análitica.

—¿Ahora?

Había pensado que iba a ser un mero trámite, y preveía la cara de disgusto de su jefe y las caras de complicidad malévola de sus compañeros. A una semana del uno de noviembre el almacén y la floristería debían hervir ya de clientes desde primeras horas de la mañana. Pero la culpa era suya por haber alimentado esa fama de sibarita y vividor.

—¿Ahora?, se oyó repetir.

—¿Cuándo lo ha notado por primera vez?

—Ayer, hace unos días.

Un auxiliar de enfermería con cara de pocos amigos lo acompañó. Al poco lo volvieron a llamar. Caras y murmullos de disgusto y descontento. Cada vez que se abría la puerta se colaba un aire gélido, desagradable y húmedo. Atravesó un dédalo de pasillos semejante a la tramoya de un teatro de vanguardia. Le extrajeron sangre, le pidieron una muestra de orina y otra de heces, y por fin lo dejaron solo en una pequeña habitación, como si de pronto se hubiesen olvidado de él. Podía oír los pasos, las voces, los ruidos a su alrededor, el chirrido de las sillas de ruedas y los carritos que atravesaban el pasillo.

Empezó a impacientarse.

Para distraerse, volvió a divagar sobre el restaurante. El hombre que iba a alquilarle el local estaba ahora fuera de Barcelona: era uno de esos rentistas mayores que se pasan la vida viajando en autobús. Habían convenido verse en unos días. Aquella tarde pensaba visitar a algunos proveedores y el resto de la semana lo tenía igualmente ocupado en los preparativos del negocio.

La calle, una de las que desembocaba serpenteando en el puerto, era bastante animada y, en tiempos, había albergado uno de los barrios de putas y chaperos más famoso de Barcelona. Ahora le quedaba como un resto, un encanto de aquella ciudad marinera en las fachadas carcomidas y en el olor a basura y a humedad. Los portales. Adrián sonrió soñador. Casi todos los vecinos habían huido al extrarradio, no por los proxenetas sino por el tráfico, por la incomodidad, por los olores nauseabundos. En su lugar, aparte las inevitables oficinas, habían empezado a aparecer desde hacía tiempo pequeñas tiendas de ropa, tiendas ecologistas, de souvenirs, algún que otro cafetín, imitación de los lumpen-bodegones y de las pensiones de mala reputación de otrora. El lugar se estaba convirtiendo, en suma, en un foco de atracción turística, con un toque, un aire bohemio.

Del puerto, disimulado entre los tejados y las fachadas que descendían bruscamente desde allí entre marañas de cables, antenas y tendederos, no sólo llegaban olores sino también ruidos de toda clase de máquinas: grúas, vagonetas, barcos...

Adrián se sobresaltó al oír la puerta. Un celador menudo, con cara malhumorada:

—¿Adrián?

Venga conmigo, por favor. Lo guió de nuevo por el laberinto de corredores. El médico joven lo estaba esperando desde hacía ya rato con una sonrisa tranquila.

¿Cuánto pesa usted?, le preguntó de pronto. Adrián siempre había pesado lo mismo, poco más o menos. Pero se consideraba fuerte. La fuerza le venía del optimismo, de una confianza desapasionada en sus capacidades. Inespecífica.

Le habló de las manchas del pulmón. Adrián lo escuchó con atención, con curiosidad, con cortesía. La palabra "mancha" crecía en su cerebro aprensivo y alerta. Podía ser efecto de la postura.

¿Podía fumar? El médico le sonrió: por supuesto él también fumaba.

En ese minuto aparentemente casual, anodino, a Adrián le pareció de pronto que sentía cómo envejecía. Todo cobraba un aspecto absurdo: la mesa llena de papeles; la silla; la camilla; la puerta; el calendario. Un aire de algo irremediable.

La calle se había llenado de gente con paraguas. Se metió en la primera boca de metro que vio y corrió entre la gente.

La gente guardaba cola frente a las taquillas. Un rumor peculiar, mezcla de voces humanas y ruidos mecánicos, llegaba desde las escaleras automáticas. ¡Caray, se le había pasado casi la mañana! Recordó que, en vísperas del día de Difuntos, la floristería no cerraba a mediodía.

Ocupó su sitio al fondo, en la trastienda. La puertecita que daba al patio donde descargaban los camiones no paró de abrirse y de cerrarse aquella tarde. Nadie le preguntó. Al verlo, su jefe gritó:

"¡Ya estás aquí, por fin!"

Y sin más preámbulo, lo puso a enmacetar tulipanes y a arreglar orquídeas.

De todas las tareas posibles, aquellas eran las que más le desagradaban porque no exigían ninguna pericia, y casi ningún contacto con los clientes. Cualquiera que acabase de entrar en aquel momento podía hacerlas tan bien como él. Esto le exasperaba. A lo largo de los meses, Adrián había llegado a odiar a las plantas que se dejaban hacer, desde su silencio altivo, con un secreto rencor.

A pocos pasos, entre las bandejas, trajinaban las floristas. ¿Acaso él no era florista? Siempre los prejuicios, pensó, lo más inamovible del ser humano. El patriarcado. ¿Por qué un hombre no podía hacer un ramo de novia o una corona de difuntos tan bien o mejor aún que una mujer?

Adrián se miró las manos pensativo, como si de pronto hubiera caído en la cuenta de que iba a morirse. Se examinó disimuladamente en el espejo. No tenía mal aspecto para ser alguien que se va a morir en pocos días o semanas. En torno a él de desplegaban las hojas y las flores con una exuberancia sarcástica e indiferente. Las chicas que arreglaban (aquel día sobre todo coronas y ramos para nichos), canturreaban sin apenas hablar. El patriarcado.

Cada vez que se abría la puerta y daba paso al mozo o al conductor con un nuevo pedido, Adrián debía dejar la escardadora, las tijeras y la bolsa de mantillo o cualquier otra cosa que tuviese entre las manos; limpiarse y sacudirse con cuidado aquellas manos pálidas y largas, manos ya de cadáver; y arrastrarse hasta el patio para ayudar a descargar y a entrar la mercancía recién llegada a la tienda. A veces eran flores cortadas la víspera en vivero, y en esos casos era preciso tomarlas y colocarlas con primoroso cuidado, casi sin tocarlas, para que no perdieran demasiado pronto su frescura. El tinte de la mercancía nueva. Entre unas cosas y otras, el almacén y la trastienda estaban siempre atestados, a la espera de clientes o encargos de última hora, de gentes que se suponía que a lo largo de la tarde y la mañana siguiente, día de difuntos, entrarían a comprarlas. Aquella tarde cerrarían una o dos horas después de lo habitual.

Las dos floristeras se reían, murmuraban. Estaban acostumbradas a su humor negro y lúgubre. Siempre contentas. Aquella mañana le parecieron autómatas, alienígenas.

Una de las coronas, la que ya estaba casi terminada, cayó al suelo aplastándose varias flores de una de las caras. Las dos chicas volvieron a su trabajo.

"¡Gilipollas!", murmuró Adrián. Le estaban saliendo torcidos todos los esquejes por su culpa, porque no podía desahogarse con nadie. Entonces se hizo la pregunta que muchos antes que él, en una larga cadena interminable, aún sin estar desahuciados, se habían hecho a lo largo de la Historia: por qué tenía que morirse precisamente él, cuando había tantos, tantos que no eran mejores ni tenían más méritos, como mínimo iguales a él.

Aquellas plantas respiraban al revés: cambiaban su oxígeno por gases venenosos durante el día y hacían lo contrario durante la noche. Al pensar en las plantas, en sus ramas, en sus hojas y en sus flores, que viven poco más que del aire y de la luz, se tranquilizó.

La muerte no es nada.

En ese momento llegó su jefe. Sus ojos saltones atravesaban, como los de los gatos, la penumbra de oro, el semblante de sus empleados, y parecían capaces de leer sus pensamientos:

—¡Están torcidos, carajo!, les gritó sin contemplaciones.

Las dos floristeras se pegaron aún más a la pared, casi aplastadas por flores de muerto. Mientras el dueño, olvidado por completo de ellas, demasiado gordo para moverse con soltura por allí, se había sentado en una de las cajas vacías junto a la pared, con una maceta a medio rellenar entre las piernas. Por la puerta se colaba el rumor, el fresco del patio, bullicio de la calle.

—¡Así!, refunfuñaba, ¡así es como se hace, cojones ya, dame otra!

No se podía confiar nada a los empleados. Tenía que ocuparse de todo.

Poco antes de cerrar llegó Rita. Rita, su última compañera. Al verla, las floristeras se miraron con desfachatez. Ella las ignoraba. Atravesó la tienda como si fuera por su casa.

El resplandor de las lámparas bailaba en la oscuridad densa de las plantas y las flores. Adrián soltó las tijeras, se desabotonó tranquilamente la bata, colgó los guantes y fue a darle un beso. Había dejado de llover.

"¿Nos vamos?"

La volvió a besar en cuanto atravesaron la puerta de la tienda. Subieron en silencio hacia el Ensanche. Las calles ya estaban medio vacías. Ya no llovía. Entonces decidieron volver dando un paseo. En la parte vieja los sorprendió un enjambre de calles iluminadas y desiertas.

Entraron en un local. Hacían una extraña pareja: él, enjuto, largo; ella femenina, del tipo Venus. Adrián pidió arenques. A ella no le gustaban porque el olor se le pegaba a las manos.

Amaneció nublado. Tras ducharse y beber el café, Adrián miró con melancolía hacia el patio.

El aire fresco le despabiló. Le esperaba otro día frenético en la floristería. Era curioso: siempre había pensado que, si alguna vez le pasaba a él aquello, aprovecharía cada minuto, cada segundo. Reloj sin manecillas. ¿Qué era el tiempo? Y he aquí que dedicaba sus últimos días de vida al trabajo de siempre.

Nada había cambiado en realidad. Las caras, los coches, los árboles, los kioskos, las plazas, la gente. Nada.

Los colores no eran más intensos ni más especiales porque él fuera a morirse; tampoco los olores, ni los ruidos, ni el resto de las sensaciones que experimentaba aquel día.

No obstante, ahora sentía que amaba todo aquello con una fuerza especial. Aunque su inteligencia y sus sentidos no se hubiesen desembotado, no podía decir lo mismo de sus emociones.

La alegría y la tristeza parecían ahora confundirse dentro de él en una madeja, hasta ser una misma cosa. Todo, hasta lo más anodino, las agitaba simultáneamente como sendas banderas. En tal estado de desasimiento llegó a la calle donde trabajaba, justo en el momento en que el patrón abría la persiana principal.

La calle relucía, recién limpia.

Le dio las llaves para que abriera la tienda y le deseó suerte.

Ya estaban esperando sus compañeras cargadas de bolsas. La risita estúpida, nerviosa, el rictus en los labios. Prefirió ignorarlas. Los ramos y las coronas de la víspera los esperaban en el mismo sitio, entre las bandejas desordenadas. Enseguida empezó a entrar gente.

La mañana se fue en un santiamén.

Los turistas se agolpaban en la estrechura de los pasadizos del Almirante. Él se moriría como todo el mundo y todo seguiría exactamente igual, como si él nunca hubiera existido. Algo pasó rozándole los pies, un gato. Al fondo del paisaje gris, sobre el agua encerrada entre los barcos, flotaba la basura inmemorial del puerto. Le vino al recuerdo su amigo Cándido, su manía por los gatos.

La tarde transcurrió tranquila, más tranquila que la mañana. El dolor, tenue como un aviso lejano, volvía y se iba intermitente.

Ahora caminaba absorto, pensando en Rita, en Cándido, en Carlos, en Granada, en todas las cosas hermosas del mundo. El mundo seguiría tras él como un reloj en una casa muerta. El dolor, cada vez más insistente e intenso, lo obligaba ahora a pararse a tomar aliento cada pocos pasos. Así, llegó casi sin darse cuenta, hablando solo al borde del delirio, hasta el portal de su apartamento al fondo de una calle solitaria.

"Los días jueves y los huesos húmeros.
La soledad, la lluvia, los caminos."

NUEVE

No hay un día en que no espere que me cojan, como si no me hubieran cogido ya. Lo espero temiéndolo y deseándolo al mismo tiempo. Hago todo lo que está a mi alcance para que esto nunca suceda, pero en el fondo no hay nada que desee con más fuerza, con más esperanza, que ser descubierto, detenido. Que descubrir que todo ha acabado y expiar mis culpas.

El ser humano es, bajo la apariencia de su complejidad, extraordinariamente simple. Si yo no me hubiera quedado solo, absolutamente solo, aún seguiría con mis elucubraciones, tratando de sorprender las cosas desde un ángulo insólito y doloroso. Pero ahora todo es distinto. ¿Quién iba a imaginarlo hace sólo unos meses? El pacífico e insignificante, el bueno de Cándido, convertido en un monstruo. ¿Soy yo el primer sorprendido?

No hay día que me no acueste y me levante con el mismo pensamiento clavado en la mente: que se va a abrir la puerta, de pronto, derribada de un puntapié. Como el criminal, que simultaneamente anhela escapar y ser descubierto, me imagino la cara y el aspecto de mis captores—salvadores: su sudor, su expresión de perplejidad, de odio y de triunfo, como vuelta a la infancia; de asombro ante un fenómeno de barraca. Toda esta habitación, mi cubil, es un almacen de pruebas que me inculpan: desde los recortes de periódico hasta las latas de gasolina, que no me he molestado ni siquiera en tapar; pasando por la ropa, o las rarezas robadas aquí y allá al fuego (una muñeca, un libro, una jaula de ratones...). Ese día, pasado el primer segundo de pánico, me sentiré aliviado, libre al fin del monstruo en que me he convertido, el criminal que habrá dejado de existir.

Señor del Universo, Fuego
Más antiguo que Dios, anterior a todo:
¡estalla! ¡sal de las tinieblas!

¡Vuelve todo a sus orígenes!
Haz que la calle vibre con tu resplandor.
¿Qué es la vida sin la muerte?
Todos los ojos se clavan en ti.
Todos enmudecen cuando te ven, los brazos
se vuelven rígidos, el pelo rizado.
Aturdido por las llamas uno cree volver
revoloteando a la ceniza.
Vuelto pavesa, en el silencio estrellado,
por los Jardines de la Eternidad.

No tengo gato de momento. No cabría entre los barrotes. Me estorbaría en mis correrías.

Los antiguos almacenes de ropa "Adriano e hijo" se hallaban en ruinas, pero todavía podían distinguirse parte de las naves, además del cartel principal, rodeados de urbanizaciones nuevas y de vías de servicio. Antes, cuando él trabajaba allí, estaban más allá del arrabal, casi fuera de la ciudad. No lejos de ellos serpenteaban ya los meandros de la autopista. Pero hacía ya años que era imposible distinguir los límites entre Granada y su perímetro. Los pequeños y blancos cortijos de la vega, con su emparrado y su pozo respectivos, se mezclaban en aquella época con incipientes polígonos industriales y con secaderos de tabaco, surgidos como hongos al amparo de las primeras subvenciones europeas. Por el tiempo en que C. trabajaba allí no existían, claro está, ni la autopista ni los complejos de chalets ajardinados: los almacenes en cuestión como tantos otros, rodeados literalmente de campo, se veían a lo lejos, formaban extrañas edificaciones en el paisaje. Pero el entorno, como digo, había cambiado tanto en aquellos diez años largos (¿cuándo y por qué había empezado a perder la noción del tiempo?), que a C. le costó trabajo encontrarlos, y pasó ante ellos varias veces con el coche antes de reconocerlos. C. era yo.

Al fin una gruesa letra pintada, interrumpida brutalmente por un agujero, le hizo detenerse en lo que fuera la entrada principal de las naves. Tras una escombrera que prácticamente había desaparecido bajo la hierba, entre lozanas matas de retama y pequeños árboles retorcidos y espinosos, apareció ante él la caseta de la oficina. Lo que quedaba de ella. Ésta se levantaba aún milagrosamente, con algunos desconchados y una parte del techo vencida, que C. a simple vista calculó se correspondía con los lavabos. Por algún capricho del tiempo la ruina, que afectaba a todo el edificio, había respetado parte de la estructura de aquella construcción que, saltaba a la vista, no era más sólida ni de mejores materiales que el resto.

Atravesó con dificultad la escombrera y llegó, perplejo, ante la puerta cerrada de las antiguas oficinas, donde en aquellos meses realizara la mayor parte de su trabajo. Aún quedaban, arañados en la puerta, restos del antiguo precinto judicial. C. los arrancó metódicamente, distraído, mientras, el pensamiento en otra parte, hacía girar la manija que se resistía a abrirse. La puerta cedió finalmente a un empujón y retrocedió renqueando, levantando una nube de polvo dorado. Y C. entró.

Ante él apareció el tiempo parado, sólo cubierto por una pátina de polvo que parecía reciente: la mesa estaba llena de papeles; la máquina de escribir, abierta; los estantes aún con sus ficheros; incluso el viejo calendario Pirelli mostraba su mujer de lujo patriarcal, entre neumáticos relucientes.

C. rebuscó en los cajones y en los ficheros, y no le costó trabajo dar con la libreta de la que hablaba Adrián en su carta, escondida ingenuamente entre un montón de periódicos. Pero al abrirla descubrió que la mitad de las páginas se las habían comido las ratas. El resto era sencillamente ilegible.

Fue entonces cuando cruzó su mente aquella idea, como un relámpago: volvió a oírse el motor entre la soledad de las ruinas, alejarse cada vez más apagado. Era ya noche cerrada cuando regresó con una lata enorme de gasolina y le prendió fuego a lo poco que quedaba de los fraudulentos almacenes.

Mientras ponía el motor en marcha y se alejaba, no podía evitar sonreír pensando en la muchacha del calendario abrazada por las llamas. Enseguida se le cruzaron las sirenas de los bomberos que acudían a toda velocidad, justo a tiempo para detener el fuego que ya empezaba a lamer algunos árboles demasiado secos de los cortijos cercanos, entre los secaderos.

¡Oh, fuego purificador!

A su izquierda el ostentoso cartel de una promotora anunciaba la pronta construcción, en aquellos solares, de un complejo de lujo con campo de golf incluido.

Cándido deambuló aún un buen rato en su coche por la ciudad.
C. soy yo.

Era ya entrada la madrugada cuando se tumbó en su cama. Cayó rendido como si volviera de un inmenso esfuerzo. E inmediatamente se le cerraron los ojos.

Pero no se durmió. La libreta de su antiguo jefe, chamuscada y llena de excrementos de rata, fue a engrosar sus trofeos en un rincón. Así empezó todo.

Descubrí la indescriptible fascinación del fuego por casualidad. Después de todo, ¿a quién le importaban aquellos almacenes abandonados? Después de aquello estuve tranquilo durante una semana. Me sentía renacer cada día, convaleciente de la apatía en que me había venido hundiendo tras la muerte de mi madre, la vida perra. Incluso pensé en comprarme un gato. Entonces, una noche en que volvía tranquilamente con mi cena "casera", vi un edificio al fondo de una calle, entre unos árboles. Era una calle tranquila, cerrada al tráfico. Corrí a mi apartamento y cené tratando de apartar aquel pensamiento de mi mente. Pero cuanto más trataba de alejarlo, más se apoderaba de mí.

"Sólo sabía que la vida abandonada había sido una encarnación pasada, anterior a su actual yo; comprendía que había conseguido apartarse de su anterior existencia, y se hallaba tan lleno de asco y de miseria que hasta había pretendido quitarse la vida; allí, junto a un río, bajo un cocotero, volvió en sí. Se había quedado dormido con la palabra sagrada Om en los labios, y ahora se despertaba y contemplaba el mundo como un ser nuevo..."

Pasadas las doce de la noche me deslicé escaleras abajo hacia la calle desierta. En alguna plaza sonaron las doce campanadas. Conventos. El edificio en cuestión, un bloque de viviendas de cinco pisos, no estaba lejos, a unos diez minutos de mi casa caminando rápido. Yo suelo caminar rápido, y enseguida llegué a la apacible hilera de árboles. Me cercioré de que no entraba ni salía nadie de la calle durante un buen rato. El portal estaba abierto.

Pasada la una estalló el fuego en el bajo: primero eran unas llamitas insignificantes que se asomaron tímidamente a la calle, pero enseguida se formó sobre ellas una densa humareda y empezaron a iluminarse algunas ventanas.

Era magnífico.

Cerca de allí, a una altura ideal, había una placita. Allí me aposté para ver cómo la gente escapaba saltando por las ventanas o emergiendo a duras penas del portal entre el humo, las caras tapadas con toallas húmedas, los niños y los perros liados en trapos entre los brazos, todos medio desnudos en medio de sus gritos. En cuanto oí la sirena a lo lejos me escabullí sin pensármelo dos veces.

Era como un dragón de cuento.

De aquella segunda experiencia, aún más intensa que la primera, ya casi inefable, aprendí dos cosas: primero, que me interesaba casi tanto o más que el fuego mismo, observar las reaciones de pánico de la gente (aunque yo nunca quise hacerle daño a nadie, soy incapaz de matar a una mosca); por lo tanto, no volví a incendiar edificios abandonados (me parecía que eso era desperdiciar el fuego); y segundo: que resultaba insoportablemente delicioso pasear, horas después, por el lugar del incendio, todavía humeante, impregnado de olores y sabores indescriptibles, inéditos; en consecuencia, en adelante procuré que mis fuegos "ocurrieran" lo más cerca posible de mi casa, y aún a riesgo de dar así una pista a la policía y de incitarla a redoblar su vigilancia en un área muy bien determinada de la ciudad.

Como vivía cerca del centro, había suficientes edificios a mi alcance, no sólo bloques de viviendas, sino oficinas, escuelas, dos ambulatorios, algunas iglesias, e incluso un teatro reconvertido en sala de multicines, que cumplían al menos el segundo requisito.

En cambio me di cuenta, el mismo día siguiente, de que las noticias del periódico, incompletas y distorsionadas, me dejaban más bien frío. Con todo, yo no podía evitar repasarlas con el desayuno. En adelante procuraría que mis incendios ocurrieran un poco antes que aquel, siempre antes del amanecer, con el objeto de darles tiempo a salir en la prensa de la mañana.

Prensa matutina.

Más adelante, conforme me fui perfeccionando y especializando en mi carrera de pirómano, fui descubriendo facetas de ésta y de mí mismo insospechadas hasta entonces para mí, algunas incluso sorprendentes: como el placer que me producía guardar algún objeto, lo de menos era qué objeto fuera, robado apresuradamente del lugar incendiado (rescatado en el último momento de la destrucción), a modo de fetiche; así, fui reuniendo una colección de lo más variopinta de recuerdos, del mismo modo que antaño coleccionaba mis trofeos, mis copas y medallas de ajedrez: muñecas; prendas de ropa; pomos; libros; cubiertos y otras piezas de vajilla.

La calma posterior duraba cada vez menos, hasta que llegó un día en que no me podía acostar ni cerrar los ojos tranquilamente, sin antes haber provocado aunque fuera un incendio pequeñito, insignificante, (aunque fuera, por ejemplo, quemar un cubo de basura). Muy pronto aprendí a olfatear y a evitar las trampas, a eludir la vigilancia, cada vez más desesperada y estrecha, cerrada, de la policía de paisano. Desarrollé incluso un sexto sentido que me permitía identificar al instante, con una gran exactitud, a los agentes camuflados como hombres, como mujeres, incluso como ancianos y mendigos. Y a pesar de todo, esta vigilancia era en ocasiones, como digo, tan obsesiva y profesional, que apenas podía quemar un contenedor de basura sin que al instante saltase la dichosa alarma y comenzase una implacable persecución.

A veces debía esperar uno, dos días, hasta tres días (más no lo toleraba mi organismo), antes de decidirme a actuar de nuevo. Aquellas horas y días de espera y de angustia, en que creía ya verme detenido, aporreado y esposado en mi propio cuchitril, eran un verdadero calvario, un infierno para mí; pero a la vez, como ya lo he explicado, estaban llenos de esperanza y de alivio anticipado.

Por otra parte, como supongo que le ocurre a todo verdadero criminal, las crecientes dificultades que me encontraba me estimulaban a realizar empresas cada vez más espectaculares y peligrosas, cada vez más arrojadas y audaces.

Mi viejo Siddharta ya no sólo no me calmaba sino que incluso llegó a convertirse en un engorro para mí, al recordarme tiempos pasados. Así que un día, tras varias jornadas penosas y en blanco en que apenas logré incendiar la pequeña iglesia de San Antonio, mientras buscaba apresuradamente algo para llevarme como recuerdo entre las llamas, ya con las insoportables sirenas taladrándome los oídos y la nuca, lo arrojé al fuego incipiente. Aún me entretuve en verlo chisporrotear un rato como si una leve vida, de mariposa, aleteara entre sus lomos chamuscados.

Señor editor:

Me veo en la obligación de advertirle que una bruja, ¡sí, una bruja!, merodea por el cielo sobre los incendios que últimamente está sufriendo nuestra apacible ciudad. He intentado poner esto en conocimiento de las autoridades, pero ha sido en vano. Miope racionalismo. Me veo en la obligación de describírsela, por si alguno de sus lectores se cruza con ella: es de estatura mediana, flaca, pálida; de mirada envidiosa, con ojos pequeños y crueles que pestañean como los de los estrábicos, aunque me consta que ve perfectamente; de miembros más bien cortos; es culibaja; de pelo revuelto, barbilla y nariz protuberantes como las de los semitas que mataron a nuestro Señor; voz meliflua y venenosa. Suele, como digo, revolotear sobre los incendios que últimamente asolan nuestra ciudad. Advirtiéndoselo cumplo con mi obligación de ciudadano.

A continuación Cándido esbozaba con trazo infantil la silueta de su hermana volando entre las llamas y el humo de un edificio, sobre una escoba.

Una tarde especialmente fría en que deambulaba bajo una llovizna helada, volví a pasar por casualidad ante mi antigua escuela. Desde que me dedicaba a los incendios mis sentidos se habían aguzado, especialmente mi percepción del espacio/tiempo. De pronto me detuve. Una especie de sacudida eléctrica me recorrió la espalda. Las campanadas que llamaban a clase, absurdas, extemporáneas, volvieron a sonar revoloteando en medio de la gente que me empujaba y se abría paso extrañada, refunfuñando. El mundo está lleno de locos. De pronto el patio medio abandonado se llenó de niños con baberos, enloquecidos como bandadas de pájaros minutos antes del anochecer. El uniforme de cuadros blancos y azules, cuello duro, cerrado por botones de nácar, y escudo de la división azul flamante en el pecho, flotó ante mí por un instante. Mi instinto me hizo pasar de largo como quien se recupera de un leve mareo.

Pero poco después, cuando ya había anochecido, volví por una calle lateral, una callecita tan estrecha que podía abarcarse abriendo los brazos. Esta vez el edificio, sin duda cerrado, permaneció muerto también en mi imaginación. He dicho que mis sentidos, tal vez incluso mis emociones, se han agudizado desde que me dedico a quemar casas. Cerré los ojos, apreté los párpados con todas mis fuerzas, y mientras prendía una de las puertas traseras de la escuela, volví a verme solitario, repasando mentalmente la tabla de multiplicar en el patio, rodeado de precoces y frustrados Atilas.

El edificio de cubiertas y vigas de madera de chopo ya muy deterioradas, ardió rápidamente, como una falla grotesca, de atrás hacia adelante, desde la leñera y el pequeño gimnasio hasta la fachada con sus tres mástiles ridículos vacíos. Se desmoronaba con un quejido casi humano en medio de la polvareda y la ceniza.

El fuego convocaba a la gente en la calle con su vieja mezcla de horror y de fascinación: era el tercer incendio en el barrio en sólo una semana. Pero Cándido, ajeno e indiferente a tales comentarios, ya huía alejándose entre los cármenes del Realejo alto, en medio de un intenso perfume de jazmines, bajo cipreses invisibles, deteniéndose a ratos para ver el resplandor del fuego tan hermoso, a lo lejos, secándose las lágrimas que, rebeldes, le aliviaban del escozor de los ojos entre el jolgorio de los pájaros.

Decidió buscar a Omar, su antiguo compañero, tal vez con la recóndita e inconfesable esperanza de regenerarse. Ahora bien, su antigua casa estaba ocupada. ¿Cómo llegaría al reino de los tejados, al reino gatuno? Sin pensárselo dos veces, aprovechando lo tardío de la hora y el hecho de que era día de diario, se coló en un portal vecino a la antigua casa de sus padres, cuya sola visión tantas emociones le removía aún, y que él sabía que tenía azotea. Por si acaso llevaba, casi por inercia profesional, una cajetilla de fósforos en el bolsillo (y, como coartada de la misma, una paquete hecho un burruño de cigarrillos Pall Mall).

El edificio tenía cuatro plantas más el altillo de la azotea, con lo que quedaba por encima de su antigua vivienda. Era además bastante más moderna que aquélla, con su correspondiente ascensor, del que Cándido prescindió para no alertar a los vecinos. Tampoco encendió la luz, guiándose en su ascenso, lleno de precauciones, más por la regularidad de los peldaños y del propio piso que por la ya incierta claridad que se colaba por los tragaluces.

Como casi todas las azoteas del barrio, aquella rebosaba también de tendederos pudorosamente disimulados, medio ocultos entre los tejadillos. Al fin nuestro héroe llegó a la puertecita de acceso para llevarse la desagradable sorpresa de que estaba cerrada con llave.

No había hecho más que un primer ensayo de forzar la manija cuando oyó el golpe seco, inconfundible, del portal; lo siguió un ruido de pasos como el que harían dos personas que marchasen en silencio, procurando no hacer el más mínimo ruido, pasar lo más inadvertidas posible; finalmente, resonó lejano el ruido del ascensor, que primero descendía, luego hacía chirriar melancólicamente su puerta, y por último volvía a ascender, todo ello con una lentitud angustiosa y metódica. Cada piso la caja retemblaba un poco más que en el intervalo, produciendo un ruido característico que a Cándido le permitía contar y calcular la trayectoria de sus perseguidores: uno, dos, tres...

Aún no había dicho cuatro cuando la puerta, menuda y terca, cedió sin mayor daño. No estaba pues cerrada con llave sino sólamente atrancada por la hinchazón de la madera, la herrumbre de la cerradura. Cándido se deslizó rápido y silencioso hacia la azotea, teniendo buen cuidado de dejarla como estaba tras de sí, es decir, cerrada. El ascensor acababa de detenerse en el último piso y sus ocupantes iniciaban en ese momento el ascenso del último tramo hacia las terrazas, donde él campeaba.

Dos bultos imprecisos aparecieron en la portezuela tras un breve forcejeo con ésta. Sobre ellos palpitaba la noche despejada y fría. Tras unos pasos indecisos, sin separarse en ningún momento el uno del otro, y un rápido cuchicheo, cada uno se dirigió hacia un extremo del patio entre los tendederos vacíos. Al poco rato volvieron a reunirse junto a la puerta que, encendida la luz floja de la escalera de acceso, arrojaba un tímido resplandor hacia la negrura exterior.

Aún permanecieron allí un rato, como en conciliábulo, atentos. Cándido, tumbado boca abajo sobre el tejadillo de la caseta del transformador de un edificio vecino, podía verlos y seguir sus movimientos desde allí, invisible. Uno de los hombres, sin duda policías de paisano, encendió un cigarrillo y arrojó, con gesto negligente y rutinario de asco, el fósforo a la pacífica oscuridad. Cándido siguió la trayectoria de la centella convertida de inmediato en un exangüe hilo de humo.

Tras una nueva y sumaria exploración, los dos policías desaparecieron al fin en las escaleras, pero se olvidaron de cerrar la apuerta.

La angustia, la certidumbre de estar acorralado, ahora sí, la certeza de haber caído ¡qué estúpidamente! en una trampa de la policía después de haber demostrado tanta astucia y habilidad durante meses de cerrada persecución, se apoderó de nuestro héroe. Pues estaba claro para cualquiera que reflexionase sobre ello, que aquellos dos no habían subido allí por casualidad. Y sin embargo, si le hubieran visto claramente entrar en aquel edificio, habrían llamado a más agentes para rodearlo y atraparlo con toda comodidad y seguridad en los tejados (salvo que hubiesen decidido optar por la táctica de simular que no lo habían descubierto en realidad, para generarle una falsa confianza e inducirle así a precipitarse él solito en el lazo, a bajar por su propio pie al portal, donde sin duda lo esperaban para detenerlo).

Y todo ello por ceder a un impulso sentimental.

Quedaba una tercera posibilidad, la última esperanza: que realmente no lo hubiesen visto y que todo aquello no fuese más que fruto de la casualidad, de la coincidencia entre su absurdo ascenso a aquella azotea y una batida rutinaria.

El criminal vivía en aquel barrio.

Sea como fuere, Cándido permaneció durante varias horas completamente inmóvil sobre el húmedo y resbaladizo tejado, sin apartar la vista ni un momento de la puerta. En todo aquel tiempo estuvo solo, con sus temores y sus pensamientos. No advirtió el entumecimiento ni el frío que se apoderaban paulatinamente de él. Incluso en dos ocasiones, arrullado por un sinfín de ruidos ilocalizables, dispersos, estuvo a punto de dormirse, perder el equilibrio y caer de su escondite.

Aún no había rastro del incipiente amanecer cuando algo se movió a la altura de su cara. Cándido involuntariamente dio un repullo y el gato, que se le había acercado creyéndole dormido, saltó y desapareció fulminante entre las sombras que empezaban lentamente a aclararse.

Aquel incidente le hizo volver en sí. ¿Qué hago aquí tumbado? Pronto amanecería, y a la luz del día le sería mucho más difícil, si no imposible, mantenerse oculto. Además, tenía que ir a trabajar. ¿Cómo pensaba arreglárselas permaneciendo allí tumbado como un idiota? Si habían de cogerle, lo iban a hacer de todas maneras. No podía quedarse allí a vivir.

Se incorporó, pues, y bajó hacia las escaleras. Esta vez, para demostrarse a sí mismo su renovada confianza, tomó el ascensor. Y en un instante estuvo en la calle, desierta aún. Expedita.

Entonces recordó las cerillas que llevaba, el único bulto en sus vacíos bolsillos. Lleno de rencor, poseído de una especie de perplejidad, volvió sobre sus pasos.

Cuando minutos después, huía Realejo arriba, ya no pensaba en Omar sino en que había hecho lo que tenía que hacer: de todos sus incendios, aquel era sin duda el más justificado y coherente. Imprescindible. La casa donde él había nacido, donde habían muerto sus padres, y donde de alguna forma él también había muerto, merecía desmoronarse entre las llamas más que ninguna otra, merecía ser consumida por el fuego. ¡Al infierno! Tras él sonaron las consabidas sirenas, todo el barullo habitual en estos casos. Y después, nada.

Estaba empapado por la humedad, y sucio.

Aún tuvo tiempo de dormir una, dos horas. Se duchó, se lavó concienzudamente hasta arrancarse el olor a humo que le empapapaba, envolviéndole como una mortaja, y se vistió. A las ocho en punto estaba en su oficina, parapetado tras su ordenador como siempre.

Aquella mañana, no obstante la mucha actividad y el trabajo antiguo que tenía acumulado, no pudo apartar de su mente los últimos sucesos. Al parecer, el incendio de su casa había adquirido proporciones inesperadas, según rezaba una edición especial del periódico: no sólo se había extendido a otros bloques vecinos sino que, por primera, vez había que lamentar varios heridos y una víctima mortal. Eran las primeras víctimas serias de su corta carrera de pirómano.

Mareado, Cándido salió a tomar un poco de aire con el pretexto de desayunar. ¡Un muerto! ¿Quién sería? Sintió ganas de llorar. Guardó el diario para terminar de leerlo después, más tranquilamente, y enfiló sin rumbo el Camino de Ronda en dirección a Recogidas. Hacía una mañana fresca, agradable, ligera. De pronto pasó una golondrina solitaria, como perdida entre las nubes. El periódico, doblado en cuatro partes desiguales y apretujadas, le crujía molesto bajo el brazo empeñado en abrirse al menor golpe de viento. Las nubes corrían como escalofríos empujándose unas a otras, cambiando constantemente de forma. Una terrible e inexplicable nostalgia se apoderó entonces de él: ¿qué había hecho? Siempre se había burlado de los remordimientos, de los sentimientos de culpa. ¿Por qué no podía borrarse, volverse todo atrás, aquello? Se imploraba a sí mismo como si aquel humo le ahogase ahora: siempre pensé que la gente corría, huía, acababa poniéndose a salvo de una forma u otra. Un incendio que comienza en el portal, sube desde la planta baja a toda velocidad, sorprende a la gente dormida, parece provocado expresamente para esto.

¿Era un criminal?

Se sentó, o mejor dicho se dejó caer en un banco. Para disimular, pues todo le daba vueltas y la vista se le nublaba por momentos, abrió el periódico que empezó a revolvérsele rebelde, a cada corriente de aire. El periodista, sin duda de oídas y con precipitación, describía los hechos con toda crudeza pero sin precisar nombres ni detalles, y al final añadía a modo de coletilla, algo que en otras circunstancias le habría hecho sonreírse, que la policía tenía ya muy avanzadas sus investigaciones para capturar y detener al asesino.

¡El asesino!

¿Le habrían visto aquellos dos hombres?

Transcurrió así un tiempo incierto. Ante él el periódico, cada vez más desbaratado por el aire, parecía burlarse de sus tribulaciones. ¿Qué haría? Un torbellino de resoluciones drásticas se sucedían dentro de él (no volver a las andadas; entregarse de inmediato a la policía; confesarlo todo a un sacerdote; convertirse en adelante en un miembro útil y responsable de la sociedad; hacerse misionero...). Un ser humano inocente había muerto por su culpa. No volvería más.

Dejó el periódico, que inmediatamente se levantó en un alegre remolino sobre su cabeza, y se dirigió a la Plaza de los Campos. Allí pasó ante la Comisaría sin detenerse, torció con paso rápido por una calle más estrecha, dejó atrás la calle del Silencio en dirección a la plaza de las Pasiegas, y penetró finalmente en la sacristía de la Catedral que ya estaba abierta, aunque vacía.

Como en otros tiempos la penumbra; el frío, que parecía desprenderse de los muros; el inconfundible olor a iglesia; y el rumor lejano, semejante a un eco, una mezcla de pasos y lluvia, lo apaciguaron al momento. Arrodillado ante el confesionario vacío lo confesó todo.

Llovía sobre la plaza cuando, media hora después, Cándido salió a toda prisa saltando de dos en dos los escalones resbaladizos. La gente se volvía a mirarlo con sorpresa, maniobrando sus paraguas entre la lluvia y el viento, o al menos eso le parecía a él. Últimamente tenía la sensación constante de ser el centro de atención de todo el mundo, el objeto preferido de sus rumores; algo así como si, por milagro, se hubiese vuelto transparente y cualquiera pudiese leer en sus pensamientos. Esta sensación le producía una mezcla de angustia y placer, de ser a la vez la víctima y el protagonista de algo. Un esplendor tenebroso.

Sólo la policía, miope y rutinaria, no daba con él. Cada uno tiene la cara que refleja su espíritu y su vida. A menudo él se quedaba largo rato como pasmado, fascinado por su propia imagen ante el espejo, preguntándose qué habría cambiado en aquel rostro anodino y vulgar, en las últimas semanas, meses: tal vez ahora tenía marcada, impresa de alguna forma, una mayor decisión, más firmeza y resolución, en contraste con las facciones flácidas, apáticas, de quien se ha dejado llevar indolentemente en la vida, sin un objetivo ni unos principios claros. La vida. Esa resolución y esa firmeza que ahora creía descubrir y ver en sí mismo tan claras como la luz del sol, también le producían una mezcla de alarma y de placer.

Absorto en estos pensamientos, llegó por fin a su trabajo. Casi era la hora de comer.

A menudo me asusto de mí mismo. Odio todo esto: mi mesa, mi ordenador, mi pequeño despacho hecho a base de biombos. Odio saludar a la gente: entrar todos los días por la misma puerta a la misma hora y decir, (sin esperar a que nadie me responda), "buenos días". Una vez, hace años, vine por error a la oficina un día de fiesta, abrí con toda naturalidad con mi propia llave, y saludé a las habitaciones desiertas, aún antes de encender la luz. Estas manías me vienen, sin duda, de haber empezado a trabajar tan joven. Ya pasan con largueza los treinta años desde que me empleé aquí. Ahora, por primera vez en todo este tiempo, tengo la sensación de que esto se termina. Me siento como uno de esos presos de algunas películas americanas que, tras una larga condena, ven aproximarse de pronto, entre incrédulos y escépticos, el día de su libertad, el día en que por fin tendrán que salir al mundo y arreglárselas con él y consigo mismos como en una selva desconocida, aún más inhóspita y más extraña para ellos después de toda una vida de forzosa separación, que su celda; y abandonar para siempre la estrechez y la rutina, pero también la seguridad y la "comodidad" familiar, de esta. La libertad o la muerte. Esos hombres ya han olvidado completamente su delito, las circustancias que los llevaron allí. Han hecho amigos y enemigos. Son otros. ¿Se puede ser otro? Se han acostumbrado a vegetar y a ser a la vez útiles, incluso valorados y apreciados, en el microcosmos de la cárcel. Pasados los primeros años, ya nadie se acuerda ni les pregunta por los delitos que motivaron su condena ni por los años o los meses que aún les quedan para cumplirla. Ellos se sienten ya redimidos de todas sus culpas. Ligeros, vanos, duermen como niños y hablan, la conciencia tranquila, como viejos durante las largas horas ociosas, en las comidas o en medio de los absurdos paseos en círculo por el patio de muros altísimos, como si no hubieran matado una mosca en toda su vida. Han entrado a formar parte del paisaje y de la vida de la penitenciaría. Lo que no lograron allá afuera, en el mundo, ser alguien o lo que es lo mismo, formar parte de algo más grande que ellos, la única forma en que le es dado al ser humano sortear ilusoriamente la muerte, lo han conseguido aquí: integrarse en un todo por una especie de milagro nacido del Mal. Hay que caer con todo el peso, para volar con toda el alma. Han visto pasar ante sus ojos, en un ir y venir vertiginoso, a toda clase de personas con sus vidas y sus almas a cuestas, a la vez preciosas y futiles, únicas pero perfectamente prescindibles. Y en fin, aunque sin reconocerlo nunca abiertamente, ya se habían hecho a la idea de morir entre aquellas cuatro paredes, no porque hayan perdido toda esperanza sino porque sus últimos vínculos con el mundo exterior a la prisión, ya de por sí frágiles, débiles y en buena parte tejidos puramente por su fantasía, se han roto.

Por otra parte, ese mismo mundo exterior que los expulsó en su día, que los arrojó lejos, allí dentro y los olvidó sin el más mínimo remordimiento, ha cambiado mucho más rápidamente que el propio microcosmos de la prisión: han nacido y muerto generaciones con sus sueños y sus fracasos; sus triunfos ilusorios; se han construido autopistas, aeropuertos, fábricas, ferrocarriles nuevos; ha habido guerra y paz; descubrimientos científicos y proezas artísticas se han sucedido allá afuera, a gran ritmo y con toda resonancia y alaraca. De todo ello a la cárcel sólo podía llegar un débil y casi inaudible eco, básicamente a través de la televisión, la radio, los periódicos, y sobre todo de los nuevos, de los presos más recientes en cada momento. Los últimos en llegar. Los últimos serán los primeros. Pero hasta esa curiosidad y ese afán por asaltar a preguntas a los recién ingresados se ha ido atenuando hasta prácticamente desaparecer con el tiempo, hasta ser definitivamente, a partir de un punto determinado, reemplazado por la indiferencia. Sea como fuere, todo aquello ha ocurrido en otro mundo, en un mundo lejano y ajeno a los internos, cuya vida, por una suerte de milagro o de maldición, puede haberse detenido o al menos haberse ralentizado, a modo de plácido y oscuro remanso, en el tiempo perdido, hace ya años.

¿Para qué volver? ¿Adónde volver?

Me pregunto qué haría y adónde iría si una mañana, al llegar al trabajo, me encontrara el edificio destruido. Calcinado.

La tarde siguiente al incendio de su casa, Cándido vagaba por el centro, bien abrigado pues, al dejar de llover, habían bajado mucho las temperaturas. En aquellas horas angustiosas parecía haber perdido todo afán, no sólo por volver a las andadas sino incluso por vivir. El sólo hecho de tener que respirar, de tener que hablar, que pensar, de tener que arrastrar su cuerpo paso a paso, le suponía un ímprobo esfuerzo, una enorme tensión de la voluntad.

Por otra parte, Cándido carecía de las cualidades (o tal vez no eran sus circunstancias las adecuadas), para el suicidio. No obstante en una de las depresiones intermitentes que le acometieron durante aquellas horas, horas en que llegó a perder la noción del tiempo y del espacio, le daba por fantasear sobre la manera más cómoda, limpia y eficaz de quitarse la vida: pensó en un veneno suave pero potente, que actuase como un somnífero, de tal modo que la muerte por asfixia o por colapso cardíaco le sorprendiese ya en el sueño, sin producirle por lo tanto, ningún dolor; esto era preferible, sin duda, a abrirse las venas en agua caliente, como hiciera Séneca por mandato de Nerón; (la sola visión de la sangre lo mareaba, mientras que los antiguos estaban más acostumbrados a ella, vivían rodeados de sangrías cotidianas en las guerras a espada y en los espectáculos violentos que hacían sus delicias en el circo); sin duda era infinitamente mejor, mucho mejor, que ahorcarse como hiciera Judas Iscariote tras vender a Cristo, y tantos otros siguiendo su ejemplo después; era mejor también, en fin, que saltar al vacío y romperse los sesos estrellándose contra el suelo; arrojarse desde la torre de la Vela; o que abrirse el cráneo de un disparo o el vientre de una cuchillada; o que tirarse desde un puente (a un río por otra parte tan falto de agua, tan magro y exausto como el Genil). Estos pensamientos terminaron por animarlo y por disuadirlo, si es que esto era necesario, de quitarse la vida de ninguna manera.

Cenó solo, como siempre, en un barucho cerca de su antigua casa ahora reducida a escombros, por Santa Escolástica. Luego bebió. Ultimamente encontraba alivio en la bebida, ante la que no hacía muchos requilorios ni tiquismiquis: tan bien le venía el vino, aunque fuera malo, como la cerveza, aunque estuviera tibia, con tal de que le aturdiera por un momento abriéndole sus paraísos artificiales perdidos; con todo, llegado a un punto de embriaguez, mucho antes de que se viese comprometida su conciencia, se detenía como ante un precipicio, ligeramente mareado y eufórico, y se iba a dormir como aquella noche célebre. Esta afición moderada al alcohol, independientemente de sus raíces más o menos antiguas, en su forma actual empezó cierto día en que, casualmente, al disponerse para uno de sus incendios, pidió un cognac; al instante desapareció de su cuerpo no sólo el frío, sino también cualquier duda y sobre todo, el miedo. Desde entonces guardaba en su cuarto una botellita de licor de grueso gollete, vidrio obscuro, que le remediaba del temblor epiléptico que solía desvelarlo ciertas noches y que, casi invariablemente, lo sacudía horas después de cada incendio.

Llegó pues, a su apartamento pasada ya la media noche, sin haber prendido ni una cerilla, abrumado por el remordimiento, y algo achispado: las fotografías de los heridos y del muerto en el último incendio, (que resultó ser un niño de cinco años, un vecinito al que no recordaba haber visto nunca cuando vivió allí), ocupaban macabras, aunque eran retratos de vivos, la portada del periódico, y no se le iban de la cabeza. Un helor otoñal, desapacible, envolvía la habitación fría como una tumba:

Viento de otoño

Las ventanas golpean

Desasosiego

Las nubes, rizadas por pasajeros escalofríos, tapaban y descubrían brevemente las estrellas.

Me tumbé sobre la cama y, antes de que el techo perdido en la oscuridad, empezase a darme vueltas, oí que me llamaban.

Entonces vi al ángel de pie junto a mí. Intenté incorporarme, cubrirme la cabeza con la almohada, y restregarme los ojos, pero no pude mover un párpado. El ángel, de edad y de sexo indefinibles como es de canon, me sonrió tristemente, dijo mi nombre y me señaló. Deseé con todas mis fuerzas que me tocara, que me rozara aunque fuera, y empecé a llorar.

Máquinalmente busqué mi Siddharta y lamenté haberlo arrojado tan precipitadamente, al fuego.

La semana transcurrió sin más contratiempo. Poco a poco, las noticias del luctuoso suceso se fueron espaciando, hasta quedar reducidas a notas de prensa. El niño muerto tuvo su esquela y fue enterrado sin pena ni gloria en el cementerio de Albolote.

Cándido vivió aquellos días interminables en una especie de letargo, en un estado de semiconsciencia. Gracias a su larga e interiorizada experiencia profesional, podía realizar el mismo trabajo que en condiciones normales, aun sumido en aquel ensimismamiento. Como un sonámbulo. No pasó, sin embargo, desapercibido a sus compañeros ni a sus jefes, que enseguida se dieron cuenta y lo achacaron a algún problema personal. En fin, el personaje siempre había sido tan raro, tan exclusivo y tan maniático con sus cosas, que lo dejaron correr sin ni siquiera preguntarle por su estado.

Llegó así el viernes y, terminada la tarde, se despidieron sin mayor novedad.

Mientras cruzaba la calle (ahora oscurecía antes de las seís y el frío, cada vez más intenso y molesto, obligaba a la gente a cubrirse la cara y a cruzar rápidamente, sin pararse ni siquiera a mirar los escaparates), pensó que hacía muchísimo tiempo que no hablaba con nadie fuera de las horas de trabajo. Sus amigos, si es que aún podía llamarlos así, debían haber muerto ya o haberlo olvidado. De todas formas, se podían contar como suele decirse, con los dedos de una mano. Entretenido en estos pensamientos, llegó sin habérselo propuesto ni saber cómo hasta los jardines del Campus Universitario de la Facultad de Ciencias. Ante uno de los edificios, especialmente iluminado aquella noche, se agolpaba una larga e irregular cola de jóvenes. Cándido pensó que tal vez daban una de aquellas películas del Cine Club Universitario que, en otro tiempo, solía ir a ver con Carlos, el profesor, que tanto le aburrían ya entonces. No obstante no tenía nada mejor que hacer y sí una gran necesidad de evadirse y de hablar con alguien, así que sin pensárselo dos veces, se sumó a la cola que avanzaba apretada y lentamente, hacia la puerta del Salón de Actos del cine forum.

De los árboles casi desnudos, iluminados artificialmente por los focos que aquella noche se sumaban a las mortecinas farolas ordinarias del paseo, llegaba una intensa y extemporánea algarabía.

Al fin, súbitamente, se vio sentado en una de las últimas filas, apretado entre los estudiantes que abarrotaban ya el local. Pero entonces, demasiado tarde, se dio cuenta de que no se trataba de una película sino de una conferencia sobre la antigua poesía irlandesa.

Tras la interminable explicación del conferenciante sobre la evolución de la métrica gaélica en la Irlanda medieval, los monasterios de Beda el Venerable, una pequeña orquesta de música celta que había esperado oculta hasta ese momento, en una discreta zona de penumbra entre las cortinas del escenario donde se celebraba el acto, empezó a hacer sonar sus antiguos instrumentos. Y fue como estar, de pronto, en medio de un bosque, en plena Edad Media, sacudido por el viento y por la lluvia, y rozado por la luna y lo maravilloso.

Cándido, que no era especialmente aficionado a la música, quedó también encandilado muy pronto con aquel sonido que, más que humano, parecía provenir directamente de la naturaleza, mas de una naturaleza vuelta a un estadio mágico, primitivo, desgraciadamente desaparecido del mundo hacía ya siglos: sonido de rumor de fuentes, de manantiales, y de ríos; de hadas; murmullo de las hojas de los grandes robledales y hayedos de los cuentos; de pronto, el solo remoto de un ruiseñor allá en la distancia.

De súbito la música cesó, tan bruscamente como había empezado: una joven de aspecto desmadejado, parapetada la timidez tras gruesas gafas, comenzó a recitar fragmentos y pequeños poemas de la antigua poesía irlandesa. Cándido, que afortunadamente había caído cerca de la puerta, se disponía a salir, sólo le faltaba ahora la cursilería de un recital universitario, cuando los versos lo clavaron a su asiento:

"Si prendes fuego a la madreselva flexible, habrá amargos lamentos,

vendrá la muerte a filo de espada, y el anegarse en olas crecidas..."

¡No podía creerlo! ¿Casualidad, destino? La voz pedante, atiplada, prosiguió imperturbable:

"El precioso manzano no quemes, el de la rama extendida que llora, árbol siempre adornado con blancas flores, hacia cuya cabeza tienden los hombres la mano.

El hosco endrino es un vagabundo: su leña no da el artífice al fuego;

en su cuerpo, aunque breve, a bandadas gorjean los pájaros.

No quemes el noble sauce, que en poesía es árbol sagrado;

van a libar a su flor las abejas: a todas gusta aquella jaula chiquita."

Cándido temió por un momento delatarse, víctima del entusiasmo, pero no podía levantarse ni moverse:

"El árbol gracioso, cubierto de frutas, quema: el serbal, árbol brujo;

pero no toques el árbol que fácilmente se dobla: no quemes el esbelto avellano.

Sombrío color tiene el fresno: es madera que mueve las ruedas;

da al jinete su látigo; su forma vuelve el combate en huida.

El silvestre rosal es escarpia del bosque: quémalo, verde y punzante;

corta, lastima los pies; nos detiene a la fuerza.

La que da más fiero calor es la encina, que a nadie perdona;

a quien mucho le plazca, le dolerá la cabeza; sus acres brasas dañan la vista."

Cándido se sentía mareado, fascinado. ¡Era magnífico! :

"Aliso, hechicero batallador de los bosques, el más airado en la lucha:

sí, quema sin tasa alisos y espinos."

Veía ya las llamaradas:

"Verde, quema el acebo: quema el acebo ya seco":

¡Sí, quema, quema!

"Es, sin duda, el acebo el mejor de los árboles.

Saúco, de dura corteza, es el árbol que hiere;

quema, hasta hacerlo carbón, el que da a las brujas caballos."

Buscó maquinalmente en sus bolsillos la caja de fósforos:

"El abedul derribado brinda también duradera fortuna:

quema del todo las ramas de vaina perenne.

Caiga, si quieres, cuan largo es, el tiemblo bermejo;"
Las cerillas estaban en su sitio:
"quema, tarde o temprano, el árbol que tiene una rama sin vida.
Es patriarca de duraderos bosques el tejo, sagrado en las fiestas (ya todos lo saben):
haz con él grandes tinas de un rojo sombrío."
Había más que suficientes. Se levantó:
"Obra, Ferdeh, el fiel, según mi mandato:
y ello será para bien de tu alma y tu cuerpo."
¡Así se habla!
Antes de que terminaran los aplausos, entusiásticos, ya estaba en la calle, embutido en su abrigo.

La callecita de su oficina, desierta ya, resplandecía ahora entre las llamas. Ocupaban éstas casi todo el bajo del edificio de diez plantas. El fuego se demoraba moroso entre los papeles y por el abundante material inflamable, de plástico y corcho que se acumulaba allí, produciendo primero hilachas de humo blanco, clarucho, como nubes en un cielo sucio, para enredarse pronto después en un denso y oscuro tirabuzón de humo, en cuanto le tocó consumirse a los muebles y los ordenadores. De repente las llamas comenzaron a escalar enloquecidas por la fachada. Los bomberos alertados rápidamente, cortaron la calle a los curiosos que salían de todos los rincones, despiertos o arrancados del sueño por las sirenas.

Esta vez Cándido no había huido como en otras ocasiones. Semejante a un loco, o a un sonámbulo, permanecía como hipnotizado por el espectáculo como un artista ante su obra, entre la muchedumbre que se agolpaba a la entrada de la calle, justo junto a la cinta de seguridad de la policía.

Inexplicablemente nadie se fijó en él en ese momento. Minutos después, cuando la nacional recababa ya información, algunos de los testigos dijeron haber visto a un tipo raro, como borracho o drogado, que se había puesto a canturrear ante el fuego, en voz baja, como si recitara un poema. Pero por desgracia nadie era capaz ya de describirlo, aunque todos coincidían en que se trataba de un hombre joven. Nadie recordaba haberlo visto antes por allí ni era capaz de reconocerlo.

Hasta tal punto el incendio, (esta vez afortunadamente no se cobró víctimas), había absorbido su atención de poeta.

Al llegar a su apartamento, Cándido se detuvo bruscamente. Se ocultó tras un coche y le pareció ver, allá en su ventana, una lucecita.

Si lo estaban esperando, era claro que no iban a alertarlo encendiendo las luces de su habitación. Además, lo más probable era que la policía, en tal caso, no se limitara a esperarlo tranquilamente, sino que lo estarían buscando ya por toda la ciudad: sendas estaciones de tren y de autobús; las principales salidas de la autovía (tal vez incluso de las carreteras secundarias); el aeropuerto, estarían ya vigilados.

¿Era, pues, posible que en ese caso hubiesen descuidado su propia calle? Y de no haberlo hecho, ¿cómo habría podido él llegar hasta allí?

Si había llegado hasta allí era sin duda, porque aún no andaban seriamente tras su pista, aunque lo más seguro era que aquel mismo lunes o quizás mucho antes, en ese mismo momento, tuviesen ya la lista de las personas que trabajaban o habían trabajado en los últimos tiempos en las oficinas recién incendiadas: listas de sospechosos que sólo había que cruzar para dar con su nombre, algo que hasta un niño podía haber hecho ya: lista de antiguos alumnos del colegio quemado; lista de antiguos residentes de los dos edificios incendiados en el Realejo; lista de los antiguos trabajadores de los almacenes en ruinas "Adriano e Hijos": en todas ellas estaba su nombre. ¿Cómo era entonces posible que aún no lo hubiesen detenido?

Oh, tiempo dorado.

Y sin embargo, les hubiese sido relativamente fácil hacerlo aquella misma noche, por ejemplo poniendo vigilancia en su calle. O tal vez, (¡cuántos tal vez!), lo consideraban demasiado listo como para volver a su casa con las manos oliendo aún a gasolina. ¿Qué sentido tenía querer atraparlo en su apartamento, dejándole la calle expedita incluso para huir en un último momento de lucidez, si advertía algo?

También podía ocurrir que, en realidad, la calle ya estuviese vigilada pero que las instrucciones fuesen dejarlo llegar lo más lejos posible (lo ideal sería atraparlo en su propio piso con las manos en la masa, intentando ocultar pruebas), y sólo detenerlo en el momento en que se detectase el más mínimo indicio por su parte de intento de huida. Pero, por más que miró, Cándido no vio a nadie ni observó nada sospechoso: ningún transeúnte, ningún coche, ninguna ventana iluminada fuera de lo normal: la calle presentaba su aspecto corriente, habitual a aquella hora de la noche, sumida en el sueño y en la penumbra.

Con todo, permaneció aún un buen rato inmóvil tras el coche, justo enfrente de su portal. El portal estaba cerrado, escoltado por dos cubos de basura, uno de ellos caído en el suelo, ya vacíos. Seguramente la luz que había creído ver en su ventana era sólo el reflejo de una farola cercana.

Ya era bastante estúpido haber llegado hasta allí en aquellas circustancias. Suponiendo que la policía tuviese el más mínimo indicio contra él, era inútil intentar cualquier huida a estas alturas. ¿Por qué no entrar entonces naturalmente en su casa, cruzar el portal, subir tranquilamente las escaleras y penetrar en su habitación? Entregarse a su destino. Hiciera lo que hiciese, estaría atrapado.

Si, por alguna razón inexplicable, si por alguna combinación tan precaria como efímera, de circunstancias, aún no sospechaban de él como el autor de aquellos incendios, podría estarse allí oculto toda la noche, que nadie iba a venir a detenerlo; pero si, por el contrario, él era el principal sospechoso, ya podía esconderse en el fondo de la tierra que, tarde o temprano, lo encontrarían.

Esto es lo que, atropelladamente, le sugería la lógica. Sin embargo el instinto, esa fuerza irracional que acaba siempre por imponerse al ser humano, le impulsaba a huir: huir, huir, huir... ¿Pero adónde? ¿Para qué?

El sueño y el cansancio cedían de momento ante la excitación. El instinto de supervivencia, sordo y profundo, era en aquel momento su-mi principal baza. Se enderezó, me enderecé, y observé mi aspecto en el espejo retrovisor y en la luna trasera del coche, a la que la mezcla de luz y de oscuridad daba profundidades de espejo. Arreglándome un poco podía pasar por un trasnochador solitario; podía pasar más o menos desapercibido (por ejemplo, mezclándome en uno de los muchos botellones que a aquella ahora se celebraban en varias plazas vecinas); podía escurrirme hasta el día siguiente; pero ¿y después, qué?

¿Y si no siendo sospechoso, huía, y mi propia desaparición me señalaba y me convertía en sospechoso? ¿Qué importaba ya?

Me alejé de allí.

El Campo del Príncipe hervía de noctámbulos. Algunas de las tascas típicas, flamencas, reconvertidas en los últimos tiempos en tiendas de bebidas regentadas por chinos o por hispanos, ofrecían sus escaparates iluminados a la calle. Compré en una de ellas una botella de vodka de garrafón y varias bolsitas de almendras saladas, y me introduje sin complejos entre los bebedores.

Gentes de todas las edades y condiciones desafiaban el intenso frío de la madrugada por compartir el placer del anonadamiento alcohólico. Algunas chicas daban la impresión de estar a punto de empezar a desnudarse o de saltar y ponerse a bailar desenfrenadamente en la fuente, trazando curiosas eses en la calzada. Otras, abrazadas a sus compañeros en rincones oscuros, se dejaban envolver por la música ya estridente, ya melódica, que manaba a borbotones de los coches equipados de potentes audios, encabalgados impúdicamente sobre la acera y los escalones.

En un extremo, observándolo todo a cierta distancia, cabeceaban dos policías municipales. Al menor síntoma de coma etílico (y en el breve lapso que estuve allí presencié dos), llamaban a la ambulancia que aparecía enseguida y desaparecía con la misma rapidez. En cambio remoloneaban cuando estallaba un conato de pelea de borrachos, siempre que no hubiese armas.

Por su parte, los bebedores no reparaban lo más mínimo en ellos.

Alguien me convidó a un vaso que enseguida acepté. Ya alegre, desembarazado de todas mis preocupaciones, empecé a ofrecer almendras a diestro y siniestro, y más de uno y de una no tuvo ningún reparo en beber a gollete de mi botella, que en menos de media hora estaba vacía.

No había empezado a amanecer cuando llegaron los primeros retenes de barrenderos. Y como a una señal de salida, los bebedores empezaron a dispersarse dejando tras de sí como un manto o reguero de nieve en la negrura nocturna, entre olor de meados: algunos se alejaban, solos o en pequeños grupos, con paso firme o vacilante, o sin paso ninguno; mientras que otros, los menos, se metían a dormir en sus coches, incapaces de ponerlos en marcha.

Al fin, acabado su turno, los policías también se marchaban.

Yo me alejé en dirección a La Fuente de las Batallas, con el grupo más numeroso que encontré. Volví a pasar así, por segunda vez en aquella noche, por delante de mi ventana, pero esta vez no la miré. Allí cogí el primer autobús que paró, con el ruido reciente de la música y la bebida zumbándome aún en la cabeza.

El autobús resultó ser el que iba a la estación de ferrocarril. Así que, achispado como estaba, inclinado a lo trascendente y lo melodramático, decidí que todo era cosa del Destino y saqué un billete para Madrid.

Mi tren, o mejor dicho nuestro tren, pues decidió acompañarme una chica tan desorientada como yo y más bebida aún, salía a las nueve de la mañana. Por lo tanto aún faltaba más de una hora. Nos acomodamos en la apretada cantina de la estación y pedimos sendos cafés bien cargados. Sol y sombra.

La chica, en un arrebato de sentimentalismo, me había besado en la boca. Se llamaba Amparo. Vestía descuidadamente: unos viejos pantalones vaqueros, como los que ahora se compran ya claros y destrozados, y una blusa blanca que de lejos parecía gris, y a la que le faltaban dos botones, el último y el primero; zapatos de tacón, medianos y cerrados; y una chaqueta de punto grueso que llevaba descuidadamente en una mano, como si acabara de recogerla en ese momento del suelo.

Amparo era, o quizás sea mejor decir hacía que era, estudiante de enfermería. Ni alta ni baja; ni guapa ni fea; morena, de pelo abundante y espeso, aunque bien recortado hacia la altura de la nuca, más lacio que ondulado; cara recortada finamente, aunque algo tosca de acabado, como si a su artífice le hubiese entrado en el último momento una prisa inexplicable y repentina; ojos grandes y tristes, densos y oscuros; frente menuda y alegre, algo altiva, en consonancia con la nariz tirando a romana; y complexión ni delgada ni gruesa, ni chata ni esbelta.

Aquel mismo día, la víspera, acababa de dejarla el último novio.

Con todo, con el efecto del primer café, ambos nos miramos con expresión de extrañeza matizada de alarma, incluso de pánico. No me hubiese sorprendido ni importado en absoluto que, en ese mismo minuto, ella se hubiese levantado para irse a su casa pues yo mismo deseaba hacer lo propio. Hoy, cuando pienso en ello, creo que si ninguno de los dos hizo lo que sin duda estaba pensando, disipada la primera varahada del alcohol en el cerebro, si por el contrario finalmente seguimos adelante, fue porque no se nos ocurrió una excusa que fuese lo suficientemente natural, correcta y convincente para separarnos en tal ocasión. La chica había estado llorando (y riendo) toda la noche sobre mi hombro, lo de su novio; y yo, que acababa de incendiar mi oficina, la escuchaba con arrobo e incredulidad, con ese aire mezcla de suficiencia y ternura con que los adultos suelen escuchar a los niños cuando se despiertan asustados, llorando en medio de una pesadilla. Además, me había besado, y esto era una novedad agradable y desconcertante para mí.

Así pues, terminamos el segundo café. Para no hablar, compramos cigarrillos. Y cuando quisimos darnos cuenta, el tren estaba preparado para salir en pocos minutos, justo delante de nosotros, en el andén inmediato a la cafetería.

Subimos. Ningún policía me detuvo, ni yo en aquel momento pensé en lo que estaba haciendo. Al huir me ponía la soga al cuello, como suele decirse, pero no me importaba lo más mínimo, ni siquiera pensaba en ello.

Como si al disiparse por completo el último efecto del alcohol su cuerpo descubriese por fin el frío de aquella mañana, ya acomodados en nuestros asientos, Amparo se apretó aún más contra mí. El tren se puso en marcha. Al poco se había quedado dormida y yo estaba hablando solo.

Atravesamos rápidamente los descampados destartalados y tristes, en medio de una niebla tenue que permitía vislumbrar a lo lejos, creando una falsa sensación de lejanía, hileras e hileras de chopos. Al fin el cansancio también me venció. Cerré los ojos para descansar un poco y me quedé a mi vez, dormido.

Cuando desperté ya estábamos bastante lejos. Habíamos pasado Linares-Baeza. El tren, curva va curva viene, se lanzaba a una alegre carrera por la Mancha.

Vi, en mi interior, el fuego, el principio y el final de todo, y le apreté la mano a mi compañera que se estremeció en su sueño. ¿Qué le importa a la Eternidad, el futuro, el día de mañana? Sonreí.

Siguieron días, semanas, incluso meses en los que mi vida se trastocó como en una novela. Poco natural, pensaba, no puede durar lo que no sale de uno. Pero, como si nadie hubiese reparado en mi existencia antes y por lo tanto, ahora tampoco me echase en falta, nadie me buscó, o al menos, yo no me enteré.

En cuanto Amparo se dio cuenta de mi "virginidad" con el sexo femenino, y en cuanto se le disiparon los últimos efectos del alcohol, tomó su tren de vuelta y se olvidó de mí para siempre. Todo es para siempre. Ya que tienes una vida, vívela, llénala de objetivos, de lucha. Yo sólo tenía mi perplejidad (es algo difícil de comprender, de comunicar, para quien no lo ha vivido: la sensación de extrañeza al abrir los ojos cada mañana, cada día; una impresión profunda y continuamente renovada, que además potenciaba el hecho de estar cada vez en un sitio distinto, como un perseguido o como ciertos artistas itinerantes)... Yo sólo tenía, digo, eso, y los millones intactos, inverosímiles, en los que hasta entonces no había reparado sumido como estaba en mi carrera de pirómano; el dinero producto de la venta de mi casa que ahora yacía convertida en escombros.

Nada más llegar a Madrid, aún antes de que Amparo (con una sonrisa triste, a la vez indulgente e irónica, que no olvidaré nunca) me despidiera, casi en la misma estación de Atocha, antes de eso, cruzó mi mente como un relámpago el recuerdo de aquella libreta de ahorros, engrosada por la última venta. Desde que vivía mi madre, sobre todo en los últimos tiempos, siempre he tenido la manía de llevar encima todos mis papeles y documentos importantes, además del dinero. Ningún rincón de la casa me parecía lo suficientemente seguro para guardar, para esconder nada de valor. ¿Por qué, si no, iba a necesitar esconderlo? Llegué a tal punto en mi obsesión, fruto de considerar a mi madre casi una bruja como mi hermana, cuyo único afán en la vida era destruirme para demostrarse a sí misma y a quien quisiera verlo, lo que me venía repitiendo desde mi infancia: que yo era una nulidad, en realidad muy inferior a mi hermana, y que hiciera lo que hiciese, nunca llegaría a nada en el mundo; pues bien, llegó a tal extremo esta obsesión, que me hacía desvelarme muchas noches imaginándomela, ¡pobrecita!, deslizándose en la oscuridad, de habitación en habitación, tan sigilosa como un espíritu, sin dejar ni un rincón por registrar, mas sin jamás perder el aliento ni la esperanza de encontrar algo de valor en esas pesquisas; de tal modo que me impuse entonces, si no antes, la costumbre de llevar siempre encima todas mis cosas, incluso cuando dormía, algo que como ya he dicho, hacía muchas veces vestido, sobre la cama revuelta. Ella sabe que tengo el sueño ligero.

Por otra parte mi madre me había echado muchas veces de casa. Luego nunca cumplía su promesa de cerrarme la puerta con el pestillo, y si yo se lo recordaba me miraba extrañada. Yo no soy como tú, que echaste a tu hermana a la calle hace veinte años.

Resumiendo: aquella mañana en la estación de Atocha, mientras Amparo cobraba conciencia de lo que había hecho y buscaba desesperadamente una excusa para dejarme, los ojos soñolientos todavía, el cuerpo molido por el viaje, en ese momento me acordé de la libreta de ahorros que llevaba, como siempre, conmigo. Palpé el abultado bolsillo de mi camisa. Aliviado, comencé a buscar inmediatamente un cajero automático. Entrar e identificarme ante un empleado me pareció, en mis circustancias, absurdo, como ingresar directamente en la comisaría. En mi mente, en aquel momento, yo era el delincuente más buscado en España, ¡qué digo!, en toda la Unión Europea. Mientras buscaba disimuladamente un logotipo de mi banco, en el mar de logotipos y de reclamos publicitarios que ya nos rodeaban, mi compañera se escabulló hasta una ventanilla:

—¿Puedes prestarme?

Había hecho una locura, me explicó, pero hasta la locura tiene unos límites. ¿Fue la forma torpe en que intenté besarla entonces lo que la decidió definitivamente a abandonarme? ¿Las cosas absurdas que le dije? ¿Qué le dije, en realidad? ¿Que me sentía solo, perdido, abandonado? ¿Que por favor no me dejara, que yo también me volvería cuando pasara todo? ¿Qué tenía que pasar para que yo reconociera mi error y rectificara en consecuencia? ¿Qué importancia podía tener todo eso para ella que, descontando las horas de sueño del viaje, apenas me conocía desde hacía veinte, o quizás treinta minutos? ¿Conocer?

Al final consiguió zafarse. ¿Todavía olía yo, olía ella, a alcohol de garrafón? La gente nos miraba entre extrañada y divertida. Festival de máscaras, caras de perro en una cola; el suelo pegajoso, lleno de tickets y de colillas; caras de demonios impertérritos, invernales. Perdidos. Le di el dinero que necesitaba y la dejé alejarse sin más, corriendo de nuevo hacia el andén donde el tren ya la esperaba, a sumarse a la cola; la dejé, pues, irse, sin intentar retenerla un instante, ¿para qué sirven las palabras?, como el que suelta el último cabo, como si ya la hubiera perdido desde el principio. Me di la vuelta y me dirigí a la entrada, atestada ya a aquella hora de la mañana laboral.

En un rincón, junto a una máquina de coca cola, hallé al fin un cajero: a mi derecha bullían una cafetería y un bar de comidas rápidas; a mi izquierda arrancaba el túnel del metro; detrás los andenes, repletos de ruido y de gente; ante mí, en fin, las cristaleras enormes, de invernadero descomunal, que dejaban vislumbrar en el día sucio la parada de taxis, las marquesinas tristes de los autobuses, y la calle.

La libreta de ahorros desapareció durante aproximadamente un minuto en el interior del cajero. Luego pedí un café y media tostada, como en mi viejo bar Sota. Sentí una inesperada añoranza, ¡por una simple tostada! Hojeé rápidamente el periódico y, sin encontrar nada, pagué y me fui sin saber, sin tener siquiera una noción confusa de lo que iba a hacer, no ya en el futuro sino en los próximos cinco minutos.

Así deben de sentirse los animales, pensé.

Del mismo modo que Cándido llevaba siempre sus "tesoros" y sus documentos consigo, tenía arraigada desde tiempo inmemorial la costumbre del ahorro. Sin ser mezquino, pues cuando hacía falta pagaba lo que fuera, sentía sin embargo una aversión íntima, instintiva, a derrochar, a tirar el dinero, aunque como en este caso durante muchas semanas se hubiera olvidado de su existencia. Era como tirar los días del futuro.

En una gran ciudad como Madrid los millones son como gotas en el océano: hay mil ocasiones y mil formas de perderlos en un santiamén. Así que, sin conocer realmente la capital, su instinto llevó a Cándido a un hostal en una callejuela escondida entre Bravo Murillo y Cuatro Caminos. La fachada triste, sucia, cerrada, tenía con todo algo de cosmopolita que le gustó de inmediato. Olor años cuarenta. Pero el ingreso sólo daría para el capítulo jugoso de una novela: el hombre menudo que "vigilaba" en la recepción lo examinó con suspicacia, y su desconfianza creció al advertir que Cándido, naturalmente, no llevaba ningún equipaje ni sabía cuánto tiempo pensaba alojarse en el establecimiento. Al final, pagó por adelantado tres noches y pudo entrar a descansar o a lo que quisiera en su habitación sin ducha.

Ésta era un cuartucho con una única ventana, que más parecía un tragaluz inaccesible y fabuloso; el suelo, levantado en varios puntos, le daba un aspecto inseguro y movedizo, de ir a reventar en cualquier momento; el techo también campeaba irregular en las alturas, apenas exploradas por la mezquina luz de una bombilla de sesenta watios; ni que decir tiene que el cuarto de baño, sin taza, era de uso común y estaba en un recoveco del pasillo; en cuanto al mobiliario, sólo disponía de una cama tan baja que parecía haberse tragado las patas y que hacía imposible sentarse en ella; el colchón de borra lleno de olas, pegajoso en verano y helado en invierno; un armarito de conglomerado con la puerta rota descabalada; una silla impracticable; y, en fin, una mesilla donde para escribir había que sentarse a la japonesa.

Por el tragaluz, quien pudiera, podía asomarse a un callejón sin salida, depositario de los contenedores de basura de todos los bloques colindantes.

Sin reparar sin embargo, en todo esto, más perplejo que desanimado, Cándido se tumbó en la cama y enseguida se quedó dormido. Al cabo de un rato lo despertaron unos golpes en la puerta.

Era la mujer que limpiaba, que venía a devolverle su documento nacional de identidad.

Una semana después encontré un cuchitril de alquiler, casi tan pequeño como la habitación pero independiente y mío, y además cerca del Congreso de los Diputados y del Museo del Prado. Todos los días compraba los periódicos de Granada y uno nacional, que alternaba, en un locutorio cerca de la Puerta del Sol. Al segundo día de mi fuga, además, llamé al teléfono móvil de mi jefe. Se extrañó de hablar conmigo de aquella manera y, con la mayor naturalidad, me preguntó si yo estaba enfermo y por qué no había ido a trabajar ni dado señales de vida. ¿Sabía algo? A continuación bajó súbitamente el tono de la voz, haciéndolo más íntimo y cómplice, para informarme de que las oficinas se habían trasladado provisionalmente a tal y tal calle. Daba por sentado que yo sabía lo del fuego pues todo el mundo lo sabía, pues había salido de portada en el periódico Ideal. El problema, su voz adoptó ahora un tono de irritación contenido, era de la Compañía de Seguros. ¿Cuándo piensas incorporarte? ¿Era una trampa? ¿Sigues ahí? Le prometí volver, telefonearle en cuanto me bajara la fiebre. Iba a preguntarme mis señas cuando se cortó la comunicación.

Salí a la callejuela y, al poco, estaba sentado en un escalón de la Plaza de la Cebada, donde una placa recordaba que allí habían ahorcado al coronel Riego. Pocos días después encontré el apartamento.

El invierno aquí es duro. Sin nada qué hacer en todo el día y, lo que es peor, sin saber qué me retiene aún. Me levanto muy temprano, pero a diferencia de Granada aquí ya hay gente en las calles: bien trabajadores y estudiantes que vienen de las numerosas ciudades dormitorio, o bien los que salen a trabajar fuera. Por todas partes hay dos clases de personas: los ocupadísimos y los desocupados. Dentro de esta última categoría, con algún dinero y sin relaciones, estoy yo.

Poco a poco, aprendo a barajarme aquí. Sé dónde comer, según me pille la hora del almuerzo en un extremo u otro de la ciudad; sé igualmente dónde comprar y dónde leer el periódico; en qué cines entrar y cuáles evitar; qué tiendas y supermercados son los más baratos, surtidos y razonables. Como nunca he tenido la costumbre de cocinar, me alimento a base de latas y sobre todo tapeo, como hace mucha gente que no tiene tiempo o trabaja lejos.

Durante los primeros días, en los que la sensación de ser un prófugo en torno al cual se cierra poco a poco el cerco, el dogal de la Justicia, me hacía despertarme varias veces en la misma noche, cuando no me sumía en horribles pesadillas, pensé en buscar trabajo, pensé incluso en estudiar, con tal de hacer algo que rompiese, que me sacase de esta inactividad que iba a volverme loco. Pero luego, insensiblemente, fui creándome una nueva rutina, una nueva vida, trenzada con los hilos de las acciones, los lugares y las horas reiterados, repetidos un día tras otro, y tan buena como cualquier otra.

Empecé a dormir bien.

Además, tarde o temprano iban a cogerme.

Sólo me faltaban dos cosas: un buen libro y un gato.

Así, me compré en una librería de viejo un novelón titulado "Vida y Destino", de un tal Vassili Grossman, y recogí un gato (tras varias tentativas) de la calle.

Mientras lo acaricio, lo he llamado Vassili, leo; empieza a oscurecer:

"Eran días asombrosos.

Krimov tenía la impresión de que la historia había saltado de las páginas de los libros para incorporarse a la vida.

Sentía de manera exacerbada el color del cielo y las nubes de Stalingrado. Volvía a encontrar su infancia, cuando las primeras nieves, un chaparrón de verano, un arco iris, le llenaban de felicidad. Este sentimiento maravilloso se embota, con los años, y desaparece, casi, en todos los seres vivos que se habitúan al milagro de su vida sobre la tierra..."

Lo que no se me ha pasado por la cabeza desde que llegué aquí ha sido quemar nada. Tómese por un milagro o por una consecuencia lógica de mi nueva vida. Y de todos modos, Madrid es demasiado grande para ir haciendo fueguecitos. Los lugares que me han hecho daño han quedado lejos ya. ¿Hasta cuándo?

DIEZ

Una habitación pequeña, pero limpia, con una única ventana cerrada herméticamente, por dentro con cristales y por fuera con barrotes: pero no con barrotes gruesos como los de las cárceles antiguas, sino delgados, finos, de tracería de orfebre. Por allí entra luz abundante e incluso, en ciertos días, se oyen claramente las voces de los internos que salen o entran en tropel del patio al pabellón principal.

El patio en cuestión tampoco es el típico anexo carcelario: rodeado, eso sí, por un muro grueso y alto, tiene hechuras de jardín francés; con árboles que los jardineros vigilan y podan con esmero en cuanto se para la savia; con paseos cubiertos de gravilla; con regueros recorridos por un circuito cerrado que imita a un arrollo natural; y sin que falten las inevitables rosaledas, que el gusto de un artista ha hecho coincidir con un fondo oscuro de cipreses.

Con todo, el patio principal, el que se ve desde la habitación del interno número 33, es pequeño, está completamente desnudo y enlosado, y aparece aislado del jardín que se acaba de describir por una tapia y una puerta de madera. Junto a ella, cuando se construyó (por pía donación, a finales del siglo XIX, para "enfermos locos sin familia ni recursos"), el actual Centro de Reforma Psiquiátrica, antiguamente llamado Manicomio del Señor, había como digo una garita y una caseta, vivienda portería, puesto de guardia casa familiar, que incluía un huerto y un jardincito. Todo aquello fue demolido hace tiempo en aras de la funcionalidad, y ahora sólo queda el encanto de la puertecita que para el interno número 33, como para muchos otros antes que él, tiene, aunque él no lo sabe, un sabor de cuento infantil.

Todo lo que pueda ser de un uso peligroso por los internos, una rama, un guijarro, un cordel, un simple cacharro, está proscrito y fuera del alcance. Aquellos, sólo acompañados, pueden pasear por el jardín, que sin embargo se ve desde muchas de las habitaciones más altas.

Aunque los manicomios, después llamados psiquiátricos, desaparecieron hace tiempo, algunos como éste, especialmente acondicionados, fueron reconvertidos en centros de internamiento para los casos en que hubiese delitos de sangre, cometidos naturalmente por enfermos mentales o enajenados.

La vida transcurre aquí apaciblemente, monótona, regulada y ordenada: a las ocho en punto los enfermos que no están despiertos ya, son sacados pacientemente de su sueño; uno por uno acuden al comedor, que ocupa una alargada galería en la planta baja; sus habitaciones y sus ropas son minuciosamente registradas y supervisadas tres veces al día; comen, los que pueden hacerlo, en común, sentados en banquetas ante largas mesas rectangulares; sin cubiertos ni servilletas; mesas y banquetas están atornilladas al suelo; junto a las puertas, dos asistentes, uno masculino y otro femenino, cuidan de que todo transcurra en paz y armonía; mientras comen, sumidos cada uno en su mundo respectivo, alguien (si es posible, alguno de los internos) lee un pasaje del Evangelio o un fragmento escogido por el Director; los baños y las duchas son individuales y por prescripción específica; a continuación, cada interno dispone de una hora para sí mismo, para pasear por el patio o, si tiene un permiso especial, vagar por el jardín; para acudir a la sala de juegos o a la Biblioteca; para colaborar si lo prefiere, en las distintas tareas del Centro, como por ejemplo preparar la lectura del día siguiente o acondicionar la sala de cine, que también se utiliza en las terapias; a las diez en punto empieza la visita médica, revisión individual caso por caso, en la enfermería; y a las once o a las once y media a lo más tardar, cada uno acude a su tratamiento personal: ducha, paseo, gimnasia, lectura, test, terapia, etc, etc, etc.

La hora de comer reúne a los enfermos con algunos de los funcionarios, que se mezclan entre ellos. Todas las comidas pueden ingerirse con las manos. Los caldos se sorben. Después empieza la hora del descanso obligatorio: cada uno se encierra en su habitación, (empleados e internos se atienen la consigna de evitar nombres como celda, cárcel, reclusión, etc, toda palabra y toda actitud negativa). La tarde es dedicada por cada cual a sus aficiones, e incluso, aunque son muy pocos, hay algunos internos que siguen cursos por correspondencia: la mayoría de ellos se apuntan a talleres dirigidos; o simplemente leen; o escriben largas cartas o memorias a destinatarios imaginarios o que ya han muerto hace años; o pintan; dibujan; modelan; o, lo más frecuente, se limitan a dar paseos y a balbucear, atontados por los tranquilizantes, sumidos en sus ensueños, por la penumbra relajante de los pasillos, bajo el leve y lejano zumbido de los tubos fluorescentes.

Llegada la noche, la cena de los que no están sedados transcurre de modo similar a las comidas anteriores. En general a los enfermos, salvo prohibición médica o castigo (perdón, "corrección autoimpuesta de la conducta"), se les permite fumar un número limitado, variable, de cigarrillos al día. El alcohol está absolutamente prohibido, incluso en los días de fiesta. Después de cenar pueden ver un rato la televisión en un canal que rota, y a las once como mucho, todos están ya en sus habitaciones, las luces apagadas, dispuestos a dormir.

A veces, en medio de la noche, se oye un grito lejano como de un animal, seguido de pasos y de golpear de puertas. Pero también es frecuente que las horas transcurran tranquilas y aparentemente silenciosas. Blancas. Si uno no puede dormir y si aguza el oído en determinados momentos, puede escuchar el tren de Madrid que pasa puntualmen cada hora, entre las doce de la noche y las seis de la mañana; o el ruido del viento que merodea incansable como otro maniático por el jardín; o sonidos que sólo existen en su mente, nunca oídos antes ni después por ningún otro ser humano, que parecen provenir directamente del pasado o del otro mundo, aunque la mayoría de las veces sean fabricados in situ, directamente, improvisaciones de la juguetona imaginación de los locos.

Las visitas, raras, resultaban un acontecimiento casi tan importante como las altas. La población del Centro era demasiado vieja para pensar en rehacer nada, y la mayoría de sus conocidos habían desaparecido hacía años o estaban ya muertos o perdidos cuando fueron ingresados. Entretanto

Cándido, como muchos otros, había ido perdiendo la noción del tiempo: no se preocupaba ya por saber el día ni la hora en que vivía y, aunque a todas horas se lo recordasen como a todos los demás, (pues ello formaba parte de la supuesta, improbable curación), de inmediato se borraba de su mente como un sueño. A menudo, pues, en su desorientación, pretendía salir a desayunar en plena madrugada; a pasear al patio; a leer en la Biblioteca; o a ducharse en el pabellón del gimnasio. El vigilante de turno se reía, se enfadaba o lo echaba a broma, según su humor.

Poco a poco, en cambio, sus recuerdos más remotos se iban precisando hasta cobrar casi más nitidez que lo que le rodeaba. Todo lo que de nebuloso e impreciso tuvieran después de su infancia, que ahora le parecía casi tan próxima y, en muchos sentidos y aspectos, aún más real que el día de ayer, se desvanecía como una niebla espesa, dejándolos desnudos y claros a la luz de su razón.

Así, se vio de niño muchas veces, inmerso en sus juegos solitarios; volvió a vivir innumerables escenas olvidadas, perdidas entre los pliegues de su memoria; escenas en su casa, indisociables de las voces y aún de los olores de aquellos días; imágenes reforzadas con las impresiones de súbito frescas, inmediatas, del oído, el olfato, el tacto; los sabores de las comidas y de los bollos del barrio; el perfume de las mañanas del colegio; el olor de los libros y las libretas nuevas al empezar el curso; el ruido de los camiones cisterna que regaban las calles cuando él, de la mano férrea y fría de su madre, partía como al patíbulo, los pantalones cortos y los ojos llorosos; la visión, imponente y un tanto ridícula retrospectivamente, del portón abanderado del colegio, entonces llamado "La División Azul", que se los tragaba a todos cada jornada, mañana y tarde.

Llegaba así poco a poco, sin proponérselo, a los primeros años de su adolescencia, la pubertad, sobre los que había emborronado tantas cuartillas. Alcanzaba el punto de inflexión definitivo, el punto de no retorno, de la muerte de su padre, del primer día de trabajo. Y a partir de ahí, como si su mente se defendiera de algún dolor incubado en lo más recóndito de sí mismo, incurable, al acecho, levantando una cortina de humo, una empalizada, entre la realidad vivida y él, la fantasía traviesa y juguetona empezaba a deformar y a inventar a su guisa: y un día había tenido novia; y al día siguiente, no; ya se había comprado su casa; ya había vivido siempre de alquiler; ya se reconciliaba con su hermana; ya no volvía a verla nunca más. Su biografía se deshilachaba así en su memoria, haciéndose y rehaciéndose continuamente, como al dictado de algún capricho misterioso del ánimo, tan cambiante como las nubes en un cielo ventoso.

De pronto la cuchara de la sopa quedaba suspensa en el aire ante él; la mano permanecía inmóvil delante del rosal; la cabeza vacilaba ante el libro abierto al revés; la palabra aún por decir, languidecía en sus labios. El pasado, desbocado y tiránico, invadía así su vida irrumpiendo como un señor que hace y deshace, en sus dominios, a su antojo. El pasado giraba sin descanso en torno a él, alrededor de un punto oscuro e indescifrable, difícil de ubicar, que, en ciertos raros momentos de lucidez, Cándido identificaba con algo que él había hecho o vivido, con una mezcla de asombro y estupor, pero que no lograba o no quería recordar.

Pero es que precisamente en eso consistía su locura: en desterrar por completo y para siempre cierta página de su vida, arrancada de su biografía como de un libro de historia, una página maldita, negra, imposible; y sustituirla en adelante, horror vacui, por una sucesión inacabable de ficciones.

En ocasiones, a pesar de todo, rozaba "aquello" y quedaba en su espíritu como un poso sucio durante muchos días, una sensación de horror y de asco como si hubiera hollado o tocado algo viscoso y repugnante: un cadáver en plena descomposición. Lo irreparable.

"Aquello" le cogía siempre desnudo, desprevenido, descuidado; le asaltaba cuando estaba más distraído e indefenso, con la guardia baja; por ejemplo, cuando andaba sumergido en alguna lectura, o contemplando embelesado el jardincito del Centro (donde las primeras lluvias tamborileaban deliciosamente); o, lo que era más frecuente, cuando estaba dormido o alelado por el efecto de los tranquilizantes.

En cualquier caso, dormido o despierto, aquello se le presentaba siempre en la misma forma, como un recuerdo vago y recurrente, una imagen a la vez obsesiva y huidiza, obscura: aparecía en primer lugar él mismo, en su casa, avanzando a tientas por el pasillo sumido en la penumbra dorada; al fondo se oía la voz de su madre; era ella sin duda; le llamaba y le insultaba como solía hacer cuando él era pequeño, si bien ahora, en su visión, Cándido había alcanzado ya y sobrepasado el umbral de la edad adulta; sin embargo, en vez de replicar y de defenderse de sus insultos, cada vez más groseros e hirientes, Cándido avanzaba sumiso y callado por el pasillo, que se le antojaba un Gólgota interminable; al fin alcanzaba el umbral, llegaba a la puerta del comedor, donde su madre más que sentada lo observaba recostada ante el televisor, al modo romano, echada, tumbada en el sofá desvencijado, lleno de lamparones; el pelo revuelto, gris, grasiento; los ojos extraviados; la expresión enajenada; la cólera; las manos retorcidas, gesticulantes, semejantes a ganchos de medusa; cuanto más cerca de ella estaba más recia redoblaba ella sus gritos y sus insultos, que venían a decir siempre lo mismo: "¡vete, vete, vete, vete de aquí, vete para siempre! NO TE QUIERO." ¡Pero que más hubiera deseado él que irse y no volver nunca más!

En lugar de eso, como si ella en realidad quisiera atraerlo, con una mezcla de placer y repugnancia, Cándido se acercaba cada vez más a su madre que ahora, en medio de su demencia, lo contemplaba aún más desafiante. Ya estaba casi encima de ella e iba a preguntarle algo, que qué quería, cuando de pronto su rostro enmudecía de terror. Seguía un silencio insondable, que a pesar de los años transcurridos aún le hacía llevarse las manos a la cabeza, exactamente como la primera vez, en el interrogatorio, como si fuera a estallarle. Luego todo desaparecía en tinieblas y oscuridad.

Lo que ocurría después era precisamente "aquello".

Todos los intentos por exhumarlo antes, durante y después del Juicio, los interrogatorios, el psicoanálisis, los tets, la hipnósis, etc, todo había fracasado.

Y, al fin y al cabo, ¿qué importaba? Fuera como fuese, aquello había ocurrido, ya no tenía remedio. El propio Cándido, cuando razonaba sobre ello, llegaba a la misma conclusión que sus cuidadores: que cuando lograra desterrar de su vida, de su mente, aquel punto oscuro, tenebroso, alcanzaría la paz, el equilibrio que tanto anhelaba y necesitaba. Y, quién sabe, quizás volviera a ser una persona normal. Si tal cosa existe. Con un fatalismo retrospectivo procuraba, pues, entregarse, con todo su ser, a los pequeños acontecimientos y a las tareas cotidianas, y que lo absorviera hasta abducirlo el presente, como si el pasado pudiera ser así abolido y enterrado bajo un alud de inofensivas menudencias. Reconocía que era difícil,que quizás incluso era imposible: aquello era más fuerte que todo, más fuerte en cualquier caso, que él y que todos los médicos, mucho más fuerte de lo que había pensado en un principio.

Si hubiera podido mirarlo cara a cara.

—¿Te encuentras bien?

—No es nada.

—Sal hasta que se te pase.

—No es nada. Gracias, estoy bien.

—¿Qué lees?

"Las viejas manos, delgadas y rugosas, estrecharon el cuello del hijo, y el movimiento convulsivo de sus manos que rodearon el cuello del joven oficial expresó tal dolor, una queja tan tímida, una petición de protección tan confiada..."

Cándido añadió de su puño y letra en el margen: "ahora nieva. Acaricio a Vassili mientras veo cómo cae, plácida y silenciosamente la nieve, más allá de la ventana, completamente ajena a nuestras preocupaciones, con una rara felicidad..." Tombe la neige.

Un día alguien fue a verlo. Una visita. Un ligero tono de burla flotaba en el ambiente, a su alrededor, en las caras, las miradas, las palabras de sus compañeros y sus guardianes. Envidia, incredulidad. Ignorancia. Mientras se arreglaba rápidamente, confuso, torpe, casi avergonzado ante la imagen del viejo que emergía a cada momento frente a él, pensaba en quién podría ser, quién se habría acordado de él después de tanto tiempo. tantos años. Al fin fue conducido a la salita limpia y desierta donde, como he dicho, rara vez iba alguien.

El celador permaneció a unos pasos de él, junto a la puerta. Llovía. Un rumor fresco, de aire y de agua, penetraba desde el patio, desde el jardín.

El desconocido se le acercó sorprendiéndole abstraído, perdido en sus pensamientos:

Los dos amigos se abrazaron. La emoción les impedía hablar. Al fin, Cándido invitó al profesor a sentarse y acertó a colocarse a su lado.

Después, en los largos y monótonos días que seguirían, llegaría a dudar de que aquello hubíese ocurrido realmente. Tras ponerse mutuamente al día de sus respectivas vidas, con sus nacimientos, sus muertes, sus logros y sus fracasos, Carlos le entregó un regalo, un libro: era la última y casi la única colección de poemas que había editado:

—¡Al final lo conseguiste!

—¡Bah! Un librito.

Tocó entonces hablar de Adriano, el amigo Adrián. Había muerto en Barcelona, hacía ya muchos años. Carlos lo había sabido por casualidad, recientemente. Sin embargo, o quizás precisamente por eso, hablaban de su antiguo amigo como si acabaran de verlo la víspera. La muerte lo había salvado, al menos a él, del olvido y la indiferencia. La distancia. En cierto modo lo envidiaban.

Al fin llegó el momento de despedirse. La lluvia había amainado hasta casi cesar, dejando la tierra y el aire impregnados de un sinfín de perfumes. Al ponerse en pie, Cándido advirtió que ahora era él el más bajo de los dos, aunque también era el más corpulento. El tiempo los había devuelto, de una forma inesperada y extraña, al punto de partida, pulidos y desgastados como guijarros en una corriente; vueltos a la misma sensación de estar viviendo un milagro tras otro que, en los días de su juventud, envolvía sus charlas nocturnas, interminables, callejeras. Estrambóticas.

Al despedirse, la burla, la ironía, habían desaparecido.

Los días siguientes Cándido, en vez de ir a la biblioteca, los pasó encerrado aun con el raro privilegio de pasear por el jardín, recientemente concedido, encerrado con el libro de su amigo. La excusa fue la lluvia. Por una vez nadie pretendió supervisarlo.

El profesor no había cambiado, al menos en eso. Seguía cultivando lo sentimental. No le extrañó (¿había envidia, dolor, o simplemente una lucidez retrospectiva?), su fracaso en el terreno literario: los versos, buenos en sí, recordaban siempre demasiado a otros autores; contenían lecturas más que sentimientos y más que experiencias de primera mano; eso sí, lecturas muy bien asimiladas y digeridas. Con todo, al ser tan parecidos a los que él recordaba, o quería recordar, haberle oído recitar tantas veces, con una voz que ahora le parecía excesiva, lúgubre, ¿entrañable?, allá en su juventud, por las calles (¿dónde estaban las calles aquellas ahora?), le emocionaban. Le tocaban lo sensible por lo que tenían de común con él, de biográfico.

Había titulado el tomito de un modo pomposo: "Poemas del júbilo y la muerte". Hacia la mitad de la colección, que recogía a juzgar por las fechas a pie de verso, producciones de muy diversas épocas, y cuando ya parecía instalarse en su rostro definitivamente una expresión de suave ironía, Cándido topó de pronto con estos versos:

Fuimos amigos entre muertos,

Entre vivos, entre convalecientes,

La amistad por encima del amor,

Proclamando el fin del mundo...

Un día le concedieron, excepcionalmente, fumar fuera de las horas de comida, y más tabaco, siempre que no se le ocurriera encender un cigarrillo en su cuarto. No era la primera vez que un interno intentaba incendiar el centro.

Cándido pidió la marca Pall Malls. Podía haberse pagado cualquier otra. Cuando vio la cajetilla, después de tantos años, casi idéntica a la que él recordaba, no pudo evitar que los ojos se le humedecieran.

El A.T.S, pendiente de sus cosas, no reparó.

Así que, sentado en la salita de recepción, junto a la puerta cerrada del jardín, Cándido fumaba y leía, leía y fumaba.

No lejos de allí resonaba el televisor común de los internos. De pronto se sintió transportado a su casa, a los años que no volverían más.

Los Pall Malls, los versos de su amigo, el televisor, y la lluvia de aquel año excepcionalmente húmedo, le acompañaron hasta que volvió a su habitación.

También consiguió permiso para pasear ocasionalmente por el jardín. Todo aquello le calmaba. Los médicos debían juzgarlo ya suficientemente embebido, inofensivo, viejo, chocho.

En aquella época le hubiesen permitido incluso, si se le hubiese ocurrido solicitarlo, pasear por los alrededores del Centro, fuera de los muros. La libertad. Pero, ¿para qué iba a ir allí? Cándido, como la gran mayoría de los internos, nunca pensaba en su libertad, la idea de la fuga jamás se le pasaba por la cabeza. Secillamente estaba institucionalizado: el Centro era su medio natural, como para los peces lo es el agua y para los pájaros lo es el aire.

Él había escogido un centro religioso.

Sagrado Corazón, en vos confío.

Fuera no había nada ni nadie.

Ya sólo saldría para morirse o después de muerto.

En el jardín, además de los rosales y de los setos de boj y de arrayán, monótonamente desnudos ahora bajo la lluvia, había frutales ociosos: perales, naranjos, ciruelos, albaricoqueros, y la inevitable higuera.

Cuando despejaba a mediodía o poco antes del anochecer, el jardín- huerto espejeaba como una visión de otro mundo. Pero a veces a Cándido le sorprendía la lluvia. No se le permitía llevar paraguas. Cándido parecía flotar entonces bajo el destartalado chubasquero de pescador, en el barro.

Un asistente corría hacia él por el camino de grava, gesticulando, borroso. Al poco, empapado, estaba de vuelta en su habitación, el librito inseparable en su bolsillo; las imágenes, los ruidos y los olores frescos aún en su cabeza; sonriente.

Ya no necesitaba casi nunca somníferos, aunque la costumbre lo sacaba invariablemente de la cama a la misma hora de la madrugada. Un velo tenue, fino, frío, azul, empañaba poco a poco la ventana enrejada con una luz imprecisa de acuario; a lo lejos, los ruidos indecisos y dispersos de la madrugada se hacían cada vez más nítidos, antes de sumergirse de golpe en el run run adormecedor del nuevo día, como un paño colorido en el agua.

Al fin, Cándido se decidió a escribirle a su amigo una carta de agradecimiento, agradecimiento doble, por la visita y por el libro.

Como hacía mucho tiempo que no escribía nada, las frases se le resistían, se le atascaban torpes en el papel intratable. Tardó unas dos horas en componer una carta más bien breve y dispersa, en la que la gratitud se deslizaba entre incoherentes evocaciones, aparentemente sin un objetivo claro:

"Ya ves que no soy el mismo. Mi locura, si puede llamarse así, consiste en no saber ya quién soy. Estos versos y nuestras pequeña conversación, breve y entrañable, me han devuelto (¡no te exagero, Carlos!), me han devuelto la alegría de vivir...

No te enfades por lo que voy a decirte: tus versos, pareciéndome buenos, no me parecen diferentes de los que yo recordaba de nuestros vagabundeos. ¿Te acuerdas de los primeros sonetos que me leías en la Plaza Bibarrambla y con los que pensabas hacerte famoso? Si uno pudiera volver a vivir, ¡qué desencantos y qué tristeza anticipada!

Pero no me hagas caso. Sólo soy un viejo chocho. Tú escribirás, escribes, al menos has sido fiel y constante a un objetivo en el mundo, te has marcado una meta y la has seguido hasta el final. ¿Qué importa el resultado? Es mejor vivir con una meta por absurda que sea (y la tuya no, no lo ha sido después de todo), que vivir sin rumbo. Yo, por ejemplo, ¿qué he hecho que me justifique en todos estos años? ¿Qué he aportado a los demás, a nadie? Cuando pienso en mi pobre padre, enfermo y muerto durante mi infancia, y en todo lo que esperaba de mí, me da vergüenza presentarme ante él. Dondequiera que esté.

Yo ahora debo ser más viejo que mi padre y que mi madre muertos. No sé mi edad, como antiguamente los palurdos y los niños. El común de los mortales. Supongo que he pasado hace tiempo de los setenta, pero son suposiciones.

¿Y mi hermana? ¡Cuánto nos hemos odiado, cuánto daño nos hemos hecho el uno al otro! ¿Para qué? Ojalá viva y sea, al menos ella, feliz. Si pudiera perdonarme.

¿Puedo yo perdonarme?

¡Dios mío!

Extraño deseo en quien ha dedicado buena parte de su vida a hacer daño a los otros. ¿Cuándo fue la última vez que pensé en hacer bien a alguien?

Pienso mucho en Adrián. Te vas a reír, pero una de las pocas ventajas y uno de los pocos consuelos de hacerse viejo, es que a uno empieza a dejar de importarle hacer el ridículo ante los demás, y ve sus propios (y enormes) defectos con más claridad, amabilidad e indulgencia: todas las noches le rezo un Padrenuestro a nuestro amigo Adrián. Supongo que ya no eres el ateo furibundo que recuerdo, y que te sonríes. ¿Te acuerdas cuando esperábamos una invasión relámpago del Ejército rojo de Europa y la caída fulminante del imperialismo yanki?

La Historia, la grande y la chica, se empeña en dejarnos permanentemente en ridículo, perplejos; tiene una vocación insufrible por la ironía; construye mundos inusitados con el humor imprevisible de un amante caprichoso.

¡Querido amigo, perdóname por todo lo que te he hecho, por todo lo que me he hecho, a tí, a mí y a todos, y sobre todo por todo lo que te he defraudado! ¿Me creerás si te digo que no sé por qué estoy aquí encerrado, aunque sé que lo merezco?

Para ser la carta de un loco no está mal, ¿no? Escríbeme si puedes, contándome cosas de ahí fuera, aunque supongo que ya no importa. Hace meses que no veo los telediarios ni leo los periódicos, y sobre todo, hace siglos que no paseo sin ningún propósito, como tú dices en uno de tus poemas:

¿Hace cuánto tiempo

No voy por una calle

Sin ningún propósito?
Cuídate, tu amigo afectuoso,
Cándido".

La lluvia y un incipiente resfriado lo mantenían ahora encerrado, envuelto en mantas, en su habitación. Sus únicos consuelos eran el té verde y la lectura. Aún así, el aburrimiento lo empujaba a menudo hasta los largos corredores y a las salas comunes, donde el ruido y las voces lo ayudaban a olvidar. Olvidar como los animales encarcelados en su instante. La carta que había esperado durante días, durante semanas, no llegaba. Cándido se sorprendía a sí mismo suspirando, la nariz pegada contra los grandes ventanales, como un niño que añora sus juegos callejeros, mirando el jardín escamoteado por la niebla tras los cristales empañados. El frío y la humedad entretanto prolongaban su catarro, su imperio, disparándole cada tarde la fiebre un poco más, con puntualidad puntillosa. Había leído tantas veces el librito de su amigo que ya casi se lo sabía de memoria y lo olvidaba en cualquier parte, en el lavabo, en el comedor, en el repecho de la ventana... Su prodigiosa e inútil memoria.

Al fin los días, cada vez más largos, empezaron a aclararse. Cándido pensó que, en cuanto estuviese bueno e hiciese más calor, pediría un permiso para ayudar a cuidar el jardín y el huerto trasero del Psiquiátrico de Nuestra Señora, al menos durante el verano. Cualquier cosa mejor que permanecer ocioso, urgando y rebuscando continuamente en la propia alma, en el pasado escurridizo y recalcitrante, como en un basurero. El aire libre le haría bien en todos los sentidos. El médico se lo prometió, "en cuanto le baje la fiebre", con la voz dulce y cariñosa con que se habla a los niños muy pequeños y alocados.

Por último, ante la depresión de Cándido, la Dirección accedió a dejarlo salir como "jardinero", aunque sólo lo justo y mientras el resfríado y el tiempo le remitiesen.

Entretanto la carta esperada, ansiada, no llegaba. Cándido pensó que, o bien él se había equivocado de dirección y la suya se había perdido sin remedio por el camino, o bien su amigo había muerto inesperadamente. En cualquier caso un día se sorprendió a sí mismo mirando indiferente, resignado, cuando la magra correspondencia de los internos atravesó la galería en la bamboleante bolsa del cartero: se volvió a la ventana con el libro que estaba leyendo en la mano, para aprovechar mejor la luz, y bostezó:

"Las estrellas se han apagado en el cielo nocturno, la Vía Láctea ha desaparecido, el sol se ha apagado, Venus, Marte y Júpiter se han apagado; los océanos se han petrificado, los millones de hojas se han petrificado, y el viento ha cesado de soplar, y las flores han perdido sus colores y sus perfumes, el pan ha desaparecido, el agua ha desaparecido, el frescor y el calor del aire han desaparecido…"

Armado con las enormes tijeras de podar, embutidas las manos en sendos guantes llenos de arañazos, de zurcidos y de manchas de grasa, Cándido se dirigió en primer lugar hacia los rosales. La savia, parada aún, y el exceso de humedad de aquel año, les daba un aspecto mortecino y duro. Tentó, no obstante, con cuidado mimoso, uno a uno, los incipientes botones donde la primavera hincharía en su momento justo, los capullos y los renuevos de las hojas: los había grandes y jugosos, de varios tonos, colores futuros y hechuras; pequeños y apretados, los llamados "franceses"; y esbeltos, altivos y solitarios, con una sola rama por brote y botón, que (¿lo había soñado o lo había oído de verdad?), habían traído de Persia los árabes entre sus ejércitos.

Cándido buscó, pues, con mucho cuidado sólo las ramas secundarias, las que no prosperarían; y las que amenazaban a cada momento ahogar con su ímpetu exhuberante al resto de la planta, y aplicó a ellas las tijeras, con tino implacable. Conforme hacía esto, con sumo cuidado y paciencia, armado de una exagerada lentitud, iba guardando como reliquias las ramas cortadas en un saco de tela que colgaba de su hombro libre, para arrojarlas casi compungido, a los contenedores.

Una vez podados así los rosales, lo primero que uno se encontraba al entrar en el jardín desde la pequeña puerta de los pabellones, se encaminó con decisión hacia la huerta misma donde, a la poda necesaria e insustituible, habría de añadir el raleo de la mala hierba, el abonado y el removimiento manual del suelo, cuyos surcos endurecidos por tanta pisada y el tiempo, se resistían como la costra de un animal. Se hizo pues, junto a las tijeras, con una azada, con una azuela, y se proveyó de abono de diversas clases.

Al día siguiente comenzó con los frutales más bajos, dejando aparte a la higuera, la loca, que despeinaba sus ásperos penachos en el aire de la tarde. La higuera, arisca y semisalvaje, crecía hermosa y lozana junto al almacén de las herramientas. En cualquier parte. Prosperaba. En cambio los almendros, los ciruelos enanos, los albaricoqueros de agua, exigían ya un arreglo y amenazaban con quedar baldíos o con algo peor, si alguien no se ocupaba de ellos y se lo proporcionaba urgentemente, antes de que la savia despertase de pronto entre tanta rama enmarañada y quebradiza. Aquella parte del trabajo, más delicada y lenta, lo entretuvo aún por unos días, más de lo que en un principio había pensado.

El tiempo volvió entonces a empeorar, obligándole a suspender sus trabajos. Cada mañana Cándido miraba por las ventanas, espiaba con ansiedad las nubes que, encabalgadas y amontonándose unas sobre otras, se apoderaban poco a poco desde las primeras horas, a veces incluso desde la noche, del cielo. La lluvia, el ruido de las gotas, sonoro, fresco, rítmico, monótono, que en otras épocas le calmaba e incluso había llegado a agradarle, ahora le exasperaba produciéndole frecuentes conatos de crisis nerviosa. Hubo de volver a las pastillas de dormir y, de nuevo, padeció las pesadillas, que ya casi había olvidado, en las que una especie de demonios diminutos lo arrastraban por el pasillo de su antigua casa donde estaba la entrada, a la boca de el Infierno.

Cuando le pidió, le suplicó al médico que le permitiese salir con el chubasquero (pues los árboles no podían esperarle más), el buen hombre suspiró, sonriendo: "pero, ¿no te oyes? Parece que tubieras tragado una orquesta y me pides salir.

Voy a pensar que de verdad estás loco".

En efecto: sobre todo cuando se tumbaba, Cándido no podía dejar de oír su propia respiración semejante a una extravagante y desacompasada orquesta de viento: flautas, flautines, traveseras, incluso clarinetes...Un acordeón.

Y por las noches, cuando se dormía y se sumaban los ronquidos y los resoplidos, también los oboes.

"Un peregrino que parte en la bruma:

Eres tú quien acude a mi mente.

Un coche en la carretera que humea:

Eres tú quien acude a mi mente.

Por la noche se enciende la luz:

Eres tú quien acude a mi mente.

Pase lo que pase, en tierra, en el mar,

O en el cielo, sólo te tengo a ti en mi mente."

Los días siguientes no salió de su habitación. La neumonía severa en que había degenerado el resfriado primaveral y, por qué no decirlo, la depresión que le produjo cierta carta, era demasiado incluso para él. Coincidió además con los primeros días del verano. Mientras Cándido se consumía, volviendo amarillas las sábanas y la almohada con su sudor, el cielo resplandecía allá afuera azul, ligeramente picante, sobre el huerto y el jardín. La debilidad le producía frecuentes pesadillas, o bien lo mantenía despierto toda la noche, en ese terreno impreciso entre el sueño y la vigilia en que se sumen muchos viejos. De toda esa actividad frenética de la naturaleza en ebullición, apenas le llegaba, aparte del calor cada vez más sofocante, un trino suelto, un chirriar de cigarra al mediodía, un olor a tejas y a muros recalentados. Pero era suficiente para él.

Así transcurrió una semana durante la cual, al menos en dos ocasiones, estuvo a punto de ser trasladado al hospital de la ciudad. Especialmente al final de la tarde la fiebre le subía por encima de los treintainueve grados, hasta rozar los cuarenta; lo sacudían temblores, espasmos epilépticos; deliraba, hablando con personas muertas; pedía aterrizar en su habitación...El resto del tiempo sencillamente no hablaba, permanecía encerrado en sí mismo, taciturno, balanceando mudo los pies y la cabeza, en su reverdecida locura.

Cuando al fin recuperó las fuerzas y pudo levantarse, pidió salir al jardín. Acompañado por un celador, esta vez sin ninguna herramienta, pudo recorrer los rosales y los árboles del huerto que él mismo había podado y escardado la pasada primavera. Pudo comprobar, así, cómo unos y otros respiraban robustos, lozanos, bajo el sol, entre el rumor burbujeante de las hojas, del agua, de los insectos, de los pájaros. Aquellos paseos inofensivos le hacían bien, le calmaban, se convirtieron en parte de su tratamiento.

A pesar de todo ya no podía a ser el de antes. Llegaron las primeras tormentas, las noches refrescaron, y Cándido volvió poco a poco a sus libros y a su rutina, aunque de una forma puramente externa. Para quienes lo conocían bien, resultaba claro que ya no era el mismo. De pronto, como si alguien se hubiese dirigido a él, dejaba lo que estaba haciendo en ese momento y se enfrascaba en un soliloquio que podía durar un minuto, una hora... Al principio de estos monólogos solía espiar ansioso, miraba a derecha e izquierda, como quien se previene antes de comunicar un importante secreto; pero cuando el monólogo se prolongaba, olvidado y como abandonado en él, Cándido dejaba de preocuparse de todo lo que le rodeaba, excepto de su discurso; poco a poco iba subiendo el tono de su voz; ahora modulaba claramente las palabras, acompañadas de gestos ostensibles, rotundos. Su interlocutor no siempre era humano: a menudo era un pájaro; una mosca que zumbaba por la habitación, atontada por el primer frío; una silla; una nube; una puerta mal cerrada; una pared en la que su vista se clavaba, fija y obsesiva, como en un espejo o en otros ojos; una grieta en un muro:

Yo he quemado el Empire State.

¿Cómo podría volar las pirámides?

Un hombre asciende y el resto se convierten en cucarachas, en hormigas, en puntitos negros, sin esencia moral, (he visto esto hace años, en el Cine Club Universitario, en una película en blanco y negro, con mi amigo Carlos).

¿Cómo puede llamarse todavía mi amigo?

¡Cómo me gustaría salir al huerto ahora bajo la lluvia!
¡He sido el poeta más grande del siglo XX!
¿Saben que los mirlos hablan? Ayer me contó uno: todo eso de que roban joyas y las esconden es una patraña absurda.
Mamá.
Me he hecho el loco para que no me detengan.
Bienaventurados los que no matan.

Un día al despertar tras un sueño agitado, vio algo extraño y blanco en la ventana. Se acercó lleno de curiosidad. La nieve había cubierto ya el patio, un trozo de tejado, el jardín, y seguía cayendo silenciosa. Cándido se acercó. El silencio y la pureza de la nieve parecían capaces de regenerar el mundo. Contagiado por aquella paz, se encaramó hasta la ventana. Y entonces sintió cómo su cuerpo se aligeraba y se encogía como dentro de un nido, hasta quedar reducido a la mínima expresión y al mínimo dolor. Un gorrión se precipitó sobre el patio, pesado, soñoliento. Cándido voló así hasta una altura que nunca hubiera imaginado que existiera. Dio un giro para subir aún más, dejándose embriagar por el vuelo helado; hasta que la prisión, el campo, las casas, los vehículos, la gente, quedaron reducidos allá abajo a meros puntos, ya oscuros, ya luminosos, vibrantes, perdidos en el amanecer. Mientras ascendía pensaba en la cara que pondría el celador cuando fuera a despertarle aquella mañana.

FIN

El autor espera que haya disfrutado con la lectura de este libro, y estará encantado de conocer su opinión en una reseña.